우리는 아슬아슬하게 살아간다

조성기 소설집

우리는
아슬아슬하게
살아간다

민음사

차
례

선인장과 또, 또, 또ㅇ

선인장이 쓰러졌다. 선인장이 쓰러지다니. 선인장은 쓰러지지 않는다고, 국립대학교 앞에 있는 '심곡(深谷) 농원' 주인이 말했다. 그러나 선인장은 쓰러졌다. 선인장이 쓰러져 있는 모습은 생전 처음 보았다.

구정물이 화장실 하수구 구멍과 개수대 아래 구멍으로 거꾸로 쏟아져 나왔다. 새벽 4시에 일어난 일이다. 기상 관측 40년 만의 최대 폭우라고 했다. 기상 관측 40년의 기록을 본 적이 없으니 그건 내가 모를 일이다. 동사무소 직원이 새벽 4시 반에 10만 원짜리 양수기 두 대를 들고 허겁지겁 달려왔다. 집에서 자고 있다가 긴급연락을 받고 왔다고 눈곱 낀 눈을 손등으로 부볐다.

양수기는 희한하게도 한참을 있다가 발작을 일으키듯이 한 번 물을 왈칵 쏟아 내고는 또 부르릉 소리만 내면서 가만히 있었다.

이 양수기 고장 난 것 아니오?

이런 양수기는 파이프에 물이 다 차고 나서 압력이 높아져야 물을 내뿜습니다.

아닌 게 아니라 10미터는 넘을 듯한 파란색 파이프에 물이 조금씩 차오르고 있었다. 납작하던 파이프가 물이 들어온 만큼 서서히 부풀어 갔다. 뱀이 자기 몸통 굵기만 한 들쥐를 삼켜서 조심스럽게 아래로 아래로 내리고 있는 듯한 형용이었다.

양수기가 이래 가지고 이 물을 어떻게 다 퍼낸단 말입니까?

동사무소에 있는 가정용 양수기는 이런 것밖에 없어서.

아내와 나는 양수기가 돌아가든지 말든지 쓰레받기로 방바닥과 복도 바닥의 물을 쓸어 올려 세숫대야에 담기에 여념이 없었다. 대야에 물이 차면 그걸 현관으로 들고 나가 바깥 길 쪽으로 물을 던지다시피 버렸다. 하늘에서 곤두박질치는 빗(물)줄기는 악어가 왜가리를 홀랑 먹어 치우듯 대야의 물을 날름날름 삼켰다.

구청 하수과로 전화를 걸었다. 하수과는 다른 명칭으로 바뀌어 있었다.

지난번 골목 하수도 공사를 한 이후로 하수도 물이 자주 역류하는데 그때 하수도 공사를 잘못한 거 아닌가요? 하수도 관을 높게 묻어 가지고.

그랬다면 다른 집들도 문제가 있을 텐데 그 집만 그러니 가정 하수도가 막힌 건 아닌가요? 하수도를 한번 뚫어 보시죠.

하수도를 자주 뚫어도 그래요. 아무튼 이번 폭우로 수해 피해가 났으니 조치를 해 주세요.

수해 복구비 말인가요? 역류 방지기 설치하셨나요?

역류 방지기라니요?

우리 구청에서 반상회 등을 통해 몇 년간 역류 방지기 홍보를 했는데 못 들으셨어요?

못 들었는데요. 그런 건 처음 들어요.

아무튼 역류 방지기를 설치하지 않았으면 수해 복구비를 지급할 수 없어요.

몇 년 전인가 홍수로 시장 사람들 열 명 죽고 할 때는 우리 집 수해 당했다고 반지하 네 세대에 복구비를 지급해 주었잖아요.

그때는 역류 방지기 홍보를 하지 않았을 때고요. 역류 방지기 홍보를 하고 난 후부터는 그걸 설치하지 않은 집은 복구비가 나가지 않아요.

아무리 그쪽에서 홍보를 했다지만 우리가 처음 듣는 걸 보면 홍보에 문제가 있었던 거 아닌가요?

무슨 말씀이세요. 반지하 방이 있는 집은 통장 반장들이 가가호호 방문하여 역류 방지기 설치하라고 권했는데요.

그런 권유 받은 적 없습니다. 그리고 말이죠, 홍수 예보가 날 때마다 텔레비전 열심히 보고 있는데, 그 어떤 전문가도 수해 방지 대책을 말하면서 역류 방지기 설치 운운한 적이 없는 것으로 기억하는데요.

텔레비전은 어땠는지 몰라도 우리 구청은 홈페이지를 통해서 열심히 홍보했다고요.

구청 홈페이지에 들어가 본 적이 없어서.

아무튼 역류 방지기 설치하지 않은 집은 복구비 지급 대상에서 제외한다는 것이 시청 방침이고 구청 방침이니 그리 아세요.

지금 강원도에서 물바다가 된 집들도 역류 방지기 실치하지 않은 집은 복구비를 지급받지 못하나요?

그건 경우가 다르죠. 역류된 게 아니라.

왜요? 역류가 되기도 하고 물이 길 쪽에서 밀고 들어오기도 하고.

아무튼 그쪽 댁은 물바다가 된 게 아니라 역류된 것이니 보상 받을 수 없어요.

역류 방지기, 역류 방지기 하는데 도대체 역류 방지기는 어떻게 설치하는 거예요?

가정 하수도 끝나는 지점에 맨홀을 파고요, 거기에 역류 방지 시설을 하는 거지요. 도로 하수도에서 물이 역류하면 맨홀에 고이게 되고, 맨홀 물은 역류 방지 시설이 있기 때문에 가정 하수도로 들어오지 않지요.

그럼 아예 하수도를 막아 버리는 꼴이군요. 그럼 가정에서 흘러나가는 물은 어떻게 되나요? 그 물이 역류하는 거 아닌가요?

그러지 못하도록 맨홀에 양수기를 설치해야지요.

양수기요?

맨홀 공사와 역류 방지 시설은 구청에서 무료로 해 드리고요, 양수기 설치비는 집주인이 부담해야 돼요. 20만 원 정도 들어요.

예? 양수기를 1년 내내 맨홀에 설치해 두어야 하나요? 홍수가 있는 여름 몇 달만 설치하나요?

그야 집주인이 알아서 해야죠. 요즘 양수기는 물이 차오르면 자동으로 돌아가도록 센서가 달려 있는 것도 있으니 1년 내내 설치해 두어도 되지요.

비가 억수로 쏟아지는데 양수기로 맨홀 물을 다 못 퍼낸다든지 양수기가 고장 난다든지 하면 어쩌죠?

그야 각 가정이 알아서 할 일이죠. 우리 구청은 거기까지만 도와 드린다는 거죠.

맨홀에 물이 고여 있으면 모기가 슬 텐데 어떡하죠?

그런 걱정까지 구청이 해 드릴 수는 없군요. 암튼 역류 방지기 설치하려면 동사무소에 신청하여 구청으로 신청서 올라오도록 하세요.

지금 전화 받으신 분에게 직접 신청하면 안 될까요?

허 참, 행정 절차라는 게 있잖아요? 동사무소에 신청하세요.

구청에 전화를 건 지 몇 주 후에 또 태풍이 몰려와 큰 홍수가 예상된다고들 했다. 텔레비전에 재해 대책 본부 관계자와 전문가들이 나와 수해 방지 요령을 홍보했다. 이번에도 역시 역류 방지기 설치에 관해 언급하는 사람은 하나도 없었다. 역류 방지기를 설치하지 않으면 수해가 나도 복구비를 지급받지 못하니 유의하라는 말은 더더욱 들을 수 없었다.

역류 방지기를 설치해 보았자 이런 홍수에는 별 소용이 없다는 것을 그들은 너무도 잘 알고 있는지도 몰랐다. 아니면 역류 방지기에 대해 그 효능을 두고 전문가들 사이에 의견 차이를 보이고 있을지도 몰랐다.

우리 집은 여전히 역류 방지기 설치를 신청하지 않았고, 일기 예보대로 폭우가 쏟아졌다. 아내와 나는 반지하에 있는 나의 제1작업실 화장실 하수구 구멍과 개수대 아래 구멍을 비닐에 싼 수건 뭉치로 틀어막았다. 화장실 하수구 구멍 위에는 물을 가득 받은 물통을 올려놓아 어떤 역류에도 버틸 수 있도록 해 두었다 역시 반지하에 있는 제2작업실 화장실 하수구 구멍 위 물통에는 커다란 돌까지 집어넣어 압력이 가중되도록 했다.

다행히 이번 폭우에는 그러한 역류 방지 대책들이 주효했는지 구정물이 거꾸로 쏟아 올라오지 않았다.

구정물이 역류했던 그 사흘 전, 나는 아침 7시경 제2작업실에서 제1작업실로 이동하려다가 깜짝 놀랐다. 제2작업실 출입문 앞 데코타일을 깔아 놓은 복도에 똥 덩어리가 호젓한 산길의 서낭당처럼 푸짐하게 쌓여 있었다. 묽지도 않고 되지도 않고 적당한 점도(粘度)의 누르뎅뎅한 똥이었다. 복도를 내려다보지 않고 걸어갔더라면 하마터면 그 똥을 밟고 미끄러져 복도 바닥에 머리가 부딪혀 뇌진탕이라도 일으킬 뻔했다.

똥은 방금 싸 놓은 듯 만지면 따뜻한 기운이 느껴질 것도 같았다. 이상하게 냄새는 그리 나지 않았다. 새벽 2시경 내가 제2작업실에서 제1작업실로 이동한 적이 있고 5시경에 다시 제2작업실로 돌아왔으니 똥은 5시에서 7시 사이에 싼 것이 분명했다. 7시 무렵이면 원룸 직장인들이 움직이는 시간대이므로 아마도 5시나 6시 가까운 시각에 똥을 쌌을 것이었다. 누군가가.

나는 급히 4층 살림집에 있는 아내에게 휴대폰으로 전화를 걸어 똥의 출현을 알렸다.

또, 또, 또, 똥이라고요?

아내가 당황하여 또, 또 한 것뿐이지 또(다시) 누가 똥을 쌌느냐는 반문은 아니었다.

그래, 누가 똥을 복도에 싸 놓았어. 그것도 엄청 한무더기로.

내 참, 애들 밥 차려 주고 출근 준비해야 하는데.

그래도 아내는 고맙게도 빨리 내려와 주었다.

아니, 누가 이렇게 똥을 싸 놓았지?

아내와 나는 똥 주위에 밀레의 「만종」 부부처럼 엄숙하게 서서 똥 덩어리를 내려다보며 살폈다. 「만종」의 아내는 두 손 모아 기도하고 있었지만, 내 아내는 고무장갑을 낀 두 손으로 세숫대야를 들고 있었다.

어, 휴지도 없네.

아내의 위대한 발견이었다.

그렇네. 똥을 싸고 뒤도 안 닦고 간 건가?

똥 주변에 구겨진 휴지 같은 것이 일체 없으므로 똥 덩어리는 한결 신성한 권위를 지니고 있는 듯했다. 아내는 제1작업실에 있는 휴지 뭉치로 똥을 쓸어 모아 5리터짜리 종량제 쓰레기 봉투에 담아 내다 놓고는, 제2작업실에서 세숫대야에 물을 받아 복도에 흥건히 붓고 대걸레로 닦았다.

아내는 기기묘묘한 선천성 기형아들이 입원해 있는 아동 시립병원에서 근무한 적이 있으므로 똥을 치우는 기술은 거의 예술적인 경지에 이른 셈이었다. 순식간에 복도가 깨끗해졌다. 나는 슈퍼에서 사 온 항균 공기 탈취제를 복도에 모기약 살포하듯 뿌리고는 아내와 함께 작업실로 들어왔다. 아내가 내 작업실에 들어와 본 지도 꽤 오래된 것 같았다. 아내는 잠시 내 작업실 상황을 살피고는 몇 가지

지적을 해 주었다. 아내가 내 작업실로 들어오면 나는 군대 시절 내무 검열을 받는 기분이 들곤 했다.

근데 누가 똥을 싼 거죠? 똥은 이번이 처음이잖아요. 그동안에는 오줌만 싸고 갔는데.

한동안 거의 일주일 간격으로 복도에 홍건하게 오줌이 고인 일이 있었다. 오줌의 냄새와 양으로 보아 어린이가 아니라 장성한 자가 그 짓을 한 것 같았다. 주로 복도 창문 쪽 모서리 부분을 겨냥하여 오줌을 쌌는데 어떤 때는 대담하게 복도 한복판에 싸 놓기도 했다. 그래서 복도 모서리에 화분을 갖다 놓아 보았으나 기다렸다는 듯이 아예 화분을 겨냥하여 또 오줌을 쌌다. 화분 배양토에다 오줌을 싸는 때도 있었다. 큼직한 화분에 심어 놓은 은행나무는 오줌 세례를 받고 봄이 되어도 마른 가지에 잎들이 돋아나지 않아 죽은 줄로만 알았다.

반지하를 1층으로 치면 오줌은 1층부터 시작하여 4층 복도까지 점령했다. 1층, 2층, 3층 식으로 차례대로 싸는 것은 아니었지만 무작위로 층을 바꾸어 가며 싸는 것은 확실했다.

한밤중에 지나가는 취객이 오줌이 하도 마려워 급히 원룸 건물로 들어와 오줌을 싸고 가는 것이라면 그렇게 정기적으로 오줌이 복도에 고일 수 없었다. 적어도 학생과 직장인 합하여 열 명가량이 건물을 수시로 드나들고 우리 식구 네 명도 그러는데, 어느 시점에 오줌을 싸고 가는지 그 시간 맞추기(타이밍)가 절묘하기까지 했다. 대낮의 어떤 시점에도 복도에 오줌이 고여 아지랑이를 피우는 것을 발견하는 경우가 있었으니 사람들의 왕래가 뜸한 한밤중이나 새벽녘에만 방뇨를 하는 것도 아니었다.

아내는 복도에서 오줌을 발견하거나 나를 비롯한 우리 식구로부터 방뇨 신고가 들어오기가 무섭게 세숫대야와 대걸레를 가져와 재빠르게 닦아 내었다. 원룸 입주자들이 보면 큰일 난다는 듯이. 아내가 출근한 후에 내가 발견하게 되는 경우는 그 수고가 나의 몫이 되었다. 원룸 입주자들 중에서도 오줌을 발견한 사람들이 있었을 텐데 그들로부터 신고가 들어온 적은 한 번도 없었다. 하긴 자기들이 신고를 안 해도 주인집에서 늘 알아서 치웠으니까. 또한 주인을 난처하게 하지 않으려는 배려도 있었을 것이었다.

아내와 나는 도대체 누가 그렇게 남의 집 복도에 오줌을 싸고 가는지 여러모로 추리를 해 보았다. 우선 원룸 건물을 드나드는 사람들을 떠올려 보았다. 하루 중 맨 먼저 새벽에 건물로 들어오는 신문 배달원, 그다음 우유 배달원, 그리고 원룸 입주자들의 주문을 받고 식사를 배달해 주는 식당 종업원들. 우선 이 세 부류는 그 직업의 성격상 방뇨 혐의자의 목록에서 제외되었다. 종종 들르는 전기, 가스, 수도 계량기 검침원들도 그 공무적인 업무의 성격상 제외되었다. 대낮에 전도하러 다니는 여호와 증인이나 기타 종교인들이 남의 집 복도에 방뇨할 리는 없었다. 그렇다면, 업소 광고 전단지나 스티커를 붙이러 다니는 아르바이트생들? 학교 수업을 마치고 집으로 돌아가는 중고생들? 그런데 왜 그들이 건물 뒷편에 으슥한 곳도 있는데 하필 건물 안으로 들어와 방뇨를 한단 말인가.

큰 개가 지나가다가 한 번 오줌을 누고 나서 종종 같은 건물 같은 장소로 와서 싸고 간다는 것도 말이 되지 않는 것 같았다. 벽 50센티미터 이상 높이에 오줌의 과녁이 된 흔적이 있기도 해서 개도 일찍감치 혐의자 목록에서 빠졌다.

물론 한밤중이나 새벽에 오줌이 마렵게 된 취객은 처음부터 혐의자 목록에 들어 있었으나 묘하게도 오줌 근처에서 토사물 같은 것을 발견한 적은 없었다. 그리고 오줌의 향방이 어지럽지가 않고 일정한 방향으로만 향하고 있어 취객의 짓이라고 단정 지을 수도 없었다.

그렇다면 노숙자 형상으로 시커먼 보퉁이를 옆구리에 끼고 종종 동네를 돌아다니는 그 중년 남자? 정신을 좀 놓은 사람 같으니 아무 생각 없이 건물로 들어와 싸고 갈 수도 있긴 했다.

혐의자를 더듬다 보니 결국에는 원룸에 사는 학생과 직장인들도 의심스럽지 않을 수 없었다. 그들 중 누가 집주인에게 불만을 품고 있다면? 그런 동기가 없다 하더라도 개중에 몽유병 환자가 있어 자기도 모르게 한밤중에 원룸 문을 열고 나와 센서 등이 불을 밝히고 있는 환한 복도에서 방뇨를 한 후에 다시 방으로 돌아가 잠을 자고는 그 일을 전혀 기억하지 못할 수도 있었다. 그것도 아니면 남의 집 복도에 방뇨를 해야 비로소 배설의 쾌감을 맛보게 되는 변태성욕자?

하긴 한 부류의 한 사람만 오줌을 싸고 가는 것이 아닐 수도 있었다. 여러 종류의 사람이 돌아가면서 싸고 가는데 우리에게는 그 일이 정기적으로 여겨지고 계산된 듯이 느껴지는지도 몰랐다. 오줌 세례를 받은 곳에, 제발 그러시지들 말라는 호소성 경고 쪽지까지 붙여 보았으나 그것을 비웃기라도 하듯이 오줌을 더 풍성하게 싸고 갔다.

그러다 보니 건물로 들어서거나 작업실에서 살림집으로 가기 위해 계단을 오를 때 위층 복도에서 오줌 싸는 소리가 들리지 않나 허리를 굽혀 귀를 기울여 보는 습관이 생기고 말았다. 언젠가는 방뇨자와 현장에서 맞닥뜨리게 되리라는 예감을 늘 갖고, 그럴 경우 방뇨자를 어떻게 처리할 것인가 여러 상황을 상상해 보기도 했으나 예감이 적중하는 날은 좀체 오지 않았다. 이런 일로 경찰에 신고하기도 그렇고.

감시 카메라라도 설치해야 되나, 그 카메라 값이 얼만데, 이런 생각까지 날 지경에 이를 즈음, 그래도 내가 붙인 호소성 경고 쪽지가 효험을 보았는지 복도에서 오줌을 만나는 횟수가 차츰 줄어들었다. 그러다가 마침내 몇 달이 지나도 방뇨 사건이 일어나지 않았다. 우연의 일치인지 몰라도 그 무렵부터 노숙자 형상을 하고 동네를 돌아다니던 중년 남자의 모습도 보이지 않았다.

그런데 그 노숙자가 다시 나타나지도 않았는데 이번에는 똥이라니. 방뇨 노이로제가 어느 정도 치유되어 가는 무렵이라 그동안의 방심과 자기 위로가 무참히 모욕당한 기분이었다.

아내와 나는 누가 먼저랄 것도 없이 이번 배변자가 이전의 방뇨자, 아니면 이전의 방뇨자들 중 하나라고 당연히 생각했다. 그 방뇨자가 몇 달 동안의 고심 끝에 한 단계 강도를 높여 이번에는 작은 것이 아니라 큰 것을 싸기로 마음먹었을 거라고.

그 신선한 아침에 똥 덩어리를 보는 순간, 아, 변태성욕자다, 하는 생각이 나의 뇌리를 스치고 지나갔다. 오줌의 경우는 한참 추리한 끝에 변태에까지 생각이 미쳤지만 똥의 경우는 금방 그런 생각이 떠올랐다. 변태성욕자가 아니고서야 어떻게 건물 뒷편 으슥한 곳을 놔두고 센서 등이 작동하는 남의 집 복도 한복판에서 배변을 할 수 있단 말인가.

이번에도 취객이 한밤중에 싸고 간 것 같지는 않아요. 너무도 깨끗하게 똥을 싸 놓고 갔잖아요.

아내의 말에 내가 고개를 끄덕이며 변태 운운하려다가 얼른 혀를 돌려 변 자만 사용했다.

변을 보다가 인기척이 나니까 뒤도 닦지 않고 도망을 갔나?

그랬다면 도망 가다가 똥물을 흘린 흔적이라도 있을 텐데 복도 전체가 깨끗하잖아요.

그러게 말이야, 이제 오줌이 아니라 똥으로 승부를 걸겠다는 건가?

승부는 무슨 승부요?

아내가 결의에 찬 나의 표정을 보고 기가 찬 듯 쿡쿡, 웃음을 삼켰다.

내가 원룸 학생들이 보기 전에 똥을 먼저 발견해서 망정이지 이거 창피해서 집주인 노릇 할 수 있나?

또 당신 밤을 새운 거예요? 그 번역 작업 때문에?

그 덕에 아침 일찍 똥을 발견했지.

아내와 나는 배변자에 대한 추리로 들어갔으나 방뇨자의 경우와 별다를 바 없었다. 그러나 한 가지는 달랐다. 방뇨자의 경우는 남자라는 것이 기정사실로 굳어져 있었으나 이번에는 여자도 얼마든지 그런 식으로 똥을 눌 수 있다는 생각이 들었다. 변태성욕자라고 해도 남자에게만 국한되리라는 법은 없었다.

그런 일이 있고 나서 며칠 후에 태풍이 몰려왔고 하수도 역류 사건이 벌어진 것이었다. 복도의 똥은 앞으로 똥물이 역류하리라는 예언인 셈이었다. 똥은 예로부터 예언적인 성격을 지니고 있지 않은가. 구약의 기이한 선지자 에스겔과 똥.

"너는 그것을 보리떡처럼 만들어 먹되 그들의 목전에서 인분 불을 피워 구울지니라. 여호와께서 또 가라사대 내가 열국으로 쫓아 흩을 이스라엘 자손이 거기서 이와 같이 부정한 떡을 먹으리라 하시기로 내가 가로되 오호라 주 여호와여 나는 영혼을 더럽힌 일이 없었나이다. 어려서부터 지금까지 스스로 죽은 것이나 짐승에게 찢긴 것을 먹지 아니하였고 가증한 고기를 입에 넣지 아니하였나이다. 여호와께서 내게 이르시되 쇠똥으로 인분을 대신하기를 허하노니 너는 그것으로 떡을 구울지니라."

나는 어릴 적에 똥 불로 떡을 굽는 것이 아니라 아예 똥 자체를 옹기 그릇에 담아 연탄불로 굽고 있는 아주머니를 본 적이 있었다. 그날 어스름 무렵, 온 동네는 그 똥 굽는 냄새로 코를 들 수 없을 지경이었다. 냄새의 근원지로 사람들이 하나 둘 몰려갔다. 똥을 굽던 아주머니는 남편이 허리에 병이 있어 똥을 구워 먹이려 한다고 했다.

하수 물이 역류하던 바로 그날 밤과 새벽에 바깥 소음 차단용으로 음악을 크게 틀어 놓는 바람에 나는 폭우가 기상예보대로 쏟아지고 있는 줄도 모르고 작업에 몰두해 있었다. 나는 그 작업을 맡은 것이 부담스럽기도 했지만, 살아오면서 가장 감명 깊게 읽은 책을 원서로 읽게 되었다는 사실 하나만으로도 가슴 벅차지 않을 수 없었다.

내가 그 출판사에 다른 일로 찾아갔다가 편집장에게 내 이력 몇 가지를 말한 것이 화근이라면 화근이었다. 그 이력이란 내가 대학원 졸업논문으로 분석 심리학에 기초한 종교 심리학 논문을 써서 우수 논문에 뽑혔다는 것과 신(神)의 문제로 많은 갈등을 겪었다는 것 등이었다. 그러자 편집장은 분석 심리학 대가의 자서전 번역 판권을 사 왔는데 마땅한 번역자를 찾지 못했다면서 내가 적임자라고 추켜세웠다. 그 책을 번역하기 위해서는 그 분야에 소양이 있어야 하며 정확한 문장을 구사할 줄 아는 문필가여야 하고 그 책의 저자처럼 신에 대한 갈등 경험이 있어야 하는데 내가 바로 그 사람이라는 것이었다. 그리고 얼마 전에 미국의 유명한 소설가의 작품을 번역한 내 실력을 알고 있다고 했다. 거기에 덧붙여 요즘 소설이 통 안 팔린다는 말도 했다. 듣기에 따라서는 소설이 안 팔리니 번역이라도 하시라고 권하는 것처럼 여겨질 수도 있었다.

편집장이 나에게 건네준 책은 영어로 번역된 책이었다.

이분의 자서전이 원래는 독일어로 되어 있지만 영어로 번역되어 있어 영어책을 가지고 번역을 하면 될 겁니다. 미국 출판사 쪽에서 받아 온 책이에요.

내가 10여 년 전에 가장 감동 깊게 읽고 추천하기를 마지않았던 그 책도 영어책을 가지고 번역한 것을 알고 있었다. 물론 그 책이 번역투의 문장, 직역을 함으로써 의미 전달이 잘 되지 않는 문장, 아예 문법이 틀린 문장, 전문용어를 잘못 번역한 문구들이 많다는 것은 처음 읽은 그때에도 느끼고 있었다. 그렇지만 나에게 밀려온 감동은 일생 동안 풀어 놓아도 다 풀지 못할 것 같았다.

그러나 그 책은 이미 절판되었고 번역 출판권 교섭도 되지 않은 일종의 해적판인 셈이었다. 이번에 정식으로 번역 출판권을 사 와서 그 책을 한국에서 떳떳하게 출간할 수 있게 된 것은 천만다행이었다. 내가 그 일을 감당하게 된다면 나의 창작 작업 못지않은 중요한 결과물이 될 것이라는 예감이 들었다.

나는 검토해 보겠다는 답변을 남기고 그 영어책을 가지고 와 이전에 읽은 책과 비교해 보았다. 그야말로 실망이었다. 오역도 그런 오역이 없었다. 제대로 정확하게 번역된 문장을 한 페이지에서 몇 개 찾아내기도 힘들 정도였다. 일부러 이런 식으로 오역을 하려고 해도 그리 쉽게 되지 않을 것이었다. 어떻게 이런 책을 읽고 가장 감명 깊게 읽은 책이라고 여기게 되었을까. 내가 생각해도 기묘한 일이었다. 그 책을 읽으면서 원서 문장을 무의식적으로 생각하며 읽었다고밖에 그 현상을 설명할 길이 없었다. 그렇지 않고서야. 그 책을 열심히 선전하고 다니며 추천했던 일이 부끄럽게 여겨졌다. 그런 한편 새로운 사명감이 생기기도 했다.

영어로는 불분명한 단어와 문장의 뜻을 좀 더 명확하게 잡아내기 위해 출판사에 독일어 원서를 구해 달라고 부탁하여 이번에는 독일어 원서와 영어 번역을 비교해 보았다. 영어 번역에도 문제가 많았다. 지나친 의역으로 독일어 원서의 뉘앙스를 살리지 못하는 대목들이 많았고, 심지어 임의로 문단과 문장들을 빼 버리고 원서에도 없고 꼭 집어넣을 필요도 없는 단어와 문장들을 불쑥불쑥 삽입해 놓고 있었다. 분명한 오역으로 지적될 수 있는 문장들도 종종 눈에 띄었다. 영어 번역가들이 다른 나라 책들을 번역할 때 어떤 오만한 자세를 가지고 있지 않나 의구심이 들 정도였다.

나는 결국 독일어 원서를 직접 번역하기로 마음먹었다. 독일어 원서 출판권도 영어책을 발간한 그 출판사가 가시고 있다고 원서 앞 페이지에 명시되어 있었다. 독일어는 고등학교와 대학 시절에 '학이시습지 불역열호'로 익힌 적이 있어 그나마 다행이었다. 독일어만큼 그 의미가 분명하게 다가오는 언어도 없을 것이었다. 정확한 사유를 위한 언어로는 독일어가 제격인 셈이었다. 다만 무한히 변주되는 합성어들의 의미를 어떻게 파악하느냐가 관건이었다.

나는 마감 날짜에 쫓겨 매일 밤 12시부터 새벽 6시까지 작업을 해 나갔다. 번역만큼 시간이 빨리 지나가는 일도 세상에 없는 듯싶었다. 그야말로 백구과극(白駒過隙)이었다.

그 역류의 밤에 나는 그 자서전 주인공의 학창 시절 대목을 번역하고 있었다. 그는 어릴 적에 한 꿈을 꾸었는데 엄청나게 신성모독적인 것이었다. 목사인 아버지나 그 가족 앞에서는 말할 것도 없고 그 누구에게도 발설해서는 안 되는 내용이었다. 그러나 몇 년을 두고 그 꿈의 기억이 따라다녔고 그럴 때마다 생각을 이어 가지 않으려고 몸부림을 쳤다.

그러다가 열두 살이던 어느 날 그는 마침내 그 기억의 수문을 열어 버렸다. 그 순간의 마음 상태를 절묘하게 표현하고 있었다. 나는 흥분을 감추지 못하고 독일어 사전과 씨름하며 그 대목을 한 문장 한 문장 번역해 나갔다.

"내가 용서받을 수 없는 죄를 지금 막 어쩔 수 없이 지으려고 하는데도 하느님은 내가 더 이상 저항할 수 없다는 것을 알고는 나를 도와주지 않고 있다. 하느님은 그 전능한 힘으로 나에게서 이런 충동을 어렵지 않게 거두어 갈 수 있는데도 그렇게 하지 않는다. 하느님이 내가 영원한 저주를 두려워하며 온 힘을 다해 막고 있는 그 일을 하도록 특별한 임무를 줌으로써 나의 복종을 시험해 보고 있단 말인가?"

"나는 지옥의 불길 속으로 뛰어들려고 하는 것처럼 용기를 끌어모아 생각이 떠오르는 대로 내버려 두었다."

나는 여기까지 번역하고, 어떤 생각이 떠오르도록 내버려 두었는가 숨을 죽이며 그다음 문장으로 넘어갔다. 그 생각이야말로 주인공의 인생을 바꿀 만한 내용을 담고 있을 것이 분명했다. 주인공 혹은 저자는 독자들이 그 생각에 대한 호기심을 가지고 책을 계속 읽어 나가도록 소설가 못지않게 묘한 긴장감을 유지해 나가고 있었다. 나는 이 대목에 이르러 이 책의 주인공 혹은 저자는 노벨 문학상, 아니 그 이상의 상을 받아야 한다고 여겨졌다. 하긴 이 책의 주인공은 자신에게 그런 이상한 상이 주어질까 봐 자서전을 자기가 죽고 난 후에 출간하라고 유언해 두었다. 자서전이 몰고 올 파장을 자신의 죽음으로 막아 내겠다는 결의였다.

"내 눈앞에 아름다운 대성당과 그 위의 푸른 하늘이 보였다."

영어 번역은 독일어 원서에서 '눈'과 '아름다운'과 '그 위'에 해당하는 단어를 빼어 버렸다. 이 대목에서 '아름다운'이라는 단어는 뒤의 내용과 대비(對比)하는 의미가 있는데 말이다. 아무튼 나는 최대한 독일어 원서의 뉘앙스를 그대로 살리려고 했다. 문제는 그런 것보다 과연 주인공이 어떤 기억의 수문을 열었는가 하는 것이었다. 나는 심장이 멎을 것 같아 나도 모르게 심호흡을 한 번 했다.

"하느님은 세상 저 위 높은 곳에서 황금 옥좌에 앉아 있고, 옥좌 밑으로 거대한……."

나는 일단 '거대한' 다음의 단어를 나중에 번역하기로 하고 그것을 건너뛰어 다음 문구로 넘어갔다.

"반짝이는 성당 새 지붕에 떨어져 지붕을 산산조각 내고 성당의 벽들을 부순다."

다시 '거대한' 다음의 단어로 돌아왔다. '엑스크레멘트(Exkrement)'라는 단어였다. 영어에도 익스크레먼트(excrement)라는 단어가 있는데 영어 번역은 '터드(turd)'라고 옮겨 놓았다.

아, 똥!

나는 앰프 스피커에서 들려오는 드보르작의 「신세계」음조보다도 더 큰 소리를 내었다.

엑스크레멘트나 익스크레먼트는 배설물이라 번역될 수 있는 단어로 똥을 고상하게 표현해 주는 말이었다. 독일어 사전에도 그 단어 앞에 '교양'이라는 분류어가 붙어 있었다. 단어 풀이도 '교양'답게 배설물, 분뇨라고 되어 있었다. 그러나 영어 '터드' 앞에는 '속어, 비어'라는 분류어가 붙어 있었다. 단어 풀이도 1. 똥(덩어리), 2. 똥 같은 놈, 비천한 인간이라고 되어 있었다. 그야말로 속어요 욕이었다.

그 순간, 내 마음에 분뇨는 교양어이고 똥은 비속어라는 고정관념에 대해 대거리를 하고 싶은 충동이 일어났다. 한문은 교양어이고 순우리말은 비속어라는 조선 시대 양반들의 고정관념이 지금까지도 고스란히 이어지다니. 나는 교양어를 사용한 저자의 의도에도 어긋나지 않는다는 자신감을 가지고 '엑스크레멘트'를 '똥'이라고 번역했다. 앞에 '거대한'이 있으므로 '똥 덩어리'라고 번역하는 편이 적절할 것이었다. 그리고 번역을 해도 되고 안 해도 되는 부정관사는 이 경우엔 번역을 하는 것이 나을 듯싶었다. 그래서 일단 '거대한 똥 덩어리 하나가'라는 문구가 이루어졌다. 그런데 '하나'를 '한 개'라고 해야 할지 한참을 따져 보다가 '하나'로 하기로 결정했다.

"하느님은 세상 저 위 높은 곳에서 황금 옥좌에 앉아 있고, 옥좌 밑으로 거대한 똥 덩어리 하나가 반짝이는 성당 새 지붕에 떨어져 지붕을 산산조각 내고 성당의 벽들을 부순다."

말하자면 대성당이 똥 세례를 받는 괴기한 꿈을 주인공이 어릴 적에 꾼 것이었다. 그리고 그 무서운 신성모독적인 꿈의 내용을 발설하지 않으려고 그토록 몸부림친 것이었다. 그러나 내가 보기에 주인공은 하느님이 대성당 저 위 높은 곳에 있다는 사실을 간과한 것 같았다. 하느님이 똥 세례를 받지 않았으므로 그 꿈은 신성모독적인 것이 아니었으나 어린 마음에 그 사실은 미처 눈치채지 못한 모양이었다. 하느님의 옥좌 밑에서 똥 덩어리가 떨어졌으므로 하느님의 똥이 대성당으로 떨어져 지붕과 벽을 때려 부순 셈이었다. 복음의 배설물로 똥칠(금칠)을 하고 있는 교회들.

그 책의 주인공은 나중에 전통적인 기독교의 신 개념을 초월한 새로운 차원의 신 개념을 발전시키지만 어릴 적에는 목사인 아버지의 영향에서 자유롭지 못하여 전통적인 신 개념을 여전히 지니고 있었다고 볼 수 있다.

그 책에서 주인공이 언급하고 있지 않지만, 아마도 주인공은 자신의 마음 상태와 함께 말놀이와 관련된 꿈을 꾼 것일 수도 있었다. 독일어로 똥에 해당하는 또 하나의 단어가 있는데 그것은 '스툴 (Stuhl)' 또는 '스툴강(Stuhlgang)'이다. 원래 의자, 좌석을 가리키는 '스툴'은 화장실 변기라는 의미로 바뀌면서 '똥'이 되었다. 그리고 가톨릭의 관청 소재지를 가리키는 말로도 쓰였다. 교황청을 뜻하는 독일어 '데어 하일리게 스툴(der Heilige Stuhl)'을 잘못 번역하면 '거룩한 똥'이 되기 십상이었다.

한국 사람이 그런 똥 꿈을 꾸었으면 그다음날 로또 복권을 샀을 것이다.

내 소설을 정부 기관에서 우수문학도서로 뽑아 지원해 준 적이 있었다. 내심 감사한 마음이 들기도 했지만, 그렇게 지원을 받아 재판을 찍게 된 책 표지를 보고 나는 그만 힘이 빠졌다.

"힘내라, 한국 문학!"

표어가, 표어와는 거리를 두어야 하는 소설책 표지에 둥그런 스탬프처럼 쿡 찍혀 있었다. 북 디자이너가 그토록 고심한 표지 구성은 여지없이 허물어지고 말았다. 그리고 마지막 페이지를 보고는 더욱 맥이 풀렸다.

"이 책은 한국문화예술진흥원이 주관하는 이달의 우수문학도서 보급 사업의 일환으로 국무총리복권위원회의 복권 기금을 지원받아 무료로 제공하는 책입니다. 문학회생프로그램추진위원회."

복권 기금이라. 로또는 없어져야 할 것으로 알고 로또 복권 한 장 사 본 적이 없는 작가에게 복권 기금이라. 문예진흥기금이라는 그럴 듯한 표현도 있는데. 복권위원회는 또 뭔가. 위원회, 위원회, 위원회, 위원회, 위원회, 위원회, 아아. 이제 문학회생프로그램추진위원회까지. 아, 문학이 죽어 가고 있구나. 드디어 문학을 불쌍히 여기기 시작했구나.

그런데 로또 1등 당첨된 자의 아버지가 로또를 죽이겠다고 나서는 이유를 아무도 곰곰이 생각하지 않는다. 죽어야 할 로또를 가지고 죽어 가는 문학을 회생시키겠다니. 로또 1등 당첨된 자의 아버지는 이미 로또를 똥이라고 선언했다. 똥은 바다로 흘러가 바다 이야기가 된다.

나는 다시 책을 덮고 표지를 내려다보았다.

똥이다!

누르뎅뎅한 둥근 원이 정말 스탬프처럼 쿡 찍혀 있었다.

내가 번역하고 있는 책의 주인공은 오랫동안 막고 있던 기억의 수문을 열고는 영원한 저주가 임할까 두려워했다. 그러나 그 결과는 전혀 다르게 나타났다.

"바로 그것이었다. 나는 깊은 안도감과 말할 수 없는 해방감을 느꼈다."

영어 번역에서는 '깊은 안도감'에 해당하는 문구를 또 생략해 버렸다. 왜 저자가 힘써 단어를 골라 표현해 놓은 것을 번역가가 작문지도를 하듯이 슬쩍 빼어 버리는 것일까. 영어에는 안도감과 해방감을 동시에 표현해 낼 수 있는 단어가 있다는 것을 자랑하는 것인가.

"저주를 예상했는데 그 대신 은총이 나에게 임하고, 그와 동시에 내가 전혀 알지 못했던 형언할 수 없는 축복이 임했다. 나는 행복감과 감사함으로 울었다."

나도 이상하게 눈물이 나려고 했다. 그 순간, 화장실 쪽에서 쿵,

하는 소리가 났다. 무슨 소린가 하고 화장실 문을 열었을 때, 화장실은 역류한 똥물로 출렁이고 세척용 식염수 빈 병들과 비눗갑 세숫대야 들이 그 똥물 위에 떠다니며 벽과 문에 부딪히고 있었다.

제2작업실 화장실은 아직은 똥물이 넘쳐서 방으로 밀려 나오지는 않고 있었다. 나는 정신이 번쩍 들면서 제1작업실을 아이 이름 부르듯 부르며 그쪽으로 달려가 보았다. 제1작업실은 이미 화장실에서 똥물이 방으로 흘러나오고 있었다. 작업실이라고 해 봐야 다섯 평 남짓밖에 되지 않아 똥물은 금방 방바닥 전체를 덮어 버렸다.

책장이 포화 상태라 방바닥에 깔아 놓았던 책들은 어느새 그 밑동이 젖고 말았다. 나는 허겁지겁 그 책들을 높은 책상 위로 옮겨 놓았다. 그중에 내가 아끼던 책들도 제법 있어 아이고, 아이고 소리가 저절로 나왔다. 내가 늘 아끼던 『낭만적 거짓과 소설적 진실』도 그 밑이 똥물에 젖고 말았다. "속물들끼리는 첫눈에 서로를 알아보고 즉시 서로를 증오한다." 다행히 그 문구까지는 똥물이 올라오지 않았다.

똥물이 한 번 훑고 지나간 방은 좀체 악취가 가시지 않았다. 그 방에 앉아 있으면 얼굴이 화끈거리고 등을 비롯하여 온몸의 피부가 따끔거렸다. 작은 개미 같은 것이 러닝 안으로 들어갔나 하고 털어도 보고 공기 탈취제를 뿌려 보아도 소용이 없었다. 방에 냄새가 나고 몸이 간지러울수록 공기 탈취제를 더 많이 뿜어 대었다. 그러면 더욱더 몸이 간지럽고 얼굴이 따가울 지경이 되었다. 한동안 그러다가 우연히 공기 탈취제 겉면에 적힌 깨알 같은 문구들을 읽어 보게 되었다.

"집 안 전체에 사용하시기 전에, 방 하나에 사용하시어 제품에 신체 반응이 일어나는 사람이 있는지 24시간 동안 관찰하신 후 이상이 없을 경우 사용하십시오."

이 중요한 문구가 왜 이리도 개 씹구멍만 한가. 나는 공기 탈취제를 신발장 안에 집어넣어 버렸다. 공기 탈취제를 뿌리지 않자 조금씩 얼굴과 피부가 편안해졌다. 거기서 나는 구청에서 설명해 준 그런 식의 역류 방지기는 역류를 더욱 일으킬 뿐이라는 예감이 들었다. "힘내라, 한국 문학!"을 보았을 때 내가 힘이 빠졌듯이. 역류 방지기 홍보 운운한 것은 수해 복구비를 아끼려는 속셈인지도 몰랐다. 왜 홍보를 했는데 듣지 못하고 보지 못했느냐. 홍보를 듣고 보았더라면 더 곤욕을 치를 뻔했다.

복도의 똥 덩어리가 예언한 똥물 역류 사건이 있고 나서 일주일쯤 지난 후 내가 외출했다 돌아오니 아내의 표정이 영 좋지 않았다.

이번에는 2층에다 1층에서처럼 똥을 또 싸 놓았어요.

나는, 방뇨 때처럼 이 친구가 배변도 층마다 무작위로 돌아가면서 할 작정인가 싶어 등허리로 식은땀이 배어들었다.

얼마나 퍼질러 놓았는지 치우느라 혼났어요. 어휴, 이번에는 냄새도 지독해요.

휴지는 없었고?

이번에도 휴지는 없었어요. 참 희한하죠? 아랍 사람들처럼 손으로 닦았나?

아랍 사람들은 손으로 닦는 게 아니라 물로 닦는 거지.

나는 그 순간, 일주일 전에 번역하던 대목이 문득 떠올랐다. 혹시

하느님의 똥? 똥 같은 세상에서 똥처럼 살고 있는 나의 삶에 대한 경고로 하늘에서 내리는 똥?

소설이란 타락한 세상을 타락한 방법으로 보여 주는 것이라고 골드만이라는 문학사회학자가 말했습니다. 나는 여기에 한 구절을 덧붙이고 싶습니다. 소설이란 타락한 자가 타락한 세상을 타락한 방법으로 보여 주는 것이라고 말입니다.

학교에서 내가 이런 말을 하면 학생들은 어리둥절한 표정으로 질문하기 일쑤였다.

타락해 보지 않고는 타락한 세상의 본질을 알 수 없다는 말인가요? 결국 소설이나 문학은 타락을 부추기는 건가요? 타락한 방법이라니요? 어떤 방법을 말하는 건가요?

그러면 나는 괜히 골드만의 말에 사족을 단 것을 후회하면서 그런 질문은 골드만에게 하라고 속으로 중얼거렸다. "우리가 다시 작품을 쓰기 시작해도 맨 끝에 가서야 비로소 처음에 무엇을 놓아야 했었는가를 발견할 것임은 명백하다." 골드만의 어려운 말들 중에서 이 구절만은 그야말로 명백히 이해되었다. 사실 이 구절은 파스칼이 한 말을 골드만이 약간 살을 붙여 인용한 문구였다.

타락한 세상을 타락한 방법으로 보여 주다가 맨 끝에 가서야 어떻게 처음을 시작해야 하는가를 깨닫고 다시 타락한 방법으로 소설을 써 나가고, 그러다가 또 맨 끝에 와서 처음에 무엇을 놓아야 했었는가를 발견하고 다시금 타락한 방법으로 소설을 시작하고…….

골드만은 결국 이런 말을 하고 싶었을까. 똥 같은 세상을 똥 같은 방법으로 보여 주어야 한다고.

내가 아내의 푸념을 들으면서 하늘에서 나에게 내려진 똥을 감당하기로 마음먹자 등판의 식은땀이 조금 따뜻해졌다. 그러나 아내에게, 우리, 똥을 감당합시다, 라고 말할 수는 없었다.

내 이놈 잡히기만 하면 똥구멍을 그냥 확.

그때 희한하게도 내가 그 배변자의 똥구멍을 선인장으로 닦아 주는 환상이 눈앞에 펼쳐졌다. 그 주인공의 자서전 번역을 하고 있어서 그런지 그 사람처럼 나도 어떤 영상이 뚜렷하게 떠오르는 경우가 부쩍 많아졌다. 하긴 그 주인공은 1차 세계 대전이 일어나기 직전에 온 유럽이 피바다에 잠기는 곡두를 뚜렷하게 보기도 하고, 녹색 금으로 된 몸으로 십자가에 달린 예수의 모습을 생생하게 보기도 하고, 죽은 자들을 모아 놓고 일곱 편의 설교를 하는 바실리데스를 소개하기도 하고, 그 외 수많은 환상들을 수시로 보면서 세세하게 기록까지 했으니 그 사람 앞에서는 누가 환상 체험을 했다고 명함을 내밀지도 못할 것이다.

정말이지 꿈도 아닌데 내 눈앞에서 얼굴도 모르는 그 배변자의 똥구멍을 내가 벙어리 장갑처럼 생긴 선인장으로 닦아 주고 있었다.

그리고 어디선가 선인장은 다른 식물들과 달리 밤중에도 산소를 내보낸다는 소리를 들은 기억이 났다. 아무리 공기를 맑게 하는 식물이라도 밤중에 방에 두고 자면 그 식물이 이산화탄소를 내보내기 때문에 건강에 좋지 않은 법인데 선인장은 오히려 밤에 방에 두는 것이 좋다고 했다. 그렇다면 똥물이 훑고 지나간 방 공기를 낮이나 밤이나 산소로 맑게 하는 데는 선인장이 제격이었다.

나는 아내에게 그 사실을 설명하고 함께 '심곡 농원'으로 가서 선인장을 샀다. 분갈이까지 하니 3만 원가량이 들었다. 선인장 이름을 물으니 주인이 시큰둥하게 부 무슨 선인장 종류라고 했다.

부처요?

내가 반문하자 주인이 마지못해 목소리를 조금 높여 주었다.

부채 선인장요.

정말 부채처럼 생긴 줄기들이 경절(莖節)을 이루며 부채춤을 추듯 풍성하게 뻗어 있어 실해 보이는 선인장이었다.

지하 방에서도 잘 사나요?

그럼요, 선인장이 얼마나 생명력이 강한데요. 겨울 내내 물 한 방울 주지 않아도 죽는 법이 없어요. 햇볕이 좀 들면 더 좋겠지만 그렇지 않아도 상관없어요.

반지하라서 햇볕이 전혀 들지 않는 것은 아니고요.

그럼 됐어요. 아무 염려 말고 키우세요. 잘 자랄 거예요.

그런데 제1작업실에 선인장을 두고 제2작업실에서 번역 작업을 하다가 이틀 만에 제1작업실로 가 보니 제법 큼직한 선인장이 맥없이 자빠져 있었다. 아마 쓰러질 때 퍽, 하는 소리가 났을 것이었다. 내가 달려가 일으키려고 하면서 살펴보니 맨 아래쪽이 물에 녹아 아무런 힘도 쓰지 못하고 있었다. 분갈이를 할 때 농원 아르바이트생이 물을 많이 준 모양이었다. 그 물이 빨리 화분을 빠져나가고 증발되어야 하는데, 똥물 냄새가 남아 있는 그 답답한 방에서 선인장도 뿌리로부터 역류하는 과다한 수분을 감당하지 못한 것 같았다.

불량품을 팔았다고 농원을 찾아가 항의하려다가 선인장은 지네처럼 잘려서도 잘 자란다는 말을 들은 적이 있어 아직 썩지 않은 부채들을 두 등분으로 나누어 각각 새 화분에 담아 두었다. 이번에는 지하 방에 두지 않고 4층 살림집 현관 바로 안에 두었다. 햇볕도 잘 들고 바람도 통하고 해서 그런지 뿌리도 없이 잘린 선인장인데도 쓰러지지 않았다. 큰 부채 두 개가 겹쳐진 한쪽 선인장 맨 꼭대기에는 길쭉한 타원형 연초록빛 부채가 앙증맞게 올라오기까지 했다. 그 부채 군데군데 촘촘히 아주 작고 부드러운 잎(?)이 가시 모양으로 뾰족하게 돋아나 얼마든지 만져 볼 수도 있었다.

얼마 동안 새 부채가 커지더니 가시 모양의 잎들이 하나 둘 떨어졌다. 뾰족한 잎이 마르면서 가시가 되나 싶었으나 그렇지 않은 모양이었다. 아마도 그 자리에서 가시가 새로 돋아날 성싶었다. 물을 아예 주지 않으니 선인장은 더욱 잘 자랐다.

두 번째 배변 사건이 있은 후에는 계단을 오르면서 바로 위층을 향해 코를 훙훙거리며 똥 냄새가 나지 않나 살피는 습관이 생겼다. 방뇨의 경우는 청각이 동원되었는데 이번에는 후각이 총동원되었다. 다행인지 어쩐지 몇 주가 지나도 배변 사건은 일어나지 않았다. 똥을 감당하기로 마음을 먹자 똥이 사라진 느낌이었다.

그러던 어느 날 4층 현관을 들어서다가 흠칫 놀랐다. 두 개의 부처가 나를 향해 웃고 있는 것이었다. 어, 나는 기독교 신자인데 부처 곡두가 보이다니. 나는 두 눈을 부비며 다시 확인해 보았다. 부채 두 개가 겹쳐 서 있는 선인장 모양이 그야말로 부처를 닮아 있었다. 한쪽 선인장은 새 부채를 이고 있어 엄밀히 말하면 세 개의 부채가 겹쳐 있었지만 아직은 그 새 부채가 부처의 작은 상투처럼 보일 뿐이었다.

그러나 그 부처는 보통 절간에서 보는 부처가 아니었다. 절간의 부처는 가부좌를 틀고 앉아 있는 경우가 많고, 서 있는 경우도 여기저기 채색되고 장식되어 선인장의 이미지하고는 사뭇 달랐다. 내가 어디서 본 부처던가? 그러다가 무릎을 쳤다.

운주사 천불천탑이었다. 골짜기 바위 그늘에 가족처럼 옹기종기 수줍게 모여 있던 그 돌부처들. 선인장 부채처럼 둥글고 납작한 돌판으로 엉성하게 만든 부처들이었지만 절간의 어떤 부처들보다 정감이 갔다. 거기 어떤 돌부처들은 세월의 무게를 이기지 못하고, 제1작업실에서 쓰러진 선인장처럼 뒤로 자빠져 축축하게 젖어 갔다. 하긴 그 돌부처들도 물을 많이 먹으면 쓰러지기 십상이었다.

그 천불천탑이 있는 산꼭대기에는 아예 처음부터 누워 있는 큰 부처가 있었다. 둘이 나란히 누워 있어 부부 부처라고도 했다. 그 부부 부처가 일어나는 날 새 세상이 전개된다고 했다.

그 화순 골짜기에서 두 부처가 그 먼 길을 걸어 우리 집에 당도한 듯싶었다. 그 자서전의 주인공은 녹색 금으로 된 예수를 보았지만, 나는 녹색 돌로 된 부처를 지금 보고 있었다. 왜 선인장을 선인(仙人)의 손이라고 하는지 알 것도 같았다.

나는 정말 선인이 되어 누군지 알 수 없는 그 방뇨자의 귀두와 그 배변자의 항문을 손을 내밀어 닦아 주고 싶었다. 그리고 무엇보다 똥물의 역류가 없는 세상에서 살고 싶었다. 비록 똥 같은 세상에서 똥처럼 살지만 똥물의 역류만은 없었으면 싶었다.

작은 인간

나는 그가 오기를 기다리고 있었다. 내가 파리에 도착한 달은 6월인데 8월이 다 되어도 그는 아직 오지 않고 있었다.

그를 처음 본 것은 2년 전 그의 형이 창간한 문예 잡지 9월호에 나의 등단 작품인 단편소설이 실리게 되어 출판사를 방문했을 때였다. 그때도 그와 정식으로 인사를 나눈 것은 아니었다. 그는 그곳에 놀러 온 다른 문인들과 이야기하느라 나의 존재 같은 것은 안중에도 없는 듯했다. 그의 형이 나를 그에게 소개하자 그는 나를 머리에서 발까지 슬쩍 훑어보고는 마지못해 고개를 한 번 끄덕여 보였을 뿐이었다.

그 순간 나는 자존심이 상하려 했지만 그가 누구인 줄 알고 있었기 때문에 그를 이렇게나마 보게 된 것을, 정말이지 영광으로 생각했다. 나는 당장이라도 학교 교정으로 달려가서 친구들에게 그를 보았다고 크게 외치고 싶은 심정이었다. 안 그래도 친구들은 내가 대학 시절에 등단하게 된 사실에 대하여 자못 부러워하고 있었다.

그가 나에게 관심을 보이기 시작한 것은 그가 생애 처음으로 유럽 여행을 다녀오고 난 후부터였다. 대학가에서 정부 정책을 반대하는 운동이 거세게 일어나자 그 잡지가 학생들의 주장에 동조하는 듯한 논조를 펼치다가 당국의 신경을 건드렸다. 좀 더 강한 어조로 동조한 다른 잡지들은 아예 폐간되는 위기를 겪기도 하였다.

그 잡지는 폐간까지는 당하지 않았지만, 출판사 사장인 그의 형과 편집진인 그의 동료들 사이에 학생운동에 대하여 견해 차이가 있어 편집회의를 할 때마다 언성들이 높아지곤 했다. 사장의 입장에서는 우선 잡지를 살려 두는 것이 급선무이긴 하였다. 그는 두 진영 사이에서 어느 편도 들지 못하고 어정쩡한 상태에 있다가 훌쩍 유럽 여행을 떠나 버린 것이었다.

대학 졸업 학년이라 논문 준비에 한창 바쁠 무렵, 그가 느닷없이 학교로 나를 찾아왔다. 아니, 학교 교정에서 나를 우연히 만난 척하였다. 나는 그를 보자 반가운 마음에 그의 품에 안기기라도 할 듯 그에게로 달려갔다.

"학교엔 웬일이세요?"

내가 그의 앞에 간신히 멈춰 서서 숨을 몰아쉬며 물었다.

"어?"

그는 나를 알고 있으면서도 짐짓 모르는 체하고 있음이 분명하였다. 왜냐하면 그의 두 눈에도 반가운 기색이 가득 어려 있었기 때문이었다. 내가 누구인지 대답하려는 순간, 그가 먼저 말했다.

"여기 총장을 좀 만나려고. 나와 친구 사이거든."

그는 나를 만나려고 일부러 찾아온 것이 아니라는 점을 강조하려는 듯 거드름을 피우기까지 했다. 그러더니 한마디 툭 뱉었다.

"작품은 잘 읽었어."

그의 말에 나는 갑자기 세상을 다 얻은 듯 두 팔을 벌리고 소리를 내지르고 싶었다. 그가 분명히 '잘'이라는 부사를 사용했다. 잘 읽었다는 것은 일단 그리 실망스럽지는 않다는 뜻이 아닌가.

"부끄럽습니다."

나는 속으로 이럴 때일수록 겸손해야 한다고 마음을 다독이고 있었다.

그가 피곤한 듯이 근처 벤치로 다가가 앉았으므로 나도 자연스럽게 그의 옆에 앉았다.

"대학 교정이 역시 좋군. 내가 대학을 다닌 지도 벌써 20년이 넘는군."

그는 회상에 잠긴 눈으로 오후의 캠퍼스를 둘러보았다. 나는 문득 어느 중년 교수와 나란히 앉아 있는 듯한 느낌이 들기도 하였다.

그 벤치에서 그는 유럽 여행을 다녀온 이야기들을 주섬주섬 들려주었다. 유럽은 겉으로는 화려한 듯하나 안으로는 썩어 가고 있다는 투로 이야기하였다. 학생들이 유럽을 선망하며 그쪽 흉내를 내려 해서는 안 된다는 말도 하였다. 농촌 출신 여대생으로 유럽 문화를 선망하는 내 작품의 주인공을 두고 하는 말인가 싶었으나, 학생들의 일반적인 경향을 지적하고 있다고 여기기로 했다. 나는 그가 내 작품의 주인공에 대해서는 어떻게 생각하는지 궁금하였지만 구체적으로 물을 용기는 나지 않았다.

나는 그의 등단 작품이 우리 문단을 상나한 사건을 띨 일고 있었다. 그는 등단 작품 하나로 문단의 총아가 되어 어디를 가나 그의 작품에 대한 이야기들이 끊이지 않았다. 당시는 그 작품을 읽지 않으면 외톨이 취급을 받을 정도였다. 물론 이 사건은 책과 잡지들을 통하여 나중에 알게 되었다. 그 사건이 일어난 때는 내가 겨우 다섯 살이었으니까.

내가 소설 습작을 시작할 무렵, 나는 그의 등단 작품을 필사해 가며 외우기까지 하였다. 그는 인간 심리를 섬세하게 그리고 충격적으로 묘사하는 데 빼어난 재능을 지니고 있었다. 그리고 사회 밑바닥을 꿰뚫어 보는 통찰력이 있었다. 그의 등단 작품이 그렇게 큰 반향을 일으킨 데 비해 나의 등단 작품은 미미한 물결조차 일으키지 못하였다. 그런데 "작품은 잘 읽었어." 하는 그의 한마디가 등단 직후의 허탈감 내지는 좌절감 같은 것을 씻어 주기에 충분하였다.

나는 그가 내 작품에 대해 좀 더 언급을 하며 칭찬도 해 주기를 바랐으나 그는 더 이상 내 작품 이야기는 하지 않고 내 가족과 생활에 대해 몇 가지 묻기만 하였다. 하지만 다음 순간, 나는 숨이 컥 막히는 듯했다. 그가 바지 호주머니에서 무언가를 꺼내더니 슬그머니 나에게 내미는 것이 아닌가.

"유럽 여행 중에 샀어. 열쇠고리야."

그가 나를 위해 그 열쇠고리를 샀을 리는 만무하고 여행 중에 여러 개의 열쇠고리들을 사 가지고 와서 만나는 사람들에게 임의로 나눠 주고 있을 것이었다. 그렇게 임의로 나눠 주는 선물이라 하더라도 나에게까지 배당되었다는 사실이 나를 사뭇 들뜨게 하였다. 그가 나를 위해 그 열쇠고리를 지목하여 산 것이 아니라 해도 어쩌면 그 열쇠고리들을 살 때 나를 언뜻이나마 떠올렸을지도 몰랐다.

내가 엉성하게 덮여 있는 포장지를 벗기고 열쇠고리를 집어 들자 고리에 달린 줄이 스르르 밑으로 처졌다. 그 줄 끝에는 아주 작고 앙증맞은 발 조각품이 달려 있었다.

"어머, 너무 예쁜 발이네요."

하얀 석고로 만든 발은 오른발이었다. 그런데 여자 발인지 남자 발인지는 얼른 알아볼 수가 없었다.

"발과 열쇠, 묘한 느낌이 들어서 말이야."

그 열쇠고리를 산 이유를 말하려는 듯하다가 그는 내 발 쪽을 흘 끗 내려다보고는 엉거주춤 일어났다.

"친구를 만나 보러 가야겠네. 또 나중에 보세. 출판사에 들르든 지."

"아, 네. 선물 정말 감사합니다."

나를 두고 앞서가는 그의 등에다 대고 허리를 굽혀 인사를 하였다.

나는 등단은 하였으나 원고 청탁이 없는 가운데 풀이 좀 죽어 있다가 그가 준 선물에 대한 감사의 글이라도 띄워야겠다 싶어 그의 주소를 알아내어 편지를 써 보냈다. 편지로라도 그와 한 걸음 더 친밀해지면 그를 통하여 원고 청탁을 받을지도 모른다는 기대를 하지 않은 것도 아니었다.

그 편지에서 나는 숙제를 받은 학생처럼 발과 열쇠의 관계에 대하여 제법 긴 글을 썼다. "발과 열쇠, 묘한 느낌이 들어서 말이야."
라고 그가 말했는데 그 묘한 느낌의 징체를 밝힌답시고 주적주절
글을 늘어놓은 셈이었다. 발은 길을 여는 열쇠라는 식으로 발과 열
쇠의 상관관계를 설정하니 어느 정도 말이 되는 것도 같았다.

그는 내 작품에 대해서는 그 짧은 한마디 외에는 하지 않았으면
서 내 편지에 대해서는 꼼꼼히 문구를 들어 가면서까지 칭찬을 해
주는 답장을 보내어 내가 어리둥절할 지경이었다. 아무튼 그의 칭찬
을 들으니 나로서는 더욱 고무되지 않을 수 없었다.

그 이후로 그와 나는 사람들의 눈을 피해 가며 수시로 만나 주로
한적한 산길이나 공원 뒷길 같은 데를 함께 걸었다. 발은 그야말로
길을 여는 열쇠인 셈이었다. 그는 나에 대한 욕망을 가지고 있으면
도 작가로서의 체면이나 유부남으로서의 책임감 때문인지 신체 접
촉은 되도록 삼가려고 하였다.

나 또한 스무 살이나 연상인 남자에 대해 선뜻 육체적인 욕망이
일어날 리 없었다. 그는 남자로서 성적 매력은 별로 없는 편이었다.
시원한 이마와 끝이 살짝 올라간 머리카락, 노려보는 듯한 깊은 눈
매와 제법 짙은 수염들이 지성적인 매력은 풍겼으나 그의 품에 안기
고 싶다는 생각 같은 것은 나지 않았다.

그는 벤치에 나란히 앉았을 때나 같이 걸을 때 내 발을 종종 내
려다보곤 하였는데, 나는 처음에는 그가 시선을 둘 데가 없어 그러
는 줄로만 알았다.

나는 대학 졸업논문으로 세계의 유명한 소설들에 나타난 변태성

욕의 다양한 형태들을 고찰하기로 하였다. 그런 주제와 관련된 자료들을 도서관에서 찾다가 이성의 신체 일부나 소지품, 양말, 속옷 같은 것에 집착하여 그것들을 만지거나 수집하는 데서 성적 쾌감을 얻는 변태성욕도 있음을 알게 되었다. 영어로 그런 대상을 '페티시'라고 하고 그런 이상 심리를 '페티시즘'이라고 하였다.

중국에 관한 자료들에서는 더욱 흥미로운 사실들을 발견할 수 있었다. 일종의 발 페티시즘이라고 할 수 있는 현상이 중국에서 서기 1000년대부터 오랜 세월을 거쳐 내려오고 있었다. 남자들이 발이 아주 작은 여자를 좋아하여 여자들은 어찌해서든지 발을 작게 만들려고 애를 썼다. 그렇게 작은 발을 만드는 과정이나 작아진 발을 '전족(纏足)'이라고 불렀다.

나는 전족에 관한 자료들을 뒤적이다가 문득, 그가 나에게 선물해 준 열쇠고리 끝에 매달린 작은 발을 떠올렸다.

전족 자료들을 접하고부터는 그를 만날 때마다 전족에 관한 이야기를 그에게 들려주곤 하였다. 그는 전족에 대해서 막연하게 알고는 있었지만 내가 세세한 사항까지 이야기해 주자 무척 흥미를 느끼는 듯했다.

"중국에서는 여자아이가 네 살이 될 무렵 초벌 묶기라고 하여 아주 작은 신발을 신겨 발이 자라지 않도록 해 둔대요. 그러다가 여섯 살쯤 되면 정식으로 전족을 시작한대요."

"그렇게 어릴 때부터?"

그가 조금 앞서 걷다 말고 놀란 듯 뒤를 돌아보며 턱을 조금 치켜들었다. 내가 걸음을 넓게 떼어 그와 어깨를 나란히 하였다.

"어릴 적부터 해야 발을 마음먹은 대로 만들 수 있겠지요. 전족을 어떻게 하느냐 하면 우선 발을 깨끗히 씻은 후 발톱을 깎고 지혈제로 명반을 뿌리고 나서 발을 붕대로 친친 감아요. 그냥 붕대로 감으면 욕창이 생길 수도 있으므로 발과 붕대 사이에 갓 따 온 면화(棉花)를 조금씩 집어넣는대요."

"붕대만 감아 두면 되는 건가?"

"붕대를 감을 때도 발가락들이 밑으로 완전히 구부러져 발바닥과 닿게 한대요. 전족을 오래 하고 있으면 발톱이 자라 발바닥을 파고들어 살이 헐기도 해요. 그러면 조심스레 발톱을 잘라 내고 명반을 발라 상처를 치료하지요. 그리고 발의 뼈를 부드럽게 하기 위하여 수시로 봉선화 달인 물에 발을 담가야 한대요."

"완전히 발 병신을 만드는구먼."

그의 입가에 묘한 미소가 스쳐 지나갔다.

"전족이 완성된 발 모양을 보면, 엄지발가락을 제외한 나머지 네 발가락은 발바닥과 거의 구분을 할 수 없을 정도가 돼요. 심한 경우는 새끼발가락과 그 바로 안쪽 발가락은 아예 뭉개져 흔적도 찾을 수 없게 된대요. 발등은 초승달이나 활 모양으로 구부러질 대로 구부러지고, 발로 가야 할 살은 발목 위쪽으로 몰려 기형적으로 부풀게 되지요."

"그런 괴상한 발을 중국 남자들이 좋아한단 말이지?"

그가 침을 급하게 꿀꺽 삼키는 바람에 목젖이 눈에 띌 정도로 오르내렸다.

"발을 얼마나 작게 만드느냐에 따라 전족의 등급이 매겨져요. 10

센티미터 정도의 전족을 금련(金蓮)이라 하고 그보다 약간 큰 전족은 은련, 그 이상은 철련이라 한대요. 은련, 철련 등급의 여자들은 금련 등급의 여자들이 저쪽에서 걸어오면 스스로 부끄러워하며 피하기 일쑤지요. 남자들은 금련 발을 가진 여자를 보면 너무 좋아 사족을 못 쓴다나요."

그때 문득 나의 발을 내려다보는 그의 시선을 느꼈다.

"왜 발을 연꽃에 비유했을까?"

"그건 발자국 모양이 연꽃을 닮았다고 하여 그렇게 부른대요. 금련의 '금(金)'은 최상급이라는 뜻이겠지요. 발이 작을수록 미인으로 여김을 받으니 가장 작은 발을 가진 여자가 그야말로 최상급의 연꽃으로 보일 만도 하잖아요."

"그럼 그쪽은 어떤 '련'인가? 금련, 은련, 철련 중에서 말이야"

그가 짓궂은 표정을 지으며 다시금 내 발 쪽을 슬쩍 내려다보았다. 그는 언제부턴가 나를 부를 때 '그쪽'이라고 하였다. 나는 그에게 어떤 방향에 불과하단 말인가.

"철련 축에도 끼지 못하겠지요. 철보다 못한 것이 돌이라면 석련 정도 된다고 해 두죠."

나는 나도 모르게 입을 비죽거렸다.

"내가 보니 철련은 될 거야. 보통 여자들에 비해서는 그쪽 발이 훨씬 작은 것 같은데."

그의 시선을 느끼자 내 발가락들이 신발 속에서 저절로 꼼지락거렸다.

"자꾸 내 발을 쳐다보고 있으면 어떡해요? 자, 이제는 내 얼굴을 보면서 말해요."

내가 억지로 그의 시선을 돌려놓았다.

"우리 유럽 여행 갈까?"

내 발과 유럽 여행이 무슨 상관이 있는지 그가 불쑥 여행 이야기를 꺼내었다. 나는 그의 옆에만 있어도 늘 숨이 차는 법인데 여행이라는 말을 듣자 거의 숨이 멎을 뻔하였다.

"여행이라 하셨나요?"

그가 얼른 반응을 보이지 않아 내가 계속 말을 이었다.

"유럽 여행은 얼마 전에 다녀오시지 않았나요?"

"지난겨울 다녀오긴 했지. 이번에는 여름 유럽을 보고 싶거든."

"유럽에 대해 별로 좋지 않은 인상을 받았다고 했잖아요? 그런데 1년도 안 되어 또 여행을 가세요?"

"지난 여행 때도 사실은 그쪽과 함께 왔으면 하고 늘 생각했지."

그 말을 듣는 순간, 내 정수리에서부터 와락 전류 같은 것이 흐르는 느낌이었다. 그가 유럽 여행을 갈 때만 해도 나에 대해서는 전혀 관심이 없는 줄 알았는데 여행 중에 나를 생각했다니. 출판사에서 스치듯 그를 한 번 본 후로 1년 가까이 제대로 만난 적도 없었는데 말이다. 잡지가 나올 때마다 출판사에서 마련한 회식 자리에서 그를 종종 보기는 하였지만 그가 나에게 말을 건다거나 하는 경우는 거의 없었다. 담배 연기와 술 기운이 자욱한 그 자리에서 나를 묵묵히 지켜보는 그의 시선을 한두 번 느끼긴 했다.

그는 어쩌면 잡지에 실린 내 등단 작품을 읽고 그때부터 나에 대해 은밀히 관심을 가지기 시작했는지도 모른다.

"사모님이 계시잖아요. 사모님과 함께 가시지요."

나는 내 마음의 흐름과는 어긋나게 말을 뱉고 있었다.

"집사람? 집사람은 앓아누워 있어. 폐가 삭아 들고 있어."

"그러시군요. 사모님은 어떻게 만나셨어요?"

나는 그의 여행 제안에 대답을 미루기 위해 대화를 갓길로 몰아 가려 하였다. 그는 잠시 말없이 걸어 나가다가 먼 허공을 바라보며 입을 열었다.

그가 그의 아내를 만난 이야기를 들으면서 마치 내가 그의 아내라도 되는 것처럼 가슴이 떨리는 것을 느꼈다. 그는 소설가의 기질을 발휘하여 아내를 만난 이야기를 각색하고 있는지도 몰랐다. 그가 그 이야기를 각색하고 있다면 나로서도 그것을 재구성할 수 있는 권리가 있지 않나 싶었다.

그는 몹시 추운 지역에서 보병 부대에 복무할 때 세관에 근무하는 어느 공무원 부부를 알게 되었다. 그 지역 사람들은 추위를 이기기 위하여 독한 술을 마시는 습관이 있었는데 그 공무원도 술을 잘 마시기로 유명하였다. 그도 술을 좋아하였으므로 그 집을 자주 방문하게 되었다.

그런 중에 공무원 아내와 정이 들어 공무원이 술에 취해 곤드레 만드레가 되면 그는 공무원 아내와 몰래 정사를 벌였다. 그녀는 그리 크지 않은 키에 가냘픈 몸매를 하고 있었으나 속으로는 뜨거운 기운을 품고 있는 여자였다.

그 무렵 검사 한 사람과도 친하게 되었는데 그는 검사에게 공무워 아내와의 위태로운 연애에 대해 고백하곤 했다. 검사는 그에게 될 수 있는 대로 공무원 부부와 어울리지 말라고 충고하기도 하였다.

공무원 아내와의 연애가 1년 정도 이어졌을 무렵, 어느 날 또 그녀와 몸을 합할 수 있는 기회가 있었다. 그날 밤도 공무원은 일찌감치 술에 취해 헛소리를 지껄여 대다 곯아떨어졌다. 그와 그녀는 뻗어 있는 공무원을 안방으로 끌어다가 침대에 누인 후 건넌방에서 서로의 몸을 탐하였다.

그의 손과 혀가 그녀의 성감대를 건드릴 적마다 그녀는 터져 나오려는 신음 소리를 입을 앙다물어 삼키곤 하였다. 그녀는 언제나처럼 그의 귀에다 대고 속삭였다.

"마음껏 소리를 지르고 싶어요. 하지만 남편이 들을까 봐서요. 언젠가는 마음껏 소리를 지를 수 있는 때가 오겠지요."

그는 그녀가 말하는 '마음껏 소리를 지를 수 있는 때'를 그녀와 자기가 정식으로 결혼한 때를 가리키는 것이라고 여겼다. 그가 직접 물어보지는 않았지만 그녀의 남편은 오래전에 발기부전으로 성생활을 포기한 사람이라는 것을 직감으로 알 수 있었다. 심한 알코올 중독자 남자치고 제대로 성생활을 감당하는 사람이 거의 없다는 것은 상식에 속하는 일이었다.

"나도 마찬가지요. 소리를 지르고 싶어도 참고 있어요."

그는 더욱 힘을 주어 그녀를 껴안았다. 하지만 다음 순간, 그는 온몸이 굳어지는 듯하였다.

"실은 우리 이번 달에 이사를 가요. 여기서 600킬로미터 정도 떨어진 곳이에요."

그녀가 이사를 가는 마을 지명을 말했지만 그에게는 더 이상 아무 소리도 들려오지 않았다. 무엇보다 그녀가 조금 전까지의 흥분된 목소리와는 달리 너무도 차분하게 그 사실을 말하였으므로 섬뜩한 기분까지 들었다.

그는 그녀를 약간 밀쳐 내며 상반신을 일으켰다. 그녀도 엉거주춤 따라 일어났다.

"이사를 간다면? 이제 우리의 관계는 어떻게 되는 거요?"

"죄송해요. 나는 아직은 남편을 따라갈 수밖에 없거든요."

'아직은'이라는 말에 그는 일말의 희망을 걸 수 있었지만 당장 닥쳐올 이별을 견딜 수 있을 것 같지 않았다.

그는 그녀와 이별하게 될 일을 검사에게 털어놓으며 괴로운 심정을 달래기 위해 밤새도록 술을 마셨다. 검사도 그녀와 그녀 남편을 알고 지냈으므로 그들이 이사를 갈 때 고급 샴페인을 준비하여 그와 함께 근처 마을까지 배웅을 해 주었다.

여행을 하는 동안 검사는 그녀의 남편과 샴페인뿐만 아니라 독한 술들을 계속 마셔 댔다. 그것은 그녀의 남편을 취하도록 만들어 그와 그녀가 이별의 정을 나누는 시간을 몰래 가지도록 하기 위함이었다.

이별의 시간이 가까워 오자 그와 그녀는 잠시 산책을 나가 어느 전나무 아래에 이르렀다. 그 나무 밑에서 두 사람은 함께 눈물을 흘리며 뜨거운 입맞춤을 하였다. 달이 훤히 밝은 5월의 밤이었다.

"우리가 자주 만나지는 못한다 하더라도 편지는 주고받읍시다."

"그러지요."

그녀는 눈물을 얼른 훔치고 몸을 돌려 다시 남편이 있는 곳으로 걸어갔다. 그는 조금도 흐트러지지 않은 그녀의 뒷모습을 보면서 과연 그녀와 결합할 수 있을지 불안해졌다. 그는 주머니에서 작은 칼을 꺼내어 전나무 둥치에다 그녀의 이름을 새겼다.

그는 그녀와 그녀의 남편이 점점 멀어져 보이지 않을 때까지 손을 흔들어 배웅하며 하염없이 눈물을 흘렸다.

그 이후 그와 그녀는 편지를 종종 주고받았다. 처음 편지에서 그녀는 경제적인 어려움, 남편의 질병, 외로움 등에 관해 써서 보냈다. 그다음 편지에는 그녀 남편과 친하게 된 어느 젊은 교사가 그녀에게 관심을 보이고 있다는 내용이 담겨 있었다. 그 편지를 받고 그는 질투심에 사로잡혀 괴성을 지르기까지 하다가 또 검사를 찾아가서 괴로운 심사를 털어놓았다. 그는 당장이라도 그녀가 있는 곳으로 달려가고 싶었지만 거리가 만만치 않았다. 보병 부대에서 넉넉히 휴가를 받는 것도 그리 쉽지 않은 일이었다.

이번에도 검사가 그와 그녀가 밀회할 수 있는 장소를 중간 지점쯤 되는 마을에 마련해 주었다. 그는 간신히 며칠 휴가를 내어 300킬로미터를 달려가 그녀를 기다렸다. 하지만 그녀는 남편의 건강 때문에 갈 수 없게 되었다는 편지만 인편으로 보내왔다. 그는 그녀가 남편의 병을 핑계 삼아 자기를 피하는 것은 아닌가 싶어 마음이 무너지는 것 같았다. 그녀의 남편은 편지에서 말한 그 병으로 몇 달 후에 죽고 말았다.

그녀는 남편의 죽음을 알린 지 얼마 안 되어 자기에게 결혼 신청을 하는 남자가 있는데 어떻게 했으면 좋겠느냐고 충고를 바라는 편지를 그에게 보내왔다. 남편과 친하게 된 그 젊은 교사가 결혼 신청을 한 것은 아니었다. 그 교사는 스물네 살밖에 되지 않아 그녀와 나이 차이가 열 살 이상 나는 편이었다. 그리고 그녀는 이미 여덟 살짜리 아들을 두고 있었다.

그는 이제 다른 사람이 그녀에게 결혼 신청을 하기 전에 자기가 먼저 해야겠다고 마음먹고 여러 방면으로 결혼 신청을 하였다. 하지만 그녀는 이상하게 망설이며 그의 결혼 신청을 선뜻 받아 주지 않았다. 그는 참다 못해 부대에서 탈영하다시피 하여 그녀가 있는 마을로 달려가 결국 그녀로부터 결혼 허락을 받아 내었다. 자칫했으면 탈영병이 될 뻔했지만 다행히 부대에서 눈을 감아 주었다.

1년 후, 그녀가 살던 동네에서 결혼식을 올리고 그녀와 의붓아들을 데리고서 자신의 근무처가 있는 마을로 돌아오는 도중에 그는 길거리에 쓰러져 발작을 일으켰다. 그동안 쌓였던 마음의 짐이 벗어지는 바람에 그런 증상이 도졌는지도 몰랐다. 요즈음도 아주 가끔 그런 발작 증상이 그를 찾아온다고 했지만 평소에는 비교적 건강한 편이었다.

이제는 그의 아내가 병들어 누워 있다. 그는 스무 살이나 어린 나에게 유럽 여행을 제안하였다. 그의 아내는 이전에 남편이 알코올중독으로 병들어 있을 때 그와 몰래 정을 통하였는데 지금은 자기가 그 죗값을 치르는 신세가 되고 말았다. 내가 그의 제안을 받아들이지 않는다 하여도 그는 어차피 다른 여자를 데리고 여행을 떠날 것이 아닌가.

병든 아내를 두고 젊은 여자와 은밀히 긴 여행을 떠나려고 하는 그도 무언가 칫값을 치러야 한다. 그 칫값을 치르게 하는 집행자는 나여야 한다. 그와 함께 여행을 떠나되 그의 욕망을 받아 주지 않음으로써 그를 괴롭히면 나의 임무는 어느 정도 완수되는 셈이다.

나는 그와 여행을 떠나고 싶은 불온한 마음을 그런 식으로 합리화하고 있는지도 몰랐다.

그가 몇 차례 나를 더 만나 간절히 요구하였으므로 나는 못 이기는 척하며 여행에 동행하기로 동의하였다. 다만 한 가지 조건을 달았다. 내가 일단 먼저 파리로 가서 기다리고 있으면 그가 곧 뒤따라오는 방식을 취한다는 조건이었다. 그가 문단뿐만 아니라 일반 사회에서도 꽤 이름이 나 있었으므로 처음부터 동행을 하면 사람들의 입방아에 오를 것이 뻔하였다.

마침 방학 기간으로 접어들었으므로 나는 작품 취재를 핑계 삼아 자연스럽게 파리로 떠날 수 있었다. 싸구려 민박집에서 그를 기다렸으나 약속한 날짜가 지나도 그가 오지 않았다.

그 무렵 그의 형이 발행하던 잡지가 결국 정치적인 압박으로 폐간당하는 바람에 그도 갑자기 생활비 걱정을 해야 하는 처지가 되고 말았다. 물론 여행비도 마련하기가 힘들었다. 그는 가난한 문인을 지원해 주는 정부 기관에 창작 기금을 요청하여 겨우 여행비를 마련하였다. 또한 아내의 병세가 악화되어 공기가 좋은 지역으로 요양을 보냈다. 그러는 사이에 두 달이 훌쩍 지나가고 말았다.

이런 사실들을 그가 급히 써서 보낸 편지로 알 수 있었다. 하지만 나는 기다리다 지쳐 그와의 여행을 거의 포기하고 싶은 마음이었다. 내가 마련해 온 여행비도 바닥이 나고 있었다.

그런 중에도 나는 파리 시내와 근교의 볼거리들을 교통비를 아껴 가며 구경하러 다녔고 틈틈이 소설 초고도 써 나갔다. 그 당시 나는 중국의 전족 풍속에 빠져 있었으므로 거기에 관한 소설을 쓰려고 하였다.

어릴 적부터 발을 금련으로 만들기 위해 고생한 한 여인이 부모의 강제에 의하여 시집을 가서 남성의 성 문화에 항거하는 뜻으로 남편을 독살하는 내용을 소설의 줄거리로 삼았다.

그 여인은 금련이 만들어지자 열두 살 무렵에 해마다 6월 엿샛날에 열리는 전족 미인 대회에 나갔다.

그 여인은 대회에 나가기 하루 전날 오랜만에 전족 붕대를 풀어 발을 씻었다. 발가락들이 오그라져 발바닥을 파고들어 간 형용이 마치 싹이 난 연뿌리 같기도 하고 꽃이 진 연꽃대 같기도 하였다. 그리고 붕대를 풀 때 지독한 발 고린내가 났지만 그 냄새를 남자들이 좋아한다는 것을 알고 있었으므로 코를 막거나 인상을 찌푸리지는 않았다.

그녀의 어머니는 명반과 적동(赤銅) 가루를 물에 풀어 달이면서 그 김을 그녀의 발에 쐬도록 한 후 따뜻한 물에 봉선화 꽃잎을 띄워 조심스레 발을 씻겼다. 발을 다 씻긴 후에는 아예 봉선화 꽃잎들을 빻아 즙을 만들어 명반에 섞어 발에 바른 다음 사향을 넣어 붕대로 다시 친친 감아 두었다.

다음 날 붕대를 풀어 보니 발 전체가 빨갛게 봉선화 물이 들었다. 그렇게 발을 빨갛게 물들이면 심사 위원들의 주의를 끌기에 유리하였다.

그녀는 몸을 깨끗이 씻고 요염하게 얼굴 화장을 하고, 전족 버선에 향수를 살짝 뿌리고는 갖가지 수가 놓인 붉은 비단 신발을 신고서 식구들과 함께 전족 대회장으로 나갔다.

대회장에는 큰 돌들이 놓여 있었다. 대회가 시작되자 각자 그 돌 위에 앉아 맨발을 앞으로 뻗어 심사 위원들이 살펴보도록 하였다. 뭇사람들이 대회장에 모여 심사 결과를 기다리며 예쁜 전족들에 감탄하였다.

예선을 거친 여자들이 최종 심사로 넘어갔다. 드디어 심사 결과가 발표되었다. 일등은 왕(王), 이등은 패(覇), 삼등은 후(后)라고 불렀다. 그 '왕'에 그녀가 뽑혔다. 그녀의 어머니를 비롯한 식구들이 뛸 듯이 기뻐하였다.

왕, 패, 후에 뽑힌 여자들은 다시 돌 위에 앉아 발을 앞으로 내밀었다. 그 여자들의 발은 그날만큼은 누구나 만져 볼 수 있었다. 그러나 발을 만지면서 얼굴까지 쳐다보아서는 대회장에서 당장 쫓겨났다. 그 사람은 다음 해 전족 대회장에도 들어올 수 없었다.

그녀의 발을 만져 보던 어떤 남자는 심장이 멎으려고 하는지 숨도 제대로 쉬지 못하였다. 그녀는 남자들이 발을 만질 때 온몸이 찌릿찌릿해지는 야릇한 느낌을 받았다.

그렇게 소설을 조금씩 써 나가던 무렵 가벼운 감기 증상으로 근처 병원을 들렀는데 거기서 젊은 의사 한 사람을 만나게 되었다.

그 사람은 스페인계라서 그런지 이목구비가 뚜렷하고 투우장의 투우사처럼 멋있어 보였다. 그 사람은 나의 처지를 듣더니 돈을 빌려주기도 하고 나에게 사랑을 고백하기까지 하며 차라리 자기 집으로 와서 기거하는 것이 어떻겠느냐고 제안하기도 하였다. 그 사람의 집으로 내 짐을 옮긴다는 것은 미혼인 그 사람과 장래를 약속하는 사이로 발전할 수도 있다는 것을 의미하였다. 물론 나는 그의 집으로 놀러 가기는 하였으나 거기서 기거하지는 않았다.

그 의사가 나에게 다가올수록 나는 그와 함께하기로 약속했던 유럽 여행 계획을 취소해야 하지 않는가 고민하지 않을 수 없었다. 차라리 그가 영영 파리로 오지 않았으면 하는 마음도 들었다.

하지만 몇 주일이 채 지나지 않아 내가 너무도 순진했다는 것을 알게 되었다. 나는 그동안 남의 마음을 꿰뚫어 보는 직관력이 있기 때문에 절대로 남에게 이용당하지 않으리라 자신하고 있었는데, 이번의 경우는 하도 외롭고 궁핍해서 그랬는지 분별력을 잃고 만 셈이었다. 나는 그 의사가 나를 진심으로 사랑하는 줄 알았으나 그 사람은 잠시 나를 가지고 놀았다고 할 수 있었다.

내 육체를 요구하는 그 사람의 끈질긴 요구에 내가 제대로 응하지 않자 그 사람은 나에게 싫증이 난 모양이었다. 나는 그 사람의 애를 좀 더 태우려고 그런 것이었는데 정열적인 스페인계 남자라서 그런지 그 사람은 참지 못하고 나에게 화를 내기까지 하였다.

결국 그 사람은 친구를 나에게 보내어 자기가 장티푸스에 걸려 나를 만나지 못하게 되었다고 전해 주었다. 나는 그 친구의 눈빛을 보면서 그자가 거짓말을 하고 있다는 것을 알 수 있었다. 나는 그 의사와 육체적인 관계를 맺지는 않았지만 내 존재 전체가 너럽혀신 기분이 들어 나 혼자 어디론가 훌쩍 떠나 버리고 싶은 심정이었다. 무엇보다 그와 여행을 함께할 자격을 상실한 듯한 이상한 느낌이 들었다.

나는 급히 그에게 이제는 나에게 오지 않아도 좋다, 나 혼자 여행 하다가 돌아갈 예정이다, 우리는 서로를 아직 모르는가 보다, 이런 내 용들을 편지에 써서 보냈다. 그리고 다시 소설 쓰기에 몰두하였다.

중국에서는 지방마다 전족 대회를 여는 방식이 조금씩 달랐다.

어떤 지방에서는 여자들이 전족 대회 날이 되면 자기 집 문에 처 진 죽렴(竹簾) 안쪽에서 발만 죽렴 밖으로 내밀고 심사를 받았다. 사 람들은 집집마다 돌아다니며 죽렴 밖으로 드러난 발들을 살펴보고 만져 보기도 하면서 품평회를 가졌다. 젊은 남자들은 대회 날이 되 면 신이 나서 삼삼오오 짝을 지어 어깨춤을 추며 여자들의 발을 만 지고 다녔다. 그러나 이때에도 죽렴을 들추어 여자의 얼굴을 절대로 보아서는 안 되었다.

그때 발이 햇볕을 쐰다고 하여 그 대회를 쇄각회(曬脚會)라고도 하였다.

맨발이 드러나면 간음 현장이 들키기라도 한 듯이 치욕으로 여기 던 여인들도 전족 대회 날만큼은 마음껏 자신의 발을 자랑하였다.

그런데 여인의 발이 드러나는 것을 여전히 꺼리던 광서 횡주 지 방에서는 전족 대회를 보름이 사흘 정도 지난 달빛 아래서 치르기 도 하였다. 아직도 보름달 기운이 남아 있는 달빛이 집집마다 죽렴 아래 드러난 여인의 발들을 비추면 더욱 운치가 있었다. 달빛을 받아 가며 남자들이 여인의 발을 만져 보는 광경은 대낮에 그러는 것보다 훨씬 더 색정적이었다.

운남 통해 지방에서는 전족 대회가 변형되어 세족 대회라는 것이 있었다. 성의 서쪽에 있는 어느 절 앞에 큰 연못이 있었는데, 매년 3월이면 여인들이 몰려와 그 연못에서 발을 씻었다. 그때 구경꾼들도 몰려와 연못을 빙 둘러싸고 여인들의 발을 일일이 품평하였다. 그래도 그날만큼은 여인들이 전혀 부끄러워하지 않고 자신의 발을 위로 들어 보이기까지 하며 정성스레 씻었다. 스님들도 따라 나와 눈을 굴리며 구경하기에 여념이 없었다.

그녀의 어머니는 그녀가 전족 대회에서 '왕'에 뽑히자 지체 높은 어른의 첩으로 들여보내기 위해 더욱 애를 썼다. 어려운 살림이었지만 전족 신발들도 빚을 내어서 종류별로 두루 사다 주었다. 신발 코가 뾰족하게 올라간 교두궁혜, 코가 날카롭게 앞으로 죽 뻗은 평저첨두혜, 바닥이 높은 고저혜, 나비 모양의 덮개가 있는 호접리, 움푹 들어간 밑창 중간에 작은 방울을 달아 놓은 금령혜 등등 여자가 보아도 황홀해지는 신발들이었다.

그런데 전족 신발은 아무리 낡아져도 쓰레기통에 버리거나 함부로 내놓아서는 안 되었다. 전족 신발을 잃어버린다는 것은 자신의 성행위 그림이 시중에 돌아다니는 것만큼이나 수치스러운 일이었다.

그런데 우려하던 일이 결국 터지고 말았다. 헌 신발도 아니고 새 전족 신발이 감쪽같이 없어지고 만 것이었다. 그녀가 잠자리에 들기 전에 신발을 벗어 신장 깊숙이 넣어 두고 바닥이 얇은 수면용 신발을 신고 방으로 들어왔는데, 아침에 보니 신발이 보이지 않았다.

그 무렵 그녀가 신었던 신발은 교두궁혜라 하여 뾰속한 앞쪽 고가 위로 솟은 모양을 하고 있었다. 비단 천에 갖가지 색실로 꽃문양이 새겨져 있고 제법 두꺼운 녹나무 밑창이 대어져 있었다. 나무 밑창은 신발 가게에 주문하여 만들었지만 나머지 부분은 그녀의 어머니가 밤을 새면서 정성스럽게 만든 신발이었다.

그녀는 새 신발이 아깝기도 했지만 그보다는 신발이 온 동네 남자들 손을 거치며 돌아다닐까 싶어 걱정이 되었다. 아니나 다를까 며칠 지나니 그녀의 전족 신발이 동네에 돌아다니고 있다는 소문이 돌기 시작했다. 그 신발을 하룻밤 빌리는 데 은 두 냥은 주어야 한다는 희한한 소문까지 들려왔다. 어느 주막에서는 남자들이 모여 그녀의 신발에 술을 부어 마시고 나중에는 신발에다 다 같이 오줌을 배설해 놓는다고도 하였다.

그에게 편지를 보낸 지 일주일쯤 지났을 무렵, 그가 느닷없이 내가 묵고 있는 집을 찾아왔다. 나는 숨이 막힐 정도로 반가웠으나 늦게 온 그에 대한 원망이 함께 차올라 짐짓 냉정한 태도로 그를 대했다.

"내 편지를 받고 오시지 않을 줄 알았어요."

"편지라니? 무슨 편지 말이야?"

의아해하는 그의 표정을 보니 아무래도 내 편지는 받지 못한 듯했다.

"모든 게 이미 늦어졌으니 오시지 말라고 했는데요."

"늦어지다니? 그건 또 무슨 뜻이야?"

그는 당황하는 기색이 역력했다. 내가 잠시 침묵을 지키자 그가 거칠게 내 손목을 낚아채더니 바깥으로 데리고 나갔다. 어느 나무 밑으로 나를 끌고 가다시피 하더니 그가 털썩 주저앉으며 내 무릎을 두 팔로 안으면서 갑자기 흐느꼈다. 이번에는 내가 당황하지 않을 수 없었다. 지금까지 그가 내 앞에서 눈물을 보인 적은 한 번도 없었다. 나는 또 한 그루의 나무가 된 듯 굳어진 채 그 자리에 서 있기만 하였다.

"늦어졌다는 말은 내가 당신을 잃게 되었다는 뜻인가?"

그가 처음으로 나를 가리켜 '당신'이라고 부르고 있었다. 나는 등줄기에 감미로운 전율이 일어나는 것을 느꼈다. 하지만 여전히 입을 다물고 있었다.

"나를 기다리는 동안 딴 남자가 생긴 건가? 나보다 훨씬 젊고 잘생겼겠지? 여자를 호리는 기술도 있고 말이야. 파리에는 사기꾼이 많아. 조심해야 한다고."

그 순간, 나도 예상치 못한 대답이 내 입에서 나오고 말았다.

"나는 그를 사랑해요."

그러자 그는 격렬하게 몸을 떨며 두 손으로 내 두 발을 신발째 꽉 움켜쥐었다. 나는 언뜻 전족을 만지는 중국 남자들을 떠올렸다.

"그자에게 몸까지 바쳤는가? 모든 것을 바쳤는가 말이야?"

그는 거의 울부짖다시피 하였다. 나는 하마터면 그 의사에게 몸까지 바쳤다는 말을 할 뻔했다. 그 순간, 나는 그를 더욱 절망시키고 싶은 충동에 사로잡혀 있었다.

"그건 당신과 상관없는 일이에요."

나도 처음으로 감히 그를 '당신'이라 부르고 있었다.

"상관이 없다고? 상관이 없다고오? 상관이 없나고오오?"

그를 내버려 두면 점점 더 음성이 커져서 온 동네가 떠나갈 것 같았다. 그리고 나는 신혼 시절에 아내와 의붓아들을 데리고 오다가 발작을 일으켰다는 그의 이야기를 상기하며 지금 그가 발작을 또 일으키면 어쩌나 염려가 되기도 하였다.

"제가 잘못했어요. 그 사람은 나를 사랑하지 않아요."

나는 결국 그에게 항복하고 말았다. 하지만 그는 아직도 내 말 뜻을 잘못 알아들은 모양이었다.

"당신은 그 작자를 사랑하는데 그 작자는 당신을 사랑하지 않는다? 그건 또 무슨 말이야?"

이번에는 그가 몸을 일으켜 내 멱살을 잡을 듯이 두 팔을 내밀었다. 석양빛에 비친 그의 두 눈이 석양보다 더 벌겋게 충혈되어 있었다. 내가 황급히 소리쳤다.

"나도 그를 사랑하지 않아요."

그제야 그가 휴, 한숨을 길게 내쉬며 다시금 털썩 주저앉았다. 내 눈에서도 어느새 눈물이 흐르고 있었다.

그와 나는 예정대로 이탈리아 여행을 먼저 하기로 하였다. 그때 나는 그에게 한 가지 조건을 또 제시하였다. 다른 사람들 눈도 있고 하니 나를 연인처럼 다루지 말고 어린 여동생처럼 다루어 달라는 것이었다. 그는 잠시 당황한 기색을 띠더니 곧 고개를 끄덕였다.

"내 말은 여행지에서 숙박을 할 때마다 방을 두 개 빌려야 된다는 뜻이에요."

그는 거기까지는 생각이 미치지 못했는지 조금 전보다 더 당황스러운 얼굴이 되었다. 나는 그의 얼굴 주름 하나의 꿈틀거림까지도 놓치지 않으며 그의 마음을 읽어 내는 재미를 맛보았다.

그도 한 가지 제안을 내놓았다. 이탈리아로 막바로 들어가지 말고 독일 바덴 지역으로 돌아가는 길을 택하자는 것이었다. 그가 나의 제안을 받아들였으므로 나도 그의 제안을 받아들이기로 하였다. 나는 그가 그 지역을 한번 돌아보고 싶어 하는 모양이라고만 생각했다.

그러나 바덴이 가까워 오자 그는 이상하게 안절부절못하며 목소리까지 흥분되었다. 그의 두 눈은 짙은 눈썹 아래에서 불안정하게 희번덕거렸다. 그제야 나는 그가 왜 바덴 지역을 거쳐 가자고 했는지 그 이유를 알 수 있을 것 같았다.

바덴으로 들어서자 그는 나에게 도박장으로 가서 잠시 룰렛 게임을 하고 오겠으니 숙소에서 기다리고 있어도 좋다고 하였다. 나는 앞으로 소설을 쓸 때 도박장 풍경을 묘사하게 될지도 모른다는 생각에 그를 따라가 보고도 싶었으나 그의 눈빛을 보고는 그냥 숙소에 머물기로 하였다. 그는 약속대로 방 두 개를 잡아 놓았다.

나는 방에 혼자 남아 쓰다 만 소설 원고를 뒤적거렸다.

하루는 그녀가 하얀 무명 전족 천을 풀어 발을 씻고는 새 전족 천으로 다시 발을 감았다. 발에서 풀어 낸 전족 천은 물에 빨아서 좁은 앞마당 빨랫줄에 걸어 두었다. 그녀도 다른 여인들처럼 올이 굵은 무명천을 전족 천으로 사용하였다. 올이 굵은 무명을 전족 천으로 사용하는 것은 표면이 거칠어 발에서 쉽게 미끄러져 나가지 않기 때문이었다.

어릴 적 전족이 완성되기 전에는 푸른 무명천을 발에 감았다. 청색 염료가 발이 헐어 문드러지는 것을 예방하고 치료해 주는 효과가 있다고 하였다.

전족이 완성되고 나서도 여전히 전족 천을 붕대처럼 감고 있어야 했는데, 그것은 전족 천을 풀어 버리면 발에 힘을 줄 수가 없어 걷기조차 어렵기 때문이었다. 발 전체를 촘촘히 일곱 겹이나 다섯 겹으로 감게 되는 전족 천은 그 길이만 해도 열 자 가까이 되었다.

전족 천을 풀었다가 다시 감는 일이 보통 수고가 아니므로 평민 여자들은 보름에 한 번 정도 발을 씻었다. 하녀를 부릴 수 있는 부유한 집안 여자들은 대개 이틀에 한 번 발을 씻을 수 있었다. 평소에는 발 냄새를 가리기 위해 전족 천에 향수를 뿌리기도 했지만, 발을 씻기 위해 전족 천을 풀게 되면 그 발 고린내는 지독하기 이를 데 없었다.

하얀 무명 전족 천이 여러 겹으로 빨랫줄에 걸려 바람에 나부낄 적마다 남자들은 여자의 은밀한 부분을 훔쳐보기라도 하는 것처럼 어질어질 흥분이 되었다.

그런데 빨랫줄에 널어 둔 그녀의 전족 천이 전족 신발처럼 없어지고 말았다. 남자들이 또 전족 천을 가지고 무슨 장난을 칠 것인가 걱정이 되었으나 어디서 찾아올 수 있을지 막막하기만 했다. 하지만 다행히 다음 날 그 전족 천이 다시 빨랫줄에 걸려 있었다. 그녀가 그것을 보고 다가가 전족 천을 살펴보았다. 이상한 얼룩들이 거기에 묻어 있었다. 코를 갖다 대고 냄새를 맡아 보니 시금털털한 밤꽃 냄새가 났다. 그녀는 그것이 무슨 냄새인지 알 것도 같았다.

그녀는 남자들이 전족과 관련된 물건들, 그러니까 전족 천, 전족 버선, 토시, 신발 들에 열광하는 것을 오히려 역이용하여 그 물건들을 가지고 남자들을 놀려 먹기로 마음먹었다. 다 해져 버리기 직전의 전족 버선을 마루 한쪽에 놓아두면 남자들이 살금살금 다가와 두리번거리다가 버선을 얼른 집어 달아나기 일쑤였다. 그런 모습을 방 안에서 문틈으로 내다보면서 그녀는 손으로 입을 가리며 킬킬거렸다.

그런데 전족 천을 가지고 간 남자도 그랬지만 버선을 훔쳐 간 남자도 그것을 도로 가지고 와 전에 있던 자리에 두고 가는 것이었다. 그녀가 버선을 열어 안을 들여다보니 거기에도 부연 것이 뭉쳐 있고 밤꽃 냄새가 진하게 났다. 그녀의 어머니가 기겁을 하고 버선을 낚아채 갔다.

그는 밤이 이슥해서야 숙소로 돌아왔다. 나는 내 방에 앉아 그가 옆방으로 들어서는 기척을 느꼈다. 방음이 제대로 되지 않는 벽을 통하여 그가 길게 한숨을 쉬는 소리도 들려왔다. 내가 먼저 그의 방으로 가서 그를 반기고 싶었지만 좀 더 그의 반응을 지켜보기로 하였다.

마침내 그가 자기 방을 나오더니 내 방으로 다가왔다. 나는 숨을 죽이고 그가 노크하기를 기다렸다. 그런데 그는 노크도 하지 않고 성큼 문을 열고 방으로 들어섰다.

"왜 문을 잠그고 있지 않지?"

내가 왜 노크도 하지 않고 들어오느냐고 따지려고 하는데 오히려 그가 나무라는 투로 말을 뱉었다.

"당신을 기다렸어요."

이제는 그를 선생님이라고 부르는 것보다 당신이라고 부르는 것이 더욱 자연스러웠다.

"나를 기다리더라도 문은 잠그고 있어야지. 다른 남자가 불쑥 들어오면 어떡하려고? 파리에서처럼 말이야."

그는 아직도 파리에서 당한 충격을 잊지 않고 있음에 틀림없었다. 하지만 지금은 다른 충격으로 그의 표정이 일그러져 있는 듯했다.

"잃었군요."

그는 입을 다문 채 끄응, 소리를 내었다.

"한 달 전에는 엄청 땄는데 말이야."

"한 달 전이라니요? 그럼 한 달 전에 이미 유럽에 들어와 있었다는 말이에요?"

"음, 미안하게 됐어. 사실은 당신에게로 오다가 여기 바덴에서 도박을 했는데 자꾸 돈을 따지 뭐야. 그래 며칠간 룰렛 게임에 빠져 있었지. 그때 딴 돈에서 얼마를 처제에게 보내어 요양 중인 아내에게 전달해 달라고 했지. 근데 이번에는 가지고 있는 돈을 다 날렸어."

그는 더욱 침통한 표정이 되었다. 나는 그가 아내에게 돈을 보내 준 사실에 대해 은근히 부아가 났다.

"이탈리아도 가기 전에 여비를 다 날린 셈이군요. 나도 가지고 온 돈을 당신이 늦게 오는 바람에 다 써 버렸는데."

"우선 내가 차고 있는 시계라도 전당포에 맡겨야겠소. 그리고 처제에게 편지를 써서 전에 보낸 액수만큼 돈을 도로 보내 달라고 해야겠소. 형에게도 부탁해 보고."

그러면서 그는 내가 오른손에 끼고 있는 반지를 흘끗 쳐다보았다. 나는 그가 나와의 여행에 필요한 돈까지 도박으로 날린 사실이 서운하기 그지없었지만 내가 파리에서 그에게 준 상처를 생각하며 마음을 달랬다.

"그럼 피곤할 테니 방으로 가서 주무세요."

나는 그와 이야기를 이어 가다가는 무슨 심한 말이 내 입에서 나올지 몰라 그를 서둘러 내보내려고 하였다. 그러자 그가 스르르 무너지듯 무릎을 꿇고 앉으며 두 손으로 내 두 발을 붙잡으려는 자세를 취했다. 나는 얼른 뒤로 물러서며 그의 손을 피했다. 남자가 발을 만져도 가만히 있으면 여자가 남자를 받아들인다는 뜻이라는 중국 전족 풍습을 떠올렸다.

"약속을 지켜야죠."

내가 단호한 어조로 말했다.

"약속? 오누이로 여행한다는 약속? 그건 다른 사람들에게 그렇게 보이도록 한다는 거 아니었나? 이렇게 단둘이 있을 때는……."

"단둘이 있을 때도 그 약속은 여전히 유효해요. 그렇잖으면 여비도 부족한데 방을 두 개나 얻을 필요가 없잖아요."

"지독하군. 잠시 당신 침대에 걸터앉았다가 가면 안 될까?"

"그건 허락할게요. 잠깐만이에요."

그가 침대 모서리에 걸터앉자 나도 그 옆에 앉았다. 그가 조심스럽게 손을 뻗어 내 손을 잡았다. 내가 그것마저 거부하면 그가 너무 처량해질 것 같아 그냥 손을 맡겨 두고 있었다. 나의 태도에 삼식했는지 그는 내 손을 집어 들어 자기 입술로 가져갔다. 나는 팔에 힘을 주어 다시금 손이 아래로 내려가도록 하였다. 그는 자칫하면 내가 손을 뺄지도 모른다고 생각했는지 더 이상 다른 동작은 취하지 않았다.

그의 손에는 몹시 추운 지역에서 고생한 흔적과 직장에서 도안 그림을 그리던 흔적이 동시에 남아 있는 듯했다. 거칠면서도 부드러운 이중적인 감촉이 그의 손에서 느껴졌다. 그 순간에는 그의 손이 세상을 깜짝 놀라게 한 작품을 써낸 손으로는 도무지 여겨지지 않았다.

그는 침대에 앉아 괴테의 『이탈리아 기행』에 대해 언급하였다.

"괴테는 말이야, 서른일곱 살 생일 파티 때 한창 분위기가 무르익어 가는 새벽 3시 무렵 슬쩍 집을 빠져나와 이탈리아 여행을 떠났지. 여행 가방 하나 들고 오소리 가죽 배낭 달랑 메고는 1년 9개월 동안이나 이탈리아를 돌아다녔지."

나도 괴테의 『이탈리아 기행』을 읽고 늘 이탈리아 여행을 꿈꾸어 온 셈이었다. 하지만 그는 자기 앞에서 훌륭한 작가들 이름을 들먹이는 것을 별로 좋아하지 않았으므로 나는 그 책 이야기를 그에게 하지도 못했다.

괴테가 이탈리아 여행을 떠난 그즈음에는 이미 『젊은 베르테르의 슬픔』의 작가로 전 유럽에 명성을 떨치고 있었다. 그리고 바이마르 공국의 추밀 고문관으로 10여 년 동안 정치권에 몸을 담고 있던 시기이기도 했다. 그는 공직 생활을 하면서 자신의 문학적 상상력이 점점 무디어져 가는 것을 느끼고 그 위기감을 극복하기 위해 여행을 떠났다고 했다.

괴테는 유년 시절부터 아버지의 영향으로 이탈리아를 동경의 땅으로 늘 그리워했다. 괴테는 베로나와 비첸차, 파도바와 베네치아, 피렌체, 페루자, 아시시를 거쳐서 1786년 10월 29일 드디어 그토록 동경하던 로마로 들어섰다. 괴테는 로마에 도착한 이날을 자신의 '제2의 생일'이자 '진정한 삶이 다시 시작된 날'이라고 감격하였다.

"정말이지 로마에 와 보지 않고서는 여기서 무엇을 배우게 되는가를 전혀 알 수 없다. 지금까지 가지고 있던 개념들을 돌이켜 보면 마치 어릴 적에 신던 신발 같다는 생각이 든다. 아주 평범한 사람도 이곳에 오면 상당한 인물이 되며 그것이 그의 본질로 바뀔 수는 없다 하더라도 최소한 하나의 독특한 개념을 얻게 되는 것이다."

괴테는 여행 기간의 반 이상을 로마에서 보냈다.

"괴테의 이탈리아 기행에 영감을 받아 멘델스존이 「이탈리아 교향곡」을 작곡했지. 특히 2악장 부분은 노새를 타고 건들거리며 여행을 하는 듯한 분위기더군."

그는 가만히 입속으로 멘델스존의 교향곡 가락을 읊조렸다.

"이제 옷을 벗어야겠어요."

그가 기대에 찬 눈으로 나를 바라보았지만 나는 냉정하게 그의 기대를 꺾어 버렸다.

"잠을 자야겠으니 방으로 돌아가시라는 뜻이에요."

그가 애처로운 눈빛으로 입술을 비쭉이면서 내 방을 나갔다.

나는 잠이 잘 오지 않아 잠시 소설 원고를 매만졌다.

그녀는 동네에서 얼굴이 희고 고운 한 아가씨와 친하게 지냈다. 그녀는 그 아가씨의 티없이 맑은 얼굴을 부러워하고, 아가씨는 그녀의 몸매와 작은 발을 부러워하였다. 그녀는 자기보다 한 살 많은 아가씨를 언니라고 부르며 따랐다.

"언니, 어쩌면 얼굴 피부가 그리 좋아? 무슨 비법이라도 있는 거야? 있으면 나한테도 가르쳐 줘"

그녀가 보채듯이 물으면 아가씨는 빙긋이 웃기만 할 뿐이었다. 이번에는 아가씨가 그녀의 발을 칭찬하며 말했다.

"세상에서 너만큼 예쁜 발은 본 적이 없어. 여자인 내가 보아도 반하는데 남자들이 보면 보는 순간 그만 혹하고 말 거야. 어디 발뿐이야? 몸매와 얼굴도 어쩌면 이리 아리따울까."

금방이라도 아가씨가 그녀의 발을 만질 태세였다.

"언니, 내가 예쁜 발을 지녔다고 하지만 사실은 전족을 하지 않은 시장 바닥의 아낙네들이 오히려 부러울 때도 많아. 그 아낙네들은 머리에 무거운 항아리를 이고도 씩씩하게 잘 걸어가는데 나는 발에 힘이 없어 조금만 걸어도 다리가 아프고 기운이 빠져 버리거든. 전족한 여자들 중에는 해바라기 지팡이를 짚고 다니는 사람도 많다고 하던데."

"하긴 여자의 발을 기호품 정도로 여기는 남자들의 취향 때문에 나도 너 같은 발을 부러워하는지도 모르지. 내 발은 철련 정도 될 거야."

"아니야. 언니는 은련은 된다니까. 근데 왜 남자들은 발이 작은 여자를 좋아하는 거지?"

"그러게 말이야. 발이 작아 오리처럼 뒤뚱거리며 걸으면 실룩이는 엉덩이가 매력이 있다나? 또 그렇게 걷다 보면 허벅지 살에 탄력이 생겨 여자의 음문이 좁아진다나 어쩐다나. 그리고 여자들이 멀리 도망가지 못하도록 전족을 하게 했다는 말도 있지."

"남자들은 자나 깨나 그 생각밖에 안 하나 봐. 언니, 난 나중에 나를 발 병신으로 만든 남자들에게 복수할지도 몰라."

"발 병신이라니. 이렇게 아름다운 금련 발을 가지고 있으면서."

그녀와 친하던 그 아가씨가 먼저 혼인을 하였는데 혼인식 날 손님들은 신부의 얼굴보다 발을 더욱 자주 쳐다보았다. 그런데 신혼 첫날밤, 아가씨의 남편이 한밤중에 마당으로 나와 땅을 치며 통곡하였다. 사람들이 무슨 일인가 하고 모여들었다. 아가씨의 남편은 이렇게 부르짖고 있었다.

"은련은 되는 줄 알았는데 오늘 밤에 만져 보니 철련이야. 아이고, 이 일을 어찌할꼬."

지체가 낮고 재력이 없는 남자들은 은련 여자도 감지덕지하였는데, 아가씨의 남편은 큰 기대를 했다가 실망이 이만저만이 아니었던 모양이었다.

나는 소설 원고를 덮고 나머지 부분을 어떻게 끌고 갈 것인가 궁리해 보았다.

이런 식으로 이야기를 이어 가다가 그녀가 권세 있는 부잣집에

첩으로 들어가 정실 부인과 다른 첩들에게 시기와 구박을 당하고 남편의 멸시까지 겹치자 남편을 몰래 독살하는 것으로 마무리를 시르려고 하였다. 남편을 독살한 후에는 그녀가 어떻게 처신하도록 할 것인가. 그 당시 중국에는 불교가 성행하였으므로 출가하여 비구니가 되는 것으로 설정할 수도 있었다.

다음 날, 그와 나는 두 끼 정도만 먹고 바덴 시내를 구경하다가 저녁 무렵 숙소로 돌아왔다. 그가 자기 방으로 가기 전에 내 방을 들렀다. 나는 하루 종일 돌아다니느라 피곤하여 침대에 번듯이 드러누웠다. 이번에도 그가 내 머리맡 침대 모서리에 걸터앉는 것은 허락해 주었다. 그가 어젯밤처럼 내 손을 잡아 주었다. 나는 나른하면서도 기분이 좋아져 차를 한 잔 마시고 싶어졌다.

"차 한 잔 마실 돈은 있겠죠?"

그가 숙소 종업원을 불러 홍차를 시켰다. 그와 나는 차를 마시면서 이런저런 대화를 나누었다. 그는 파리에서의 일을 다시 언급했고 나는 그때 정말 잘못했다고 용서를 구했다.

"당신은 그를 사랑한다고 했다가 그를 사랑하지 않는다고 말을 바꾸었어. 어느 쪽이 진실이야?"

"내가 모든 것을 잘못했다고 했잖아요. 이제 파리의 일은 우리 더 이상 이야기하지 않기로 해요."

그가 내 손을 뿌리치는 듯이 놓아 버리고는 엉덩이를 걸치고 있던 침대에서 벌떡 일어나 앞으로 걸어 나갔다. 그러다가 내 구두에 발이 걸려 넘어질 뻔하였다. 내가 쿡, 웃음을 삼켰다. 그가 내 쪽으로 다시 돌아와 내 앞에 섰다.

"당신 방으로 가려고 했나요?"

"아니, 창문을 닫으려고."

"창문은 왜요? 더운데 열어 두는 것이 좋잖아요."

"오늘은 꼭 하고 싶은 일이 있어."

그가 무릎을 꿇으려고 하며 애원하는 듯한 눈빛을 보냈다. 나는 그가 무엇을 원하는지 직감으로 알 수 있었다.

"당신 발에 입 맞추고 싶어."

그의 말을 듣는 순간, 저릿한 기운이 내 하반신을 훑고 지나갔다.

"밤 인사로 그렇게 한다면 허락할게요. 그 이상은 안 돼요."

내 말이 떨어지기가 무섭게 그는 털썩 무릎을 꿇더니 내 발에서 슬리퍼를 벗기고 발등에 입술을 갖다 대었다. 나는 양말을 벗고 있었지만 아직 발을 씻지는 않아 아마도 발냄새가 났을 것이었다. 그는 어느새 내 발 가장자리로 입술을 가져와 발가락 하나 하나에 입을 맞추었다. 약간씩 혀끝을 대는 것이 느껴져 나는 앉은 채로 가만히 몸을 틀었다.

나는 그가 좀 더 진하게 입술과 혀를 발가락에 대어 주기를 은근히 바라고 있었다. 아니나 다를까 그가 엄지발가락을 혀끝으로 핥는 듯이 하다가 슬그머니 입속에 넣어 부드럽게 빨기 시작했다. 나는 온몸에 전율을 느끼고 신음 소리를 내며 상반신을 뒤로 젖히다가 얼른 엄지발가락을 그의 입에서 뽑아내었다.

"이건 입맞춤이 아니잖아요. 이제 방으로 가세요."

그가 무안해진 얼굴로 나를 올려다보았다.

"알았어. 당신 발이 너무 작아서 그만."

나는 내 귀를 의심했다. 내가 금련이나 은련이 된 기분이었다.

"종업원이 찻잔을 가지러 올까요?"

"아니, 오늘은 오지 않을 거야."

"그럼 옷을 벗겠어요."

나는 이번에는 그가 보는 데서 옷을 벗기 시작했다. 그는 내가 옷을 다 벗을 때까지 그대로 서서 지켜보고 있다가 내가 약간 웅크리며 침대에 눕자 길게 한숨을 쉬며 방을 나갔다. 그가 자기 방으로 들어가는 기척을 느끼며 나는 침대에서 일어나 목욕실 문을 열었다.

나는 몸을 대강 물로 씻으며 자꾸만 웃음이 터져 나오려는 것을 간신히 참았다. 내가 몸을 씻는 소리를 그가 옆방에서 들으며 어떤 생각을 하고 있을까 머릿속으로 그려 보았다.

이틀 후 그와 나는 바덴에서 제노바로 들어갔다. 거기서 그가 차고 있는 시계를 전당포에 맡기고 얼마의 돈을 마련하여 곧장 튜린으로 향했다. 튜린에서 그의 여동생이 보내 줄 돈을 기다리다 지쳐 내가 끼고 있던 반지마저 저당잡혔다. 일주일쯤 지났을 무렵, 그의 처제로부터 약간의 돈이 송금되고 그의 형이 또 제법 큰돈을 보내 주었다. 그는 처제에게 편지를 써서 그녀의 돈을 아내에게 좀 빌려 주라고 부탁하였다.

다음 날 그와 나는 튜린을 떠나 제노바로 다시 가서 로마행 배를 탔다. 로마로 가는 배의 갑판에서 그는 처음으로 자기 아버지 이야기를 해 주었다.

극빈자들을 주로 치료하는 병원 의사였던 그의 아버지는 말년에 시골 큰 전답을 사서 소작농들에게 농사를 짓게 하였다. 그런데 그 소작농들이 불만을 품고 그의 아버지를 살해했다고 하였다.

그 사건을 겪은 것은 그의 나이 열일곱 살 때였다. 그의 어머니가 돌아가신 지 2년 후의 일이었다. 그는 아버지 살해 소식을 듣고 몸부림을 치며 통곡하다가 잠시 정신을 잃었는데 그것이 그가 요즈음도 간혹 일으키는 발작 증세와 관련이 있는지도 모른다고 했다.

"아버지는 극빈자들을 치료할 때는 성자와 같은 모습이었지만 집에 들어와서 여동생들의 방을 검사할 때는 엄격한 검열관의 모습이었지. 새벽에도 여동생들의 방으로 쳐들어가서 침대 밑에 남자를 숨겨 둔 것이 아닌가 하고 침대 밑을 들여다보기도 하였지."

"엄격한 검열관이 아니라 신경과민이셨군요."

정신이상이라고 하려다가 말을 바꾸었다.

"아마 아버지는 소작농들을 다룰 때도 여동생들 다루듯이 했을 거야. 소작농들이 곡식을 어디 숨겨 두지 않았나 하고 그들의 곳간을 뒤지며 다녔는지도 모르지."

"그 무렵 소작농들에게 지주가 살해되는 일이 많았다면서요."

"곡괭이와 낫으로 찔린 아버지의 시체는 정말 끔찍했어."

그는 그때 일을 떠올리는지 잠시 몸을 떨었다. 나는 그만 그를 안아 주고 싶은 충동을 느꼈으나 갑판의 난간을 두 손으로 붙잡으며 참아 내었다.

로마에서도 숙소를 정할 때 방을 두 개 잡았다. 그는 여행이 막바지로 들어서자 더욱 초조하게 나에게 접근하려고 하였다. 그가 또 내 발에 입맞춤을 하고 싶다고 했지만 나는 더 이상 발등을 그에게 내어주지 않았다. 그가 전에도 입맞춤만 한다고 해 놓고는 엄지발가락을 입에 넣지 않았던가.

그는 나에 대한 욕망을 제대로 처리하지 못해서 그런지 괴테가 그토록 감탄했던 로마 구경도 시들한 듯했다. 나는 로마까지 왔으니 그를 받아들여도 되지 않는가 갈등이 생기기도 했지만 그에게 몸을 맡기고 났을 때의 허망함이 미리 느껴져 그와의 약속을 그대로 고수하는 방향으로 나아갔다.

그와 내가 콜로세움에 들러 2층으로 올라가는 계단에 섰을 때 그가 아래쪽 운동장을 내려다보며 중얼거렸다.

"여기가 로마 시대에는 일종의 사형장이기도 했지."

하긴 로마 시대는 경기장이 사형장으로 사용되기도 하였다. 네로 황제는 기독교인들이 로마를 방화했다고 하여 바티칸 경기장에서 수백 명의 기독교인들을 사형시켰다. 짐승의 가죽을 입혀 맹수들에게 물려 죽도록 하기도 하고, 벌거벗겨 십자가에 달아 죽이기도 하고, 말뚝에 묶은 사람들의 몸에 기름을 끼얹어 횃불처럼 타오르게 하여 죽이기도 했다.

그는 자기가 말한 사형장이라는 단어에 스스로 압도된 듯 한동안 그 자리에 멍하니 서 있었다. 로마 시대 사람들은 사형을 당한 자들이나 그냥 자연사로 죽은 자들이나 지금 여기에 없기는 마찬가지였다. 인간은 어쩌면 서서히 사형당하느냐, 법에 의해 인위적으로 사형을 당하느냐 그 차이밖에 없지 않은가 싶기도 했다.

콜로세움을 구경하고 돌아온 날, 그는 내 방에서 뭉그적거리며 한밤중이 되도록 나가려고 하지 않았다. 그때도 그가 내 손을 잡는 것은 허락해 주었다. 그는 그것만이라도 허락을 받은 것이 다행이라는 듯한 표정이었다.

그가 내 손을 잡은 손에 힘을 주며 말했다.

"아내 병세가 심하여 아무래도 불원간 무슨 일이 날 것 같군. 아내가 죽으면 당신과 결혼할 수 있을까?"

나는 침묵으로 반응했다. 사실 스무 살이나 차이가 나는 그와 결혼을 한다는 것은 생각해 본 적이 없었다. 그의 애인이 될지언정 아내는 되고 싶지 않았다. 하지만 그가 그렇게 말해 준 것은 고마운 일이라 여겨졌다.

"내가 괜한 말을 한 모양이군."

그가 고개를 푹 떨구었다.

"사랑이라는 감정 말이에요, 그것보다 간사한 것이 더 있을까 싶어요."

내가 그의 두 눈을 들여다보았다. 그는 잠시 당황한 기색을 띠며 내 시선을 피했다.

"당신에 대한 내 사랑의 감정을 못 믿겠다는 뜻인가?"

"그렇게 뜨겁게 사랑했던 아내를 지금도 사랑하고 있는가요?"

"하긴 아내를 사랑한다면 당신과 이런 여행을 떠나오지도 않았겠지. 지금은 온통 당신에게로만 내 마음이 향해 있으니까."

"보세요. 이전에 당신의 아내가 병든 남편을 버려두고 당신과 사랑을 나누었지요. 이제 당신은 병든 아내를 버려두고 나랑 사랑을 나누려고 하고 있어요. 내가 당신과 결혼을 한다면 언젠가는 나도 병든 당신을 버려두고 다른 남자와 사랑을 나눌지도 모르지요. 파리에서 당신을 기다리는 동안 그 의사와 사랑을 할 뻔한 것만 보아도 알 수 있잖아요. 나에 대한 당신의 사랑을 믿지 못하는 것보다 당신에 대한 나의 사랑을 믿지 못하겠다는 거지요."

"방금 당신에 대한 나의 사랑이라 했나? 적어도 지금 이 순간은 나를 사랑한다는 말인가?"

"당신을 사랑하지 않는다면 이런 여행을 떠나왔겠어요?"

느닷없이 내 두 눈에 눈물이 고이려 하였다.

"그런데 왜 나에게 몸을 허락하지 않는 거지?"

"병든 아내를 두고 젊은 여자와 여행을 떠나온 당신은 벌을 받아야 해요. 그런 당신을 따라온 나도 벌을 받아야 하고요."

"이상한 논리군. 내가 당신을 안을 수 없다는 것이 나에게 벌이란 말인가?"

"나에게도 벌이에요."

이번에는 그가 내 시선을 피하지 않고 받아 내며 내 두 눈을 들여다보았다.

"오늘만이라도 말이야, 내가 당신을 절대로 안지 않을 테니까 나란히 누워 같이 잠을 자기만 하면 안 될까? 오누이도 나란히 잠은 같이 잘 수 있잖아."

"서로 사랑한다는 남녀가 나란히 같이 자면서 안지 않을 수 있을까요?"

"우리는 오누이처럼 여행하기로 했잖아."

내가 써먹어야 할 조건을 오히려 그가 내세우고 있었다.

"오늘만, 오늘만."

어린아이처럼 우스꽝스럽게 보채는 그를 보면서 그가 문단의 총아로 떠오른 작가라는 사실이 의아하게 여겨질 정도였다. 누가 이런 모습의 그를 상상할 수 있겠는가.

그의 등단 작품을 문단의 거두인 유명한 평론가가 읽고 그에게 말했다고 했다.

"자네가 쓴 소설이 어떤 것인지 이해하고 있는가? 스무 살의 자네 나이로는 도저히 이해할 수 없을걸."

그러면서 평론가는 그가 얼마나 위대한 작품을 썼는지 설명하기 시작했다. 그때를 그는 자기 일생 중 가장 황홀했던 순간이라고 하였다. 아마 자기 인생이 다하는 날까지 그보다 더 감격적인 순간은 다시 찾아오지 않을 것 같다고도 했다.

한번은 그 당시 그가 얼마나 인기가 있었는지 들뜬 음성으로 말한 적이 있었다.

"내가 어디를 가나 사람들이 나를 둘러싸고 존경과 호기심으로 가득 차서 지켜보고 있었지. 고위층 인사들은 너나 할 것 없이 나를 초청하지 못해 안달이 났지. 내가 초청에 응하지 않자 어느 유력 인사는 낙심한 나머지 자기 수염을 잘라 버리기까지 했어. 내 친구들은 다른 사람들에게 세상의 모든 작가들을 짓밟고 지나갈 천재가 탄생했다고 떠들고 다녔지. 내가 입을 열 때마다 사람들은 내가 이러이러한 말을 했다, 이러이러한 것을 하려고 한다 소문을 내었지. 내가 소설 구상의 한 토막이라도 털어놓으면 금방 온 도시는 내가 앞으로 쓸 소설에 대한 화제로 들끓었지."

내가 다섯 살 무렵의 일이라 그가 하는 말이 어느 정도 진실인지 알 길은 없었다. 아마도 그가 자기도취에 빠져 지냈던 시기가 아닌가 싶기도 하였다. 그런 자기도취로 인하여 많은 사람들이 눈총을 받았고 급기야 그를 극찬했던 평론가마저도 그에게서 등을 돌리고 말았다. 그 평론가는 요즈음 그가 발표하는 소설들마다 혹평을 하기에 여념이 없다. 하지만 나는 그가 그 평론가의 급진적인 정치 노선을 따르지 않는다는 이유로 미움을 받는 점도 있다는 것을 잘 알고 있다. 그 평론가는 그에 대한 미움을 그의 작품에까지 투사하고 있다는 사실을 자신의 글로 스스로 증명하고 있는 셈이었다.

인간은 결국 다른 사람들을 자기 무리로 이끌려는 욕구에 따라 판단하고 행동하는 것인가. 최고의 지성을 갖추었다는 사람들도 이런 면에서는 별수 없는 것이 아닌가.

프랑스에서 그 시대 가장 영향력이 있던 어느 평론가는 한 작가의 작품을 한 편도 제대로 읽어 보지 않고 그 작가를 일생 동안 혹평해 왔다. 그 프랑스 평론가는 그래도 양심이 있었던지 임종 직전에 그 사실을 고해성사 하듯 고백하고 죽었다.

"딱 오늘만, 응? 오늘만."

그가 또 보챘다. 나는 피식 웃음을 흘리며 그만 나도 모르게 고개를 끄덕이고 말았다. 그러면서 한 가지 조건을 보탰다.

"나란히 자지 않고 서로 반대 방향으로 누워 자기예요."

"반대 방향? 내 발이 당신 머리 쪽으로?"

그는 그래도 좋다고 정말 어린아이처럼 좋아했다.

그의 방에서 같이 잘 것인가, 내 방에서 같이 잘 것인가 잠시 의논하다가 비교적 깨끗하게 정돈되어 있는 내 방에서 자기로 하였다.

내가 제안한 대로 그의 발이 내 머리 쪽으로 향하고 내 발이 그의 머리 쪽으로 향하도록 하여 침대에 누웠다. 하지만 다음 순간, 머리를 맞대고 나란히 눕는 것보다 그런 형태가 더욱 색정적이라는 사실을 깨달았다. 왜냐하면 내 눈앞에 있는 그의 두 발을 손으로 움켜쥐고 싶은 충동이 내 속에서 불현듯 일어났기 때문이었다. 내가 이런데 그는 오죽하겠는가 싶기도 했다.

"오늘 낮에 본 그 콜로세움 말이야, 그 벽들과 기둥들의 거무튀튀한 색조가 마치 피가 말라붙은 것처럼 여겨진단 말이야."

내 발 쪽에서 중얼거리는 듯한 그의 목소리가 들려왔다.

"그건 화재의 흔적 아닌가요? 여러 차례 벼락을 맞고 지진이 나고 해서."

"그 지하에는 맹수들의 방과 검투사들의 방, 사형수들의 방이 있었지. 사형수를 검투사로 분장시켜 맹수들과 싸우도록 해서 사형 집행을 한 셈이지. 로마 시민들은 사형 집행을 경기 구경 하듯 즐긴 거지. 그런 피 구경을 하고 나면 성적으로 흥분하게 마련이라 로마 경기장 주변에는 항상 사창가들이 들어서 있었지. 로마 시대에는 사창이 아니라 공창이었지. 피와 살해와 성욕은 서로 통해 있는 모양이야. 아버지가 살해되었을 때 말이야, 사실은 아버지의 죽음을 슬퍼해서 몸부림쳤다기보다 길거리로 달려 나가 어느 여자라도 안고 싶은 욕망을 참아 내지 못해 그랬던 거지. 정신을 잠시 잃었던 것도."

"간혹 일어난다는 발작 증세도 성욕과 관련이 있는 건가요?"

"그런 건지는 잘 알 수 없지만 발작으로 정신을 잃기 직전에 절정감 비슷한 기분을 느끼긴 해. 그래서 언제 발작이 일어나나 무서우면서도 은근히 기다려지는 마음도 있는 거지."

"지금 내 발 보여요?"

무거워지는 대화를 벗어나고 싶어 불쑥 장난스럽게 물어보았다.

"응."

그는 짐짓 무관심한 척하고 있음이 분명했다.

"중국의 선비들 중에는 책을 보거나 글을 쓸 때 반드시 아내나 첩의 전족을 한 손에 쥐고 있어야 되는 사람들도 있었대요. 서당에서 부인의 전족 신발을 들고 냄새를 맡거나 깨물어야 제대로 글을 가르칠 수 있는 선생들도 있었다고 해요."

"문인들이 담배를 손에 쥐고 있어야 글이 나오는 이치와 같은 건가?"

"담배하고는 차원이 다르겠지요. 그리고 중국 남자들은 여자의 발로 성교를 하기도 한대요, 쿠우욱."

나는 웃음이 터져 나오려는 것을 간신히 참았다.

"발로 어떻게?"

"금련처럼 작은 발은 서로 모으면 여자의 성기처럼 된대요. 그러면 남자가 자기 물건을 거기에 넣는 거죠. 그걸 중국 남자들은 최고의 성행위로 선망한대요."

그에게서 야단스러운 반응이 나올 줄 알았으나 의외로 싱거운 대답이 나왔다.

"아무튼 중국이라는 나라는."

그다음, 그가 잠이라도 들었는지 아무 말이 없었다. 나도 깜빡 잠으로 미끄러져 들어갔다. 어지러운 꿈들을 몇 토막 꾸다가 그가 이오니아식 콜로세움 기둥에 묶여 있는 모습을 보고는 화들짝 놀라며 눈을 떴다. 관중석 상석에 앉은 로마 황제가 그에게 총을 겨누고 있는 장면도 본 것 같았다.

나는 그가 잠이 들었는지 가만히 귀를 기울여 확인해 보았다. 아니나 다를까 가볍게 코를 고는 소리가 발치께에서 들려왔다. 그가 자기 눈앞에 내 발을 놓아두고 잠이 들 수 있다는 사실이 기이하게 여겨졌다.

나는 그가 잠이 든 것을 확인하고는 슬며시 손을 뻗어 그의 두 발을 만져 보았다. 굳은살이 여기저기 박이고 갈라지고 터진 상흔들이 남아 있는 그의 발은 농부의 발보다도 더 거칠어 보였다. 동상을 당해도 여러 번 당했을 발이었다.

그는 딱 한 번 그가 당한 그 기막힌 일을 나에게 이야기해 주었다.

크리스마스가 가까워 올 무렵, 그는 동료 다섯 명과 함께 황량한 광장으로 끌려갔다. 그들은 이미 하얀 수의(壽衣)로 갈아입혀져 있었다. 사제가 십자가를 들고 와서 그들에게 십자가에 입을 맞추고 마지막 참회 기도를 하라고 하였다.

그다음, 세 사람이 먼저 나무 기둥에 묶였다. 그 앞에는 총을 겨눌 준비를 하고 있는 사격병들이 도열해 있었다. 나머지 세 사람들 가운데 서 있던 그는 양옆으로 몸을 돌려 한 사람씩 안아 주었다. 지상에서 마지막으로 나누는 포옹인 셈이었다. 그는 골고다 언덕 십자가에 예수를 중심으로 양옆에 다른 사형수들이 달려 있었던 일을 떠올렸다.

그는 총소리를 기다렸다. 날씨는 지독하게 추웠으나 조금도 추위가 느껴지지 않았다. 그는 총소리와 함께 몸과 영혼이 정화되리라 기대하고 있었으나 말할 수 없는 공포가 밀려드는 것을 어찌하지 못했다. 추위 때문이 아니라 그 공포 때문에 몸을 떨고 있었다.

아직 서른도 되지 않은 그의 인생은 이제 5분도 채 남지 않았다. 앞의 세 사람이 총살을 당하고 나면 그와 두 동료들도 기둥에 묶일 것이었다.

그 순간, 말을 타고 광장으로 들어서는 사람이 있었다. 그의 손에는 종이 두루마리가 들려 있었다. 그는 광장 한복판에 서서 그 두루마리를 펴고 낭독하였다. 그러자 군인들이 기둥에 묶인 세 사람을 풀어 주었다. 그와 두 동료는 기둥에 묶여 보지도 않은 채 다시 감옥으로 호송되었다. 그런데 기둥에 묶였던 세 사람 중 한 명은 이미 정신이 돌아 버려 히죽거리며 헛소리를 하고 있었다.

그는 몇몇 동료들과 함께 프랑스 유토피아 사상을 연구하고 토론한 죄밖에 없었다. 그 사상들은 대부분 기독교에 사회주의 내지는 공산주의를 접목시키는 내용을 담고 있었다. 가장 이상적인 공동체는 1600명을 단위로 이루어져야 한다는 주장도 있었다.

그의 주요 죄목은 그의 등단 작품을 극찬했던 평론가가 어느 유명한 작가에게 보내는 편지를 낭독했다는 것이었다. 그 편지는 그 작가가 보수주의자로 변절했다고 통렬하게 꾸짖는 구절들로 채워져 있었다. 그 무렵 그의 작품을 혹평하기만 했던 그 평론가의 편지를 그가 왜 동료들 앞에서 낭독하였는지 의아한 일이었다.

프랑스에서 학생들과 시민들의 시위가 일어나 나라가 흔들리자,

정부 당국이 바짝 긴장하여 프랑스 유토피아 사상을 불온한 것으로 몰아붙이고 국민들에게 경종을 울리기 위해 그를 비롯한 스물한 명에게 사형을 언도한 것이었다.

그가 유럽에 와서 실망을 느꼈다고 하는 것도 젊은 시절 그토록 심취했던 프랑스 사상이 제대로 실현되고 있는 모습을 발견할 수 없었기 때문이었다.

"어, 어, 발이, 발이 너무 작아, 달아날 수가 없어."

그가 잠꼬대를 하며 몸을 뒤치려고 하여 나는 얼른 그의 두 발에서 손을 떼어 내었다. 그의 발은 그리 작은 편은 아닌데 어떤 꿈을 꾸길래 발이 작다고 하는가. 꿈속에서 전족 여인이 되어 달아나고 있는 것일까.

내가 쓰려는 소설의 말미가 내 눈앞에 훤히 떠오르는 기분이었다. 그와 동시에 쇠고랑을 찬 그의 발이 어른거리면서 '사상의 전족'이라는 말이 내 머리를 때렸다. 사상의 전족은 '욕망의 전족'이기도 했다.

그다음 순간, 그가 그만 침대에서 굴러떨어지고 말았다. 내가 급히 침대에서 내려가 보니 말로만 들어 왔던 그의 발작 증세가 내 눈앞에서 일어나고 있었다. 두 눈이 흰자위가 다 드러날 정도로 돌아가고 입에서는 허연 거품이 연방 새어 나오고 있었다. 사지는 오그라들면서 심하게 떨리고 있었다.

이런 경우에 제일 먼저 그 사람이 혀를 깨물지 않도록 입에 뭔가를 물려 주어야 한다는 것은 어디서 들어서 알고 있었다. 나는 작은 막대기 같은 것이 없나 하고 방을 둘러보았으나 그런 것은 눈에 띄지 않았다. 손수건 같은 것으로 그의 입을 막다가는 질식을 할지도 몰랐다. 그가 여기서 죽게 된다면 그와 나의 빌횔니랭이 세상에 다 폭로되고 말 것이었다.

나는 마음이 점점 급해져서 내 발을 뻗어 엄지발가락을 그의 입에 물렸다. 그러자 희한하게도 그가 엄마의 젖을 빨듯 내 엄지발가락을 빨면서 차츰 경련이 잦아들어 갔다.

나는 정말 오랜만에 척추를 훑어 내리는 절정감을 맛보고 있었다.

금병매를 아는가

"금병매를 연재하기로 합시다."

"네?"

나는 내 귀를 의심했다. 중년이 넘은 듯한 나이인데도 날씬한 몸매를 유지하고 언뜻 보아 고상하고 지적인 분위기를 풍기는 신문 편집 책임자의 입에서 금병매라는 제목이 아무렇지도 않게 발설되다니. 갑자기 그 사람이 아니라 나 자신이 외설스러워지는 느낌이었다. 어떻게 나에게 금병매를?

"성적인 장면 묘사에 있어서는 선생을 따라갈 작가가 한국에 어디 있습니까?"

물론 나는 성적인 소재를 다른 소재 못지않게 꽤 많이 다루어 온 편이었다. 우리 시대상을 총체적으로 그리는 연작 작품들을 몇 년 간 써 오는 중에 사랑이 성적 방종으로 흐르는 세태를 풍자한 작품도 썼고, 성폭력 현상을 다룬 소설들도 출간했으며, 중국 최고의 작품 중 하나로 꼽히나 성적인 묘사가 잦은 『홍루몽』까지 편작(編作: 편집 개작했다는 의미)을 했으니 그가 나를 그렇게 여길 만도 했다.

캐나다 유수의 대학에서 한국어학을 가르치는 하버드대 출신 미국인 교수가 한국에 교환교수로 와서 국내 주요 일간지 기자와 인터뷰를 하면서 25년간 한국어를 연구해 왔으니 이제는 번역도 하고 싶다고 했다. 그러자 기자가 한국 문학작품 중 누구의 것을 염두에 두고 있느냐고 물었다. 그러자 그 교수는 내 이름을 거론하며 내 작품에 대해 소견을 말했다.

"내용이 굉장히 재미있는 데다가 70~80년대 한국 사회를 예리하게 비판하는 작품들입니다. 미국 작가들에게 잘 읽힐 것입니다. 고전문학 가운데는 『변강쇠전』이 너무 재미있습니다. 위 두 가지를 찜해 두고 있습니다."

그런데 신문 편집부에서 그 내용에 소제목을 강조체로 달아 놓았다. 내 이름에 이어 '작품'이라는 단어를 쓰고 그다음 가운뎃점을 찍고는 '변강쇠전'이라는 문구를 넣고 그 뒤에 '영어 번역 찜'이라고 써 놓았다. 그러니까 그 소제목만 보면 『변강쇠전』이 내 작품처럼 되어 있거나, 건너뛰어 읽으면 변강쇠가 나인 것처럼 되어 있었다. 내 이름의 어감까지 겹쳐 묘한 뉘앙스를 풍기고 있었다.

그 교수는 내 작품을 언급할 때도 "굉장히 재미있다."고 했고, 변강쇠를 언급할 때도 "너무 재미있다."고 했다. 나는 그 소제목이 무지 재미있어 쿡쿡 웃음을 삼켰다.

나는 그 기사를 보면서 몇 년 전에 그 교수를 만난 기억을 떠올렸다. 지인으로부터 연락이 오기를, 그 교수가 한국에 온 김에 나를 만

나고 싶어 한다는 것이었다. 내 작품에 관심을 가지고 있는 세계적인 한국어학 교수가 나를 보고 싶어 한다니 나는 약간 설레는 마음으로 약속 장소로 나갔다. 그 교수를 만난 첫인상은 고리타분한 교수 분위기가 아니라 소탈하고 활달한 청년 같은 느낌이었다. 지인과 나는 그 교수를 어느 식당으로 데리고 가서 대접하는 것이 좋을까 소곤거리며 의논했다. 그러자 우리의 속삭임을 옆에서 듣고 있던 그 교수가 유창한 한국어로 말했다.

"내가 잘 아는 아바이 순댓집으로 갑시다."

그러더니 근처 골목길로 성큼성큼 걸어 들어가 정말 '아바이 순대'라는 간판이 달린 집으로 우리를 인도했다. 그날, 그때까지 내가 먹어 본 순대 중에서 가장 맛있는 순대를 먹을 수 있었다. 그 이후 그 교수에 대한 연상어는 '아바이 순대'가 되고 말았다. 아바이 순대와 변강쇠, 그리고 내 이름.

신문 편집 책임자도 내 작품들에서 그 교수가 느낀 재미를 맛본 것일까. 내가 조심스럽게 입을 열었다.

"국내에서 알아주는 일간지에 금병매를 연재한다는 것은 좀……. 그것도 조간이라 독자들의 항의가 많을 겁니다."

사실 나는 『금병매』를 제목만 들었지 한 번도 읽어 본 적이 없었다. 어릴 적 만화가가 그린 금병매 만화를 슬쩍 훔쳐보고 몹시 야(冶)한 내용일 거라고만 단정하고 있었다. 그리고 어느 경제지에 이전에 이름을 떨치던 작가가 금병매를 연재하는 난(欄)을 본 적은 있지만 그 내용은 읽지 않았다. 다만 그때도 삽화만 보고 왠지 외설스럽다고 여겼을 뿐이었다.

내가 홍학(紅學)이라는 학문까지 생기도록 한 『홍루몽』을 편작한 사실에 대해서는 어느 정노 변명을 힐 수 있기만, 『금병매』까지 손을 댈 수는 없는 노릇이었다. 무엇보다 국내 유력지의 품위에도 어울리지 않는다고 생각했다.

"조간 본지에 연재하는 것이 아니라 경제 섹션지에 연재하려고 하니 별 문제는 없을 겁니다. 경제 섹션지가 별도로 분리되어 있고 그건 주로 어른들이 보는 거라서. 이전 경제지 지면과 같은 거니까."

"그래도 본지 속에 끼여 배달되는 거라서 이전 경제지하고는 성격이 또 다르지요. 아무래도 금병매는 무리라고 여겨집니다. 아무튼 이렇게 고맙게 연재의 기회를 주려 하시니 내가 좀 더 연구를 해 보고 연락드리겠습니다."

그때 불쑥 그가 월 연재료 금액을 언급했다. 많이 드리지 못해서 미안하다는 말까지 보탰으나 나로서는 꽤 큰 돈이었다. 달마다 책을 만 부 가까이 팔아야 받을 수 있는 인세에 해당하는 돈이었다. 문득, 대학을 졸업했으나 취업이 되지 않자 어디 외국으로 가서 어학연수라도 받고 오겠다는 큰딸의 얼굴이 떠올랐다.

그 당시 내가 책을 출간하여 만 부 이상 팔리는 경우는 그리 흔치 않았다. 그것도 계약 기간 5년 내내. 팔리지도 않아 절판한 지 오래된 책을 출판사에서 5년이나 잡아 두고 있는 것은 책과 작가를 숨막히게 하는 일이었다. 물론 출판사도 숨이 턱에 닿을 것이었다. 게다가 계약 기간 만료 3개월 전에 계약 해제를 통지하지 않으면 자동으로 5년 단위로 재계약이 된다고 하니 어느 작가가 5년 전 계약서를 들추어 가며 그 '3개월 전'의 시점을 맞출 수 있겠는가. 아마

출판사도 재계약으로 넘어가는 시점을 잘 파악하고 있지는 않을 것이었다. 아니, 파악할 필요도 없었다. 그 책에 대한 관심이 거의 없어졌으므로.

책을 어디서 구하기도 힘들고 책에 대한 출판사의 관심도 없는 상태에서 계약만 5년 단위로 재계약되어 나가고 있는 상황은 가히 초현실적이라 할 수 있었다. 아무 실체도 없는 상황에서 계약이라는 개념만 우주정거장처럼 허허로운 공간에 떠 있을 뿐이었다. 그 '3개월 전'의 시점을 맞추지 못해도 책을 풀어 주는 고마운 출판사들도 있었지만, 비록 '3개월 전'의 시점을 인지했다고 해도 출판사와의 의리상 계약 해제 통지를 하기가 쉽지 않아 그대로 내버려 두는 경우가 많았다. 그러면 그 책은 계약 조건에 따라 10년이고 15년이고 20년이고 저절로 재계약되어 나갔다. 나의 경우 적어도 대여섯 권이 20년 가까이 그렇게 재계약되어 나가고 있는 실정이었다. 아무도 관심을 기울이지 않는 가운데 인세 한 푼 지급됨이 없이.

이런 형편에 책을 만 부 가까이 팔아야 받을 수 있는 인세에 해당하는 돈을 달마다 받게 된다는 것은 에덴의 선악과가 아닐 수 없었다.

"여자가 그 나무를 본즉 먹음직도 하고 보암직도 하고 지혜롭게 할 만큼 탐스럽기도 한 나무인지라."

나는 그 나무 열매를 따 먹기로 했다. 하지만 이브처럼 덥석 따 먹지는 않을 것이었다.

신문 편집 책임자가 나에게 금병매 연재를 제안했을 때 사실 나는 일종의 모독감을 느꼈다. 그러나 그가 나에게 모독감을 안겨줄 사람이 아니라는 사실을 알고 있었으므로, 『금병매』를 전혀 읽지 않은 나 자신의 무지와 선입견, 편견 등이 그런 오해를 불러일으켰을 수도 있을 것이라는 데 생각이 미쳤다.

신문사 정문을 나설 즈음, 프랑스 유학을 다녀와서 기발한 작품으로 한국 문단을 놀라게 했던 한 작가가 나에게 들려준 말이 그제야 떠올랐다.

"한국에서는 삼국지, 삼국지 하는데 프랑스에서 삼국지는 소설이나 문학 취급도 하지 않아요. 삼국지가 번역되어 있는 걸 본 적도 없고요. 그러나『금병매』는 서점에 가면 번역본이 최고의 세계 명작 시리즈 중에 꽂혀 있어요. 중국 4대 기서 중『금병매』만이 유일하게 문학으로 취급을 받는 거죠. 그것도 세계 명작의 하나로. 삼국지나 수호지, 서유기는 문학이라기보다 그저 하나의 긴 이야기일 뿐이죠. 한국에 돌아오니 사람들이 문학과 이야기를 구분할 줄을 몰라요."

그가 문학론을 펼치기 시작하면 요설이 길어진다는 것을 알고 내가 얼른 화제를 돌린 적이 있었다. 그러고 보니 '그저 하나의 긴 이야기'에 불과한『삼국지』도 내가 원문을 기초로 정역을 하여 열 권의 책으로 내어놓기도 했다. 내가 원서로 택한 나관중 찬(撰), 모종강 비(批), 요빈 교정(校訂)『삼국연의』가 그리 두껍지도 않은 단 한 권의 책으로 되어 있는 사실에 놀랐다. 그런데 한문을 한 자 한 자 꼼꼼이 짚어 가며 세상에서 가장 정확한 번역을 했다는 자부심을 가지고 내어놓은『삼국지』가 각 권이 원서 두께만 하게 열 권이나 되었으니 한문의 압축력은 한글의 열 배라 할 수 있었다.

『삼국지』정역은, 10여 년 전 내가 유언을 남기고 세상을 뜰 준비를 하려고 하다가 몸이 다시 조금씩 회복되어 갈 무렵, 이전과 같은 창작은 도저히 할 수 없을 것 같은 절망감 속에서 어느 출판사 사장의 친절한 제안으로 시작한 작업이었다. 그 작업마저 없었다면 나는 다시는 영영 글을 쓰지 못했을 수도 있었다. 그러나 그 책이 나왔을 때, 유명 작가들이 자기 이름을 팔아 삼국지 같은 책들을 팔아먹으려 한다는 식으로 비난하는 글이 신문에 실리기도 했다. 나는 유명 작가도 아니고, 이름을 팔았으나 별로 큰 이득도 없었다. 하지만 그 작업은 어떤 모양으로든지 나로 하여금 글을 놓지 않도록 해 준 셈이었다. 그래서 나는, 북한까지 다녀와 징역형을 받은 그야말로 유명 작가인 그 문인이 감옥에서 『삼국지』를 쓴 심정을 조금은 이해할 수 있게 되었다.

프랑스 유학을 다녀온 그 작가의 말에 의하면, 나는 '그저 하나의 긴 이야기'에 불과한 『삼국지』를 정역한 것을 부끄러워해야지, 세계 최고의 명작 중 하나인 『금병매』를 다루는 일에 모독감을 느껴서는 안 될 것이었다.

나는 우선 『금병매』가 한국에서 어떤 형태로 번역되어 있는가를 살펴보고, 『금병매』 한문 원서도 구입하고 관련 서적들도 모으기로 했다. 『금병매』 번역은 놀랍게도 그 한 책만 붙들고 연구하여 대만에서 박사 학위를 받은 어느 성실한 학자가 원문에 충실하게 정역 내지는 완역을 해 놓았다. 사람들의 오해를 받아 가며 '금병매' 박사 학위를 취득하기까지의 고군분투가 '역자의 말'에 배어 있어 그 글만 읽어도 전의(戰意)가 다져지는 느낌이었다. 서점에서 대강 훑어보았지만 그 번역은 거의 완벽한 듯했다. 나는 그 열 권짜리 한 질을 구입했다.

그다음『금병매』한문 원서를 구하기 위해 중국 전문 서점이 있는 명륜동으로 향했다. 하지만 그 서점에는 금병매 관련 서적들이 빼곡히 서가를 채우고 있는데 정작『금병매』원서는 눈에 띄지 않았다. '~는 없고 ~에 관해서만 있는' 형국이었다. 내가 책을 잘 못 찾고 있나 싶어 점원에게 물어보았으나 퉁명스러운 대답만 들었다.

"거기 있는 게 다예요."

그 대답은 결국 이 서점에는『금병매』가 없다는 말이었다. 나는 점원의 퉁명스러움에 대거리라도 하듯 그 서점에 있는 금병매 관련 서적들을 모조리 다 사 버렸다.『금병매 신해』,『금병매 중적남인여여인』,『금병매 주소소생』,『금병매 묘어』,『만화(漫話) 금병매』,『금병매 소고』,『추수당 금병매』,『금병매 사전(詞典)』등등이었다. 물론 모두 한문으로 된 책들이었다.

나는 서점을 나서며 점원에게 물었다.

"여기 말고 또 중국 전문 서점이 없나요? 금병매 원서가 있을 만한 곳."

태도가 달라진 점원이 이번에는 친절하게 그런 서점이 혜화동에 있다고 일러 주었다.

혜화동 로터리 근처에 있는 그 서점에는 다행히『금병매』상, 중, 하 세 권짜리 한 질이 서가에 꽂혀 있었다. 중화서국에서 발간한 '회평회교본(會評會校本)'이었다. 단 한 질만 남아 있어 누가 나보다 먼저 사 갔다면 또 헛걸음을 할 뻔했다.

단 하루의『금병매』추적 답사를 통해서도 그 책이 그동안 내가 생각해 왔던 그렇고 그런 책이 아님을 실감할 수 있었다.『홍루몽』

이 '홍학'을 일으켰듯이 『금병매』 역시 '금학(金學)'을 일으킬 만했다. 실제로도 중국에서는 '금학' 연구가 활발한 편이었다. 소설 책 한 권이 이와 같이 학문을 일으킨 경우는 아직 한국에서는 찾아보지 못했다. 나중에 최명희의 『혼불』이 '혼학(魂學)'을 일으킬 것인가.

최명희와 카페에서 커피 한 잔을 나누었던 일이 이제는 추억으로만 남아 있게 되었다. 그때 그 커피 한 잔이 최명희와 나누는 처음이자 마지막 잔일 줄은 정말 몰랐다. 그녀는 자신의 책을 출간한 출판사를 다녀오는 길이었다. 그녀는 혼불처럼 환하게 웃으며 말했다.

"요즈음은 출판사에서 인지를 찍지 말라고 하네요. 컴퓨터로 다 계산하고 처리를 하니 출판사를 믿고 안심을 하래요. 의심이 나면 얼마든지 자료를 뽑아 줄 수도 있대요. 인쇄소 자료도 있고 해서 어떻게 부수를 조작할 수가 없다나요. 근데 어느 작가가, 부수가 의심스러우니 이 자료 저 자료 내어놓으시오 하겠어요? 출판사를 믿는 수밖에. 나는 세상에서 글 쓰는 재미하고, 책을 출간하고 나서 인지 찍는 재미 이외에 다른 재미가 없는 사람인데, 이제는 인지 찍는 재미마저 앗아 가는 시대가 되었군요."

그런데 『혼불』은 최명희에게서 그녀의 혼마저 일찍 앗아가 버렸다.

『금병매』는 서양에서 근대소설의 효시라 불리는 『돈 키호테』보다 50년 정도 앞서 세상에 나온 소설인데 근대소설의 모든 구성 요소를 골고루 갖추고 있는 사실이 놀라울 따름이었다. 그 당시 『금병매』가 서양 언어로 번역될 수 있었다면 근대소설의 효시는 『돈 키호테』가 아니라 『금병매』가 되었을 것이 틀림없다고 여겨졌다. 소소생(笑笑生)이라고만 알려진 작가는 서양 문학을 접할 기회도 없었을 텐데 어떻게 서양 소설을 능가하는 소설을 쓸 수 있었을까. 서양에서 소소생과 동시대에 활약했던 빼어난 눈인은 세익스피어로 알려진 극작가인데 그는 소설이 아니라 희곡을 주로 썼던 것이었다.

『금병매』는 산동 지역 사투리가 많다는 점과 성적 묘사가 노골적이라는 점 때문에 역사적으로 시련을 많이 겪었다. 그래서 산동 사투리를 삭제한『원본 금병매』라는 책이 나중에 세상에 나왔고, 성적인 장면을 삭제한『진본 금병매』도 나왔다. 하지만 이런 금병매는 사실 원본도 아니요 진본도 아니었다. 요즘 미국에는 성경에 성적인 장면이 많다고 그런 장면을 삭제한 '청소년을 위한 성경'이 나왔다고 하는데 그 성경에도 '진본 성경'이라는 이름을 붙이면 어떨까.

『금병매』는 성(性)을 통한 시대 고발이요 정치 풍자적인 면이 있는데 성적인 장면을 삭제하면 시대 고발과 정치 풍자만 두드러지는 아이러니가 연출되지 않을까. 영리한 권력자라면 차라리 성적인 장면을 삭제하지 않고 그냥 내버려 둘 것이다. 성적인 장면이 시대 고발과 정치 풍자를 흐리게 하는 효과를 발휘하니까.

어느 백과사전을 찾아보니『금병매』항목 집필자가 이렇게 작품평을 남겨 놓았다.

"이 작품은 명나라 가정 말기에서 만력 중기의 부패한 사회상과 어린 여자아이를 매매하는 밑바닥 서민 생활을 폭로하여, 명대의 도시 상업자본의 발전 양상과 시민계급의 의식 형태가 반영되어 있다. 정밀한 묘사와 감칠맛 나는 문장으로 많은 등장인물의 성격을 명확하게 묘파한 수법은 뒤에 나온 장편소설에 많은 영향을 미쳤다. 냉혹함과 절망이 전편에 넘쳐 흐르고 봉건사회의 죄악상이 대담하게 폭로되고 있으나, 비판 정신은 희박하며 노골적인 에로티시즘의 묘사가 많다."

어쩌면 비판 정신이 희박한 듯이 보인 점이 『금병매』를 오래 살아남게 했는지도 몰랐다.

이쯤 되자 나는 그 신문 편집 책임자가 금병매 운운했을 때 모독감을 느낀 점에 대해 송구스러운 마음이 들기도 했다. 하지만 『금병매』가 더할 나위 없이 충실하게 완역되어 있는 상황에서 다시 번역하거나 소위 평역 같은 것을 할 필요가 없다고 생각되었다.

며칠 후 다시 신문사를 찾아가 내 의견을 제시했다.

"『금병매』를 참고로 하여 주인공 서문경을 중심한 그 당시 상인들의 이야기를 써 보겠습니다. 제목도 '명상(明商)' 정도로 하면 어떻겠습니까? 명나라 상인이라는 뜻도 되고 이재(理財)에 밝은 상인이라는 뜻도 되고."

"요즘 상인 이야기를 쓴 작품이 베스트셀러가 되어 있고 연재 지면이 경제 섹션이니까 그런 소재도 좋겠군요. 그러나 명상이라는 제목은 어찌 좀……. 어감이 꼭 정신 수양하는 명상 같기도 해서 말입니다."

"그럼 『금병매』하고는 다른 관점에서 쓴다는 뜻으로 '반금병매'라고 하면 어떻겠습니까? 반대할 때 '반(反)' 말입니다. 여주인공 반금련을 연상할 수도 있으니 '반'은 반드시 한자로 표기해 주십시오."

"반금병매? 그것도 좋겠군요. 한자로 '반'을 강조하면 사람들의 호기심을 끌 수도 있고요."

그다음 삽화 화가를 교섭하는 일로 넘어갔다. 내가 추천하는 화가를 포함하여 몇 사람의 화가가 거론되었다. 화가 결정은 사흘 정도 걸릴 것 같았다.

나는 신문사를 나와 대형 서점으로 가서 이번에는 중국 상인에 관한 책과 명나라 시대 정치 경제 상황과 풍습을 다룬 책, 그외 일반적인 중국 문화에 관한 책들을 잔뜩 구입했다. 『중국 상인 문화』, 『중국 상인, 그 4천 년의 지혜』, 『당송 재정사』, 『명말 청초 사회의 조명』, 『강좌 중국사』, 『중국 음식 문화사』, 『환상적인 중국 문화』, 『중국의 전통문화와 과학』, 『중국의 과학과 문명』 등등.

그중에서도 '전족(纏足)'에 관한 책들을 발견하여 구입한 것은 나로서는 의외의 소득이었다. 『금병매』의 여주인공 반금련의 '금련(金蓮)'은 은련, 철련과 함께 전족 크기의 종류를 가리키는 말이기도 하지 않은가.

전족에 관한 자료를 집대성해 놓은 책으로는 1940년대 요령서(姚靈犀)가 편찬한 『채비록(採菲錄)』이 유명했다. 그 다섯 권의 방대한 저서를 기초로 고홍흥(高洪興) 같은 학자들이 편집하여 요약본을 만들기도 했다.

나는 명나라 시대 상인들에 관해 공부하려다가 그만 전족 풍습에 흥미를 느끼게 되었다.

전족에 관한 일화들은 대부분 충격적이었는데 현대 정치사와 관련해서는 공산당과 국민당이 중국 대륙에서 패권을 차지하기 위해 치열하게 싸우던 시기의 전족 일화가 인상적이었다. 국공합작 시절에는 공산당이든 국민당이든 전족 풍습을 반대하고 그 악습을 근절하는 방향으로 함께 나아갔다. 전족 근절 운동을 '천족(天足) 운동'이라고 했다. 본래 태어나면서 가진 발 그대로 살자는 운동인 셈이었다.

그러나 국공합작이 깨어진 후 공산당이 전족 근절 운동을 앞장서서 벌이자 국민당은 슬그머니 뒤로 물러났다. 특히 호남과 무한(武漢) 지역에서 공산당이 거의 강제적으로 전족 풍습을 근절해 나가자 국민당은 백성들을 부추겨 공산당의 전족 근절 운동이 백성에 대한 폭정이요 학정이라는 식으로 매도하게 했다. 에드거 스노의 『서행만기』에도 기록되어 있듯이, 국민당은 공산당을 몰아내고 촌락을 점령할 적마다 전족을 하지 않았거나 전족을 푼 여인들을 찾아 모두 죽여 버렸다. 그 여인들이 공산당의 전족 근절 운동에 참여하였으므로 공산당 사상에 물들었을 거라는 이유에서였다.

나는 이런 전족의 역사와 일화들을 접하면서 내가 쓰려는『반금병매』에 명나라 정치경제 상황과 상인들을 다룰 뿐만 아니라 전족의 사회사를 담아 내고 싶은 야심이 생겼다. 그리고『금병매』의 이야기를 빌려 오되 좀 지루한 원본의 전개를 현대 소설 기법으로 압축하여 핍진감 있게 재구성할 것이었다. 그야말로 환골탈태, 청출어람의 세계를 보여 줄 작정이었다.

삽화 화가가 결정되어 신문사에서 편집 책임자와 함께 화가를 만났다. 내가 추천한 화가로 결정되어 한결 마음이 놓였다. 소설 작가로도 활동하는 여성이라 문학적 감수성과 여성적인 섬세함, 색채 감각 등이 두루 어우러진 그림을 기대할 만했다.

어느 정도 이야기가 끝나자 편집 책임자가 의자에서 일어나면서 말했다.

"거기 문상을 다녀왔나요? 관촌수필. 아식 가시 않있으면 나랑 같이 갑시다."

"저도 오늘 가려고 했습니다. 그분이 편집장으로 있던 문학 잡지를 통해서 제가 문단에 데뷔한 셈이지요."

"신춘문예로 데뷔한 게 아니던가요?"

"신춘문예에 당선하기 1년 전 대학 2학년 때 그 문학 잡지 신인상에 가작 입선이 된 경력이 있지요."

"그분 암으로 고생하다가 돌아가셨다고 하던데. 평소에 참으로 건장하게 보였는데 말이오. 그분은 이력이 묘하단 말이오. 보수파 거두의 수제자이면서 민중파 대부 노릇을 하고. 보수와 진보를 통합하는 모본을 보여 주었다고 할까. 우리 시대에 그런 분이 오래 살아남아 있었어야 하는데. 작가 정신도 투철했고."

그분 빈소에는 과연 보수와 진보가 다 함께 모여 있었다. 그분 영정을 대하니 대학 시절 잡지사로 놀러 가면 늘 큰 형님처럼 넉넉한 미소로 대해 주던 모습이 떠올랐다. 그러면서 유력 일간지 경제 섹션에 소설 연재를 하기로 한 사실이 왠지 부끄럽게 여겨졌다. 그 부끄러움의 정체는 편집 책임자가 소설 연재를 제안했을 때 내가 느꼈던 모독감 내지 자괴감과는 사뭇 다른 듯했다.

빈소 옆 식당 자리에서 후배 작가에게 내가 신문 연재를 시작하기로 한 사실을 이야기하며 그분의 영정 앞에서 느꼈던 부끄러움의 일단을 내비쳤다. 그러자 후배 작가가 너털웃음을 웃으며 나를 다독여 주었다.

"요즘 같은 불경기에 그런 신문에 연재 기회를 얻는 것이 어디 쉬운 일입니까? 삼국지 연재하는 것보다 금병매 연재가 더 문학적 가치가 있다 생각하고 소신 있게 밀고 나가 보세요. 금병매가 얼마나 재미있는데."

　"금병매 연재가 아니라 반금병매라고."

　"금이든 반금이든 절대로 꿀리면 안 됩니다. 영 꺼려지면 차라리 저한테 넘겨주세요. 내가 한번 멋지게 써 볼 테니까. 허허허."

　"전족의 사회사를 그리고 싶어."

　"그런 식으로 핑계 대지 마시고 그냥 밀고 나가라니까요. 잘하시잖아요. 그 방면에 대가이시면서. 허허허."

　신문 연재가 시작되자 가판대에서 그 유력 신문이 이전보다 훨씬 더 잘 팔려 나간다는 소문이 돌았다. 나는 연재를 해 나갈수록 원래 『금병매』가 지니고 있는 구성의 매력에 점점 끌려들었다. 구성 자체가 긴장감을 계속 유지하도록 해 주고 있었으며 성적인 장면 하나하나보다 구성 자체가 에로티시즘의 본질을 꿰뚫고 있는 듯했다. 다시 말해 인간관계 설정 자체가 이미 성적 호기심을 자극하고 있었다. 이런 기막힌 구성은 현대 소설에서도 찾아보기 힘든 것이었다. 더군다나 현대 소설은 실험이라는 구실 아래 구성이나 스토리텔링을 아예 포기하고 들어가는 경우도 많지 않은가. 『금병매』의 구성만 가지고도 소설 구성법 교재가 나올 만도 했다.

　구성이 뒷받침해 주니 성적 장면 묘사는 더욱 탄력을 받게 되었다. 독실한 기독교 신자로 알려져 있는 작가가 어떻게 그런 성적 행위를 그릴 수 있느냐는 문의 내지는 항의를 개인적으로 받기도 했다. 하지만 나는 『금병매』의 주인공 서문경의 내면에 깔려 있는 발기부전 콤플렉스를 이미 들여다보았기 때문에 자신감이 슬슬 붙었다. 서문경의 성적 탐닉은 발기부전 콤플렉스에 대한 보상(補償)일 뿐이었다. 내가 구사한 성적인 장면 묘사는 한국 중년 남성들 속에 도사리고 있는 발기부전 콤플렉스를 건드리는 전략에 기초하고 있었다. 내 모든 작품들의 성적인 묘사도 돌이켜 보면 대부분 발기부전 콤플렉스와 맥락이 닿아 있었다. 나도 처음에는 그 비밀을 눈치채지 못했지만 말이다.

내가 실제로 40대 중반에 발기부전의 깊은 늪에 빠지게 되었을 때, 실은 성에 눈뜨기 시작한 20대부터 발기부전을 예감하고 무의식적인 두려움을 오랫동안 지니고 있었다는 사실을 깨달았다. 여성에 대한 두려움도 결국 발기부전과 관련이 있다고 할 수 있는데, 그 두려움을 여성에 대한 환상적인 그리움으로 보상하려는 경향이 있었던 모양이었다.

"선생님 작품을 보면 말이죠, 여성을 환상적으로만 그리고 있지 그 실체를 그리지는 못하는 것 같아요. 여성을 모른다는 말이죠. 그러니까 선생님은 화끈하게 한번 연애를 해 보아야 한다니까요. 내가 상대가 되어 드릴까요? 호호호."

내 작품의 비밀, 아니 내 마음의 비밀을 아는 듯한 어느 여성 시인이 나에게 전화로 속삭였을 때 그 제안이 농담인 줄 알면서도 등골에 식은땀이 흘렀다.

고대 유적들이 널려 있는 아프리카 지역을 돌아다니던 어느 여름날, 내가 호텔 방에 혼자 있는데 새벽 2시경 같은 여행 팀에 속해 있는 한 여자로부터 전화가 걸려 왔다. 그 여자도 나처럼 동행이 없이 여행 팀에 끼어 아프리카 유적 답사에 나선 것이었다.

"아직 주무시지 않고 있군요?"

"아, 네."

"선생님, 나도 선생님처럼 룸메이트가 있으면 잠을 잘 못 자 여행사에 28만 원을 더 내고 방을 혼자 쓰고 있는 거 아시죠?"

"아, 네, 그저께 그렇게 말씀하셨죠."

"지금 내 방으로 오실 수 있나요?"

"아니, 왜요?"

"선생님과 섹스를 하고 싶어요."

그때도 내 등골로 식은땀이 흘렀다. 나는 그 여자에게 우리가 섹스를 해서는 안 되는 이유에 대하여 30분 가까이 횡설수설을 늘어놓았다. 같이 여행을 하고 있는 사람들에 대한 의리를 생각해서라도 우리가 섹스를 해서는 안 된다는 괴상한 이유도 그중에 들어 있었다.

나는 서문경의 등골에 흐르는 식은땀 냄새를 맡았고, 그 냄새를 한국 중년 남성들에게 맡게 했다. 바로 내 등골에 흐르는 식은땀 냄새였다.

연재가 8개월째로 접어들 무렵, 자정이 막 지나고 나서 시골에 있는 여동생에게서 전화가 걸려 왔다.

"오빠, 나 지금 등골에 식은땀이 흐르고 몸이 막 떨려."

"왜? 무슨 일이야? 어디 아픈 거야?"

"텔레비전에서 오빠가 신문에 연재하는 소설이 외설이라고 하면서 소설을 인용하고 전문가들 인터뷰하고 야단났어. 오빠를 완전히

외설 작가 취급을 하고 있어. 내 원 참, 기가 차서. 오빠, 텔레비전 안
보고 있어?"

나는 무슨 방송이냐고 물었고, 방송을 보고 있지 않으며 방송을
볼 필요도 없다고 대답했다.

"다른 석간신문 연재소설하고 같이 다루고 있어. 오빠 소설이 그
쪽 소설하고 어떻게 같이 다루어질 수 있어?"

"신경 쓸 거 없어. 강아지가 짖는다고 달리는 기차가 멈추나?"

나는 텔레비전 화면을 보지 않아도 어떤 식으로 방영되었는지 눈
에 선했다. 그리고 그 담당자가 지금 있는 자리에서 곧 물러나게 될
것을 예감했다. 아니나 다를까, 얼마 후 그 담당자는 약간의 뇌물을
먹은 것이 다른 동료에 의해 폭로되어 자리에서 물러났다. 군대에서
어느 고참이 나에게 몽둥이질을 한 적이 있었는데 그때도 그 고참
이 곧 사고를 당하지 않을까 염려가 되었다. 아니나 다를까, 그날 밤
그 고참은 군용 지프를 타고 외박을 나가다가 산골짜기로 굴러떨어
져 후송되고 말았다.

하루는 삽화를 그리는 화가를 만나 그림에 대해 의논하는 중에
내 여동생이 전해 준 말을 들려주었다.

"아, 그런 일이 있었군요. 나는 텔레비전을 잘 보지 않아 그런 일
이 있는 줄도 몰랐어요. 선생님도 보지 않았나요? '다시 보기' 같은
것도 있는 모양이던데."

"보면 뭐하겠습니까? 내용이 뻔할 텐데 말입니다."

"하긴 그동안 말씀을 드리지 않아서 그렇지, 내 그림에 대해서도
독자들의 항의가 심해 그림을 고쳐 그린 적이 많아요. 근데 이런 말

씀을 드려야 할지……."

"무슨 이야기인데요?"

"사실은 한 달 전에 어느 인터넷 신문에 선생님 소설하고 그 석
간신문 연재소설하고 같이 묶어서 외설 운운하는 기사가 실린 것
을 보았어요. 그때 말씀드릴까 했는데 괜히 신경 쓰실까 싶어서 그
냥 넘어갔어요. 근데 그 인터넷 신문 논조가 이상해요. 다른 지방신
문과 스포츠지 연재소설들은 윤리 위원회의 경고 주의 조치를 받고
중단이 되기도 했는데, 유력지에서 연재되는 소설에 대해서는 어떤
조치가 없느냐 하는 거였어요. 그러면서 하는 말이 유력지의 신문
권력이 작용한 것이 아니냐는 논조였어요. 그러다 보니 중단된 다른
신문 연재소설들보다 더 외설스러운 게 되어 버렸어요. 또 그런 부
분들만 인용해 놓고."

"아, 그러니까 텔레비전에서는 그 인터넷 신문 기사를 이용해 먹
은 거군요. 그 프로그램이 미디어를 비평한다 어쩐다 하는 거였으니
까 거기서도 신문 권력 운운했겠군요."

나는 글로 된 그 인터넷 신문은 텔레비전 방송보다는 덜 자극적
일 거라는 생각이 들고, 또 사건의 발단을 제공해 준 글이 실려 있
다 하므로 그 신문은 찾아보기로 했다. 무엇보다 그 신문에서 내 소
설의 어떤 부분을 인용해 놓고 외설 운운했는가 궁금하기도 했다.

인터넷으로 들어가 그 신문을 찾아보니 화가가 대강 들려준 그런
논조대로 기사가 작성되어 있었다. 그리고 놀랍게도 연재 2회분에
해당하는 소설을, 그러니까 원고지 20매 가까운 분량의 소설을 내
허락도 받지 않고 연재료 한푼 지급하지 않고 몽땅 그대로 인용해

놓고 있었다. 내가 반박문을 보내어 그 점에 대해 항의하니, 그 신문은 반박문을 실어 주는 아량을 베풀면서 내 소설 게재는 문학평론가가 문학작품을 인용하는 논리와 같다는 주장을 반박문 앞에다 펼쳐 놓았다. 반박문을 실어 주면서 이 작가가 얼마나 억지를 부리고 있는가 보시라고 독자들에게 미리 일러 주고 있는 셈이었다.

그 신문에서 인용한 부분은 『금병매』 원본에는 없는 대목으로, 까치출판사에서 출간한 『중국 성풍속사』 345페이지에 있는 자료를 '금병매'에 적용한 내용이었다.

"최근에 새 첩을 맞아들인 관리의 이야기를 들은 적이 있다. 그는 그녀와 함께 문을 이중으로 잠그고 사흘간 나오지 않았다. 그의 처첩들은 이런 행위에 크게 분노했다. 이런 식의 행위는 참으로 잘못되었다. 남자는 자기의 욕구를 조절하고 잠시 새 첩을 가까이하지 말고 다른 처첩들에게 관심을 기울여야 한다. 그가 자기의 다른 여자와 교접을 할 때마다 신참자를 상아 침대 곁에 얌전하게 서 있게 해야 한다. 이렇게 4~5일 지난 뒤 반드시 첫 번째 부인과 다른 첩들이 지켜보는 가운데 처음으로 그 신참자와 관계를 맺는다. 이것이 한 집안 여성들 간의 화목과 행복을 이루기 위한 기본 원리이다."

여기서도 관계 설정 자체가 성적 호기심을 자극하기에 충분하였다. 이 자료를 원고지 20매 정도로 늘려 묘사한 대목은 나로서는 아무리 읽어 보아도 외설과는 거리가 먼 듯이 여겨졌다. 그런데도 외설스럽다고 사람들이 느끼게 되는 것은 관계 설정 그 자체에서 기인한다고 볼 수밖에 없었다. 그럼 왜 그런 외설스러운 관계를 설정했느냐고 하면 중국 역사에서 실재했기 때문이라는 말 이외에 다른 할 말이 없었다. 그러고 보면 인류 역사 자체가 외설인 셈이었다.

그 신문이 외설스럽다고 인용한 대목은 다음과 같았다.

부인들의 의견을 모은 결과, 금련 때부터 『치가격언(治家格言)』에 나와 있는 신첩 신고식을 다시 하기로 하였다. 금련도 할 수 없이 부인들의 지침을 따르기로 하였다. 먼저 본부인이 서문경과 잠자리를 같이할 때 그 침대 곁에 서 있었다. 오월랑은 본부인답게 우아한 자태로 서문경을 받아들였다. 신음 소리 같은 것도 별로 내지 않고 몸을 거의 움직이지도 않았다. 서문경만 오월랑 배 위에서 등줄기에 땀방울이 맺힐 정도로 용을 쓰며 방아질을 해 대었다.

"끄응."

서문경도 신음 소리 한 번 내고 그만이었다. 금련은 그 광경을 지켜보면서 비씩 웃음이 나오려고 하는 것을 간신히 참았다.

둘째 부인 이교아는 노래하는 기생 출신답게 애교를 부려 가며 서문경을 녹일 듯이 받아들였다. 두 젖가슴도 잘 가꾸어 여자가 보아도 탐스러울 지경이었다. 서문경은 이교아의 젖무덤을 어린아이처럼 입으로 물어 가며 체위도 자연스럽게 바꾸어 가면서 교접에 몰입하였다. 본부인과 할 때보다는 훨씬 쾌감에 젖는 듯하였다. 서문경의 입에서 신음 소리도 자주 새어 나왔다. 이교아는 어떤 대목에 가서는 거의 비명을 지르기도 하며 둔부를 우줄우줄 잘 놀렸다.

금련이 보기에는 이교아가 자신의 방중술을 따라오려면 아직 멀었다고 여겨졌지만, 몇 가지 기술은 배워 둘 만도 하였다.

셋째 부인 맹옥루는 그야말로 벗은 몸이 백옥같이 희었다. 키가 크지도 작지도 않았지만 몸매가 군살 하나 없이 항아리처럼 매끈하게 뻗어 있었다. 그리고 몸에서인가 빙 안 어느 구석에서인가 사향 냄새가 은은히 풍겼다. 그 냄새를 맡자 금련도 함께 침대로 올라가 뒹굴고 싶은 욕정이 치솟아 당황스럽기 그지없었다.

"저도 올라갈까요?"

마침내 금련이 견디지 못하고 소리를 지르고 말았다.

"안 되지. 그러면 안 되지. 그건 반칙이야. 동생은 지켜보기만 해야 돼. 으윽."

맹옥루는 가쁜 숨을 몰아쉬며 절정으로 올라가고 있었다. 서문경과 맹옥루가 서로 칡넝쿨처럼 엉키어 함께 절정으로 올라갔을 때는 금련도 시기심과 함께 이상한 쾌감이 온몸으로 흥건히 번져 나갔다.

넷째 부인 손설아는 키가 자그마하고 겉으로 보기에는 별 볼품이 없었으나 벗은 몸은 금련보다 더 탄력이 있어 금방이라도 터질 듯하였다. 서문경이 왜 설아를 넷째 부인으로 서둘러 맞이했는지 설아의 벗은 몸을 보자 이해가 되었다.

서문경이 설아 위에 올라가 있는 모습은 바람을 잔뜩 넣은 양가죽 부대 위에 누워 있는 형용이었다. 간혹 바람 빠지는 소리 같은 것이 나기도 했지만 설아의 몸은 전체적으로 서문경의 몸을 그 어떤 부인보다도 편안하게 받쳐 주었다. 설아가 아래에서 죄어 주는 힘도 만만찮은지 서문경은 얼굴이 벌겋게 상기된 채 연신 신음을 토해 가며 교접을 완성해 나갔다.

금련은 하루씩 돌아가면서 부인들과 잠자리하는 모습을 보여 주는 서문경이 어떤 때는 동물원의 원숭이처럼 불쌍하게 여겨지기도 하였다.

이제는 금련이 모든 부인들이 지켜보는 앞에서 서문경과 잠자리를 해야 하는 차례가 되었다. 금련은 참으로 치욕스럽게 여겨졌으나 이것이 웬만한 가문들에서 대대로 내려오는 신첩 신고식이라고 하니 받아들이지 않을 수 없었다. 게다가 금련 자신도 다른 부인들이 서문경과 잠자리를 하는 것을 다 지켜보지 않았는가.

금련이 옷을 모두 벗고 알몸을 드러내자 다른 부인들은 속으로 가만히 탄성을 질렀다. 여자들이 보아도 매혹적인 몸매라 아니할 수 없었다. 조물주가 어떻게 저리 아름다운 여인을 만들 수 있었을까. 또한 부인들은 금련의 은밀한 부분이 털 하나 없이 매끈한 것을 보고 놀랐다.

서문경이 금련의 몸을 서서히 애무하며 교합으로 들어갈 채비를 해 나가자 부인들은 침을 삼키며 금련의 표정 변화에 주목하였다. 이맛살을 모으면서 입을 약간 벌리고 있는 모습이 묘한 느낌을 주었다.

본부인 오월랑이 속으로 중얼거렸다.

"금련의 눈썹은 마치 초봄의 버들잎같이 비에 촉촉히 젖어 근심을 띠고 있는 것 같구나."

사실 금련은 말할 수 없는 쾌감에 젖어 미간을 찌푸리고 있는 것이었다.

이교아가 중얼거렸다.

"3월의 복숭아꽃같이 색정을 은은히 품어 내는구나."

금련은 부인들이 지켜보고 있기 때문에 교태를 마음껏 부리지도 못하고 자신이 갈고닦은 방중술도 절제하고 있는 셈이었다.

맹옥루가 중얼거렸다.

"저렇게 가느다란 허리는 금방이라도 부러질 것 같지만 워낙 나긋나긋하여 잘 받쳐 주는군. 정말 부럽구나."

금련은 수동적으로 서문경의 애무만 받고 있는 듯하였으나 허리를 은밀히 놀리며 서문경을 돕고 있었다.

손설아가 속으로 생각했다.

"저 붉고 고운 입술을 벌리고 있으니 세상의 온갖 벌과 나비가 그 입에 빠져들겠구나."

금련은 그야말로 옛사람들이 양귀비를 일컬었던 대로 해어화(解語花), 즉 말을 알아듣는 꽃이라고 할 만하였다.

그와 같이 부인들은 금련을 시기하면서도 한편으로는 그 아리따운 용모와 몸매에 압도당하고 있는 셈이었다. 서문경은 여러 부인들 앞에서 자기가 얼마나 아름다운 여자를 얻었는가 자랑하는 마음이 되어 그 어느 때보다도 의기양양하게 몸을 놀렸다. 금련은 서문경의 물건이 몸속에서 폭발하는 것을 느끼며 자신도 절정으로 치달았다. 비명을 지르고 싶을 정도로 절정감을 만끽했으나 둘러선 부인들을 의식하여 신음 소리를 삼켜야만 하였다.

드디어 신첩 신고식이 끝났다. 금련은 춘매의 도움으로 몸을 씻은 후 옷을 갈아입고 나와 부인들로부터 축하 인사를 받았다. 부인들은 금련에게 머리 장신구 같은 작은 패물들을 선물하였고 금련은 부인들에게 신발을 선물로 주었다.

『금병매』 원본에는 없는 부분을 내가 새로 창작한 이 대목은 명나라 시대 신첩 신고식을 구체적으로 형상화한 세계 최초의 장편(掌篇)이라는 자부심을 가지고 있었는데, 그만 외설의 대표적인 증거물로 제시되고 말았다. 하지만 억울한 마음이 있더라도 여기까지만 읽었어야 했다.

그런데 나는 보지 말아야 할 것을 보고 말았다. 내 반박문에 대한 그 인터넷 신문 독자들의 '댓글'들을 보고야 말았다.

"이름도 좆같은 게 글도 좆같이 쓴다."

"니 이름만 그렇냐? 내 이름은 여성기다. 어쩔래?"

그 외 입에 담기 힘든 인신공격적인 댓글들이 양식장 말뚝에 멍게 들러붙듯 했다. 나는 다른 처첩들이 둘러서서 지켜보는 가운데 신첩 신고식을 치러야 했던 금련처럼 인터넷이라는 광장에서 완전히 벌거벗겨진 기분이었다.

초기에는 그와 같이 나를 공격하는 댓글들이 대부분이었으나, 차츰 나를 변호해 주는 글들도 올라오기 시작했다. "외설 운운하면서 외설이라고 하는 부분을 인용하는 저의는 무엇이냐?" 식으로 신문과 나를 동시에 점잖게 나무라는 댓글들도 있었다.

나로서 가장 당황스러웠던 댓글은 "독실한 기독교인인 줄 알았는데 실망했다."는 식의 글들이었다.

나는 결국, 나를 육두문자로 욕하는 사람이든 변호해 주는 사람이든 신앙 문제로 확대시키는 사람이든 그 의견을 존중한다는 답글을 올렸다. 여러분의 채찍을 앞으로 인생과 문학의 자양분으로 삼겠다고까지 했다.

그 답글을 올리고 나니 나는 무릎을 꿇고 완전히 패배한 느낌이 들고 말았다. 신문을 상대로 반박문을 실었으나 신문이 아닌 제3의 밀물에 의해 그대로 나가떨어진 셈이었다.

나는 댓글들을 끝까지 보지 않았어야 했다.

소위 유력지의 신문 권력은 그 인터넷 신문이 우려한 것과는 전혀 다른 방향으로 발휘되었다.

"연재를 끝내 주셨으면 합니다."

편집 책임자가 아닌 다른 간부가 나에게 전화로 들려주는 말이었다. 연재하고 있는 작가의 의견은 한마디도 물어보지 않고 나를 무슨 큰 죄라도 지은 죄인 취급하듯 완전히 일방적으로 내던지는 통고였다. 그 텔레비전보다도, 그 인터넷 신문보다도, 연재의 기회를 준 그 신문이 이제는 나에게 더욱 냉정했다.

"책 열 권 중 아직 한 권도 채 마무리되지 않았는데요. 적어도 2년은 연재하기로 구두로 계약이 된 것으로 알고 있는데 9개월도 안 되어 끝내라면."

"신문 지면이 바뀌고 앞으로 경제 섹션이 없어지고 해서 말입니다. 소설을 연재할 지면이 없어서 말입니다."

지금 당장이라도 연재를 중단하라는 식이었다. 소설을 연재할 지면이 없다니. 나는 그가 어쩔 수 없이 거짓말을 지어내고 있다는 것을 눈치챘다. 그는 신문사에서 소설 연재를 중단시키는 이유를 차마 나에게 설명할 수 없을 것이었다. 그 순간, 나는 희한하게도 편집 책임자가 연재료 운운했을 때와 마찬가지로 큰딸의 얼굴이 또 떠올랐다. 대학을 졸업한 지 2년이 되어 가도 취직이 되지 않자 어학연수라도 다녀와야겠다고 큰딸이 유학원 홈페이지를 열었다 닫았다 할 무렵, 신문 연재 제의가 나에게 들어왔고, 달마다 들어오는 연재료가 그동안 딸의 어학연수 수업료와 생활비를 보태는 데 적잖이 도움이 되었다.

"아무리 그래도 마무리할 시간은 주어야 하지 않겠습니까?"

"그럼 언제까지 마무리하실 수 있습니까?"

나는 적어도 2년이 필요하다고 버럭 고함을 지르려다가 간신히 참았다.

"이번 달 말까지 마무리하겠으니 보름 정도는 시간을 더 주십시오."

나는 눈물겹게도 한 달 연재료는 더 받아야 하지 않느냐고 계산하고 있었다. 나는 보름만 시간을 더 달라고 한 나 자신을 일생 동안 자책할 것이라 예감했다. 나는 한 달 연재료를 깨끗이 포기하고 소설이 마무리되든 말든 그날 당장 붓을 꺾었어야 했다. 그러면 신문사에서는 "작가의 사정상 연재를 중단하게 되었습니다."라고 사고(社告)를 내기만 하면 될 것이었다.

보름 동안 나는 일부러 성적인 장면은 하나도 넣지 않고 등장인물의 입을 빌려 외설과 예술의 경계에 관한 문학론만을 펼쳤다. 정말로 외설스러운 것이 무엇인가를 논하였다. 연재를 통하여 시위를 하고 있었다. 사람들이 시위를 하다가 경찰에 끌려가듯이, 그렇게 나의 야심찼던 연재는 보름간의 시위 끝에 장엄하게 막을 내렸다. 신문사에서 요구한 대로 연재를 끝내 준 것이지, 결코 나는 마무리를 해 주지는 않았다. 다만 마무리할 시간을 달라고 속였을 뿐이었다. 하긴 어떻게 보름 만에 아홉 권의 분량을 마무리할 수 있단 말인가.

연재가 갑자기 중단되자 재미있게 나가던 소설이 어떻게 된 것이냐고 문의 전화가 오곤 했다. 그 소설 읽는 재미로 살았는데 섭섭하다고 허허로운 웃음을 흘리는 동창의 전화도 받았다.

여동생한테서도 장거리전화가 걸려왔다.

"오빠, 그거 보라구. 강아지가 짖으니 달리는 기차가 멈췄잖아!"

화가와 나는 다 같이 신문사에서 버림받은 기분으로 그래도 조촐한 마감 회식을 가졌다.

"그동안 그림 그리느라 수고했습니다."

"그동안 연재하느라 수고했습니다."

화가가 주뼛주뼛 무슨 말을 하려다가 말았다.

"무슨 이야기인데요?"

내가 궁금해하자 마지못해 화가가 입을 열었다.

"저도 나중에 안 사실인데요, 처음에 연재를 담당했던 기자가 두어 달 전에 자살을 했답니다."

"아, 그 기자? 다른 부서로 가서 담당 기자가 바뀐 줄 알았는데."

나는 뒤통수를 세게 얻어맞은 듯 얼떨떨했다. 물론 그 기자의 자살은 개인 사정에 의한 것으로 내 글이나 삽화와는 직접적으로 상관이 없을 것이지만, 그래도 내 글이 그의 자살을 방조했을지도 모른다는 생각이 들었다. 자살할 마음을 품고 있는 사람도 살릴 수 있는 글이어야 하지 않았는가 하는 가당찮은 자책감이 밀려오기도 했다. 내 글에 대한 그 어떤 냉대보다도 그 기자의 자살이 내 글을 차갑게 비웃고 있는 것만 같았다.

온몸이 '전족'으로 조여드는 느낌이었다.

내가 태어나던 날

내가 태어나던 날, 수많은 사람들이 태어났다. 내가 태어나던 날, 무수한 사람들이 죽었다. 내가 실제로 태어난 1950년 3월 26일, 갖가지 사건들이 벌어졌다.

이승만 대통령 76회 탄신 경축식이 오전 9시 중앙청 광장에서 성대히 치러졌다. 경축식이 끝난 후에는 군대 사열식이 태평로에서 펼쳐졌다. 일반 가정에는 국기들이 게양되었다.

각 초중등학교에서는 대통령 탄생일을 축하하는 기념식수가 행해졌다. 식수 장소는 학교 근방의 산등성이였다. 초등학생과 중등학생 각각 6250명, 그러니까 도합 1만 2500명이 동원되어 한 사람당 열 그루씩 12만 5000주의 나무를 심었다.

1만 2000명의 학생들은 경축식이 시작되기도 전에 경무대에서 중앙청 연도까지 도열해 있다가 경축식이 끝난 후 밴드부의 합주에 맞춰 시가행진을 벌였다.

온 나라가 대통령의 탄신을 축하하는지, 그날 새벽에 세상으로 미끄러져 나온 나의 탄생을 축하하는지 분간이 잘 되지 않았다.

김영삼 시절 때 기대를 했는데 영 형편없었어. 노태우 때보다 더 하더라구. 지금 여기도 노태우 때 석방된 사람들이 대부분이여. 이 집은 어떤 치과 의사가 살던 집인데 다른 데로 이사를 가면서 우리에게 기증을 한 셈이지. 수억짜리 집을 선뜻 내어놓았으니 고마울 따름이지.

소련이 북한에게 남침을 지령했다는 소식이 런던 25일발 UP 통신을 통해 전해졌다. 콜롬비아 대학 총장 아이젠하워 장군은 유엔 경찰군에 의한 침략적 군비 확대의 제거 및 빈곤과 무지에 대한 세계적 협조는 평화 획득을 가능케 하는 방책이라고 역설했다.

요즈음은 그래도 조금 나은 편인데 이전에는 빨갱이들을 왜 돕느냐면서 기부해 주는 사람들이 아주 적었지. 우리는 기부금을 바라는 거지들도 아니니까 없으면 없는 대로 그럭저럭 살아갈 수 있지만, 병이 들면 치료비가 없어서 고생이 이만저만이 아니란 말이야.

제주도 폭동 사건을 야기하고 태백산 지구 공비 부사령관으로 갖은 만행을 저지르던 김달삼은 완전무장 폭도 70명을 대동하고 3월 1일 울진군 평해면 백암산에서 패잔 부대를 개편하고 다시 월북을 기도하였다. 김달삼 부대는 3월 21일 오후 3시경 강원도 정선군 북면 고창곡에서 북쪽으로 1킬로미터 떨어진 반론산(半論山) 부근을 거쳐 북상하다가 국군 정예 제185부대 예하 제236부대에 포착되어 스무 시간가량 교전이 벌어졌다.

내가 태어나던 날, 국군은 다음과 같은 전과를 발표하였다. 사살

38명, 포로 5명, MI 6정, 99식 소총 9정, 38식 소총 7정, 카빈 2정, 자동식 소총 1정, 권총 1정, 다발총 1정, 기관단총 1정, 실탄 630. 그리고 김달삼도 사살된 것으로 추정된다고 하였다.

정순덕이라고 전설적인 여자 빨치산 있잖아. 육이오 때부터 13년간 최후까지 남아 빨치산 하다가 잡혀서 22년 감옥살이 하고 나온 정순덕이 말이야. 그 동지도 이곳에서 밥을 해 주고 있다가 지금은 중풍으로 쓰러져 인천 쪽 병원에 입원해 있지. 그곳 한방병원장이 무료로 치료를 해 주어 그나마 다행이지.

내가 태어나던 날은 안중근 의사가 40년 전 여순 감옥에서 오전 10시 교수형을 당한 날이었다. "내가 한국의 독립을 되찾고 동양의 평화를 지키기 위해 3년 동안 해외에서 모진 고행을 하다가 마침내 그 목적을 이루지 못하고 이곳에서 죽노니, 우리들 2000만 형제자매는 각각 스스로 노력하여 학문에 힘쓰고 농업, 공업, 상업 등 실업을 일으켜 나의 뜻을 이어 우리나라의 자유 독립을 되찾으면 죽는 자 남은 한이 없겠노라."

정순덕 동지는 전향 장기수란 말이야. 그것도 반강제적으로 속아서 전향서에 서명을 한 셈이지. 전국의 보호시설을 전전하다가 이곳에 와서 좀 편하게 살 수 있을까 했는데 그만 중풍으로 쓰러졌으니. 한쪽 다리도 없는 여자가 말이야. 얼마나 빨치산 토벌군이 총을 갈겼던지 다리가 날아가 버렸어.

여수시 중앙동 1312번지에 사는 이춘우가 서울 사람 김용남에게 보내는 500만 원 송금수표를 3월 22일 오후 3시 반경 여수우체국으로 들고 가는 도중에 분실하였다. 수표 번호가 제161호인 그 송금수표가 분실되었다는 사실을 신문에 공고해야만 다른 사람이 돈을 찾아갈 수 없는 것이었다.

그동안에 수표를 주운 사람이 돈을 찾아가면 어쩌나 조마조마하던 이춘우는 3월 26일 신문에 실린 송금수표 분실 공고를 보고 나서야 겨우 마음을 놓을 수 있었다. 그 당시 참기름 상품 1되 값이 3000원, 고무신 중품 한 켤레 값이 360원, 빨랫비누 한 개 값이 230원, 달걀 열 개 값이 430원이었다.

정순덕은 오른쪽 다리가 없는데 이번에 중풍으로 쓰러지면서 왼쪽 팔다리가 마비되었단 말이야. 차라리 오른쪽이 마비되었으면 오른쪽 다리는 원래 없는 거고, 왼쪽 다리는 성해서 걸어 다닐 수도 있었을 텐데.

군산 모 중학교 16세의 이모 군이 3월 18일 오후 2시경 군산시 청화동에 사는 이정복의 4세 된 아들 중근을 유괴하여 장항의 어느 여관에 감금하였다. 이모 군은 15만 원을 보내지 않으면 아들을 죽이겠다고 이정복에게 협박을 하여 15만 원을 받아 내고 중근을 돌려주었다. 그러나 바로 그다음 날 이모 군은 경찰에 붙잡히고 말았다. '15만 원의 악몽'이었다.

이곳에 여성 동지 한 명이 있어 밥도 해 주고 우리 뒷바라지를 좀 해 주고 있지. 여기 있는 사람들, 감옥살이 20년은 보통이고 대개 30년, 40년 산 사람들이지. 미전향 장기수들, 김대중 대통령이 거의 다 풀어 주어서 이제는 몇 명 안 남았어. 그 사람들도 곧 풀려날 거야.

전북 요고군 대야면에 사는 27세의 김갑식이 자기 친구 이상용의 처 말순에게 돈 4만 원이 있다는 것을 알고 좋은 광목이 있으니 사러 가자고 말순을 꾀어내었다. 둘이 함께 가다가 3월 8일 새벽 2시 30분경 김갑식이 대야면 부근 철교에서 말순의 돈을 뺏고 그녀를 빌어뜨려 강물에 익사케 하였다. 김갑식은 경남 양산군 군화동에 숨어 있다가 3월 23일 부산 철도경찰 대원에게 체포되었다.

저기 아랫목에 있는 동지는 말이야, 시인이야. 감방에 종이도 안 넣어 주고 연필도 없으니 순전히 머릿속으로 암송을 하여 시를 지었지. 감옥에 있으면서 수백 편은 지었을 거야. 종이도 없고 연필도 없이 말이야. 그러다가 징역을 다 살고 풀려났는데 그동안 머릿속에 외고 있던 시들을 공책에 옮겨 적었지. 그리고 감옥 생활을 수기 형식으로 기록해 놓기도 하고.

염상섭은 내가 태어나던 날 하루 전에 신문 연재소설 『난류(暖流)』 제38회 분을 허겁지겁 신문사로 넘겼다. 김웅희 화백은 그 원고를 급히 읽고 역시 허겁지겁 삽화를 그렸다. 중절모를 쓴 신사 한 사람과 그 신사를 따라온 세 명의 여자, 그리고 그들 일행을 맞이하는 식당 종업원을 그려 넣었다.

『난류』의 장 제목은 "나 할 일은, 한다"로 장으로 따지면 제7회 분이 되었다. "네, 안녕하세요." 덕희도 공손히 머리를 숙여 보였다. 아까 알범(앨범)에서 보던 학생 때와는 딴사람같이 신사지마는 머리에서부터 구두 끝까지 미국에나 갔다 온 듯이 매끈하게 차리고 부푼 스푸링을 떨걸친 양이 체격보다도 풍신이 있고 작년에 서울운동장에서 볼 때보다도 학생 때를 벗어서 참해 보였다……."

학생 때를 벗어 의젓해진 한 남자와 덕희라는 여자가 가까워지는 대목이 펼쳐지고 있었다.

그런데 말이야, 박정희가 혁명을 일으키고는 사회안전법인가 뭔가를 만들어 가지고 풀려난 사람들을 다시 잡아들였단 말이야. 그래 저 시인도 도로 잡혀 들어갔는데, 그 직전에 시를 적어 둔 공책과 수기들을 겹겹으로 비닐로 싸서 어느 나무 밑에 묻어 두었단 말이야. 다시 감옥에서 나오면 파내어야지 했는데, 그만 15년이 지나가 버렸지.

「마수경 돌파(魔獸境 突破)」, 「뉴요크 구경」 등 두 편의 영화가 명동극장에서 3월 25일부터 상영되었다. 관람료는 특별봉사금으로 90원 균일이었다. 「마수경 돌파」는 미천과 존슨 부부가 결사적으로 촬영한 기록영화로 사람 고기 먹는 나라, 강식약육의 나라 들을 생생하게 보여 주고 있고 등장 동물만 해도 50종이나 되었다. 「뉴요크 구경」은 1000명이나 되는 여자들이 나체로 등장하는, 세계 제일의 큰 극장 객석에서 뉴욕을 구경할 수 있는 영화였다.

저 시인이 출감해서 그 나무 밑으로 가서 땅을 파 보니 공책 종이가 삭을 대로 삭았지만 그래도 글씨는 희미하게나마 알아볼 수 있더라는 거야. 그래 그 시들을 가지고 시집도 내고, 수기는 어느 대학 도서관에서 가져가 보관하고 있다는군.

서울극장에서는 '새 시대의 꽃다발, 정답고 아름다운 집단'이 만든 가극 「상사몽」 7경(景)과 「청춘남녀」 10경이 공연되고 있었다. 남인수가 특별 찬조 출연을 하였다.

감방에서는 어떤 책도 볼 수 없었어. 나중에 우리가 투쟁을 하고 투쟁을 해서 간신히 책들을 좀 구해서 읽을 수도 있었지만 한동안은 어림도 없었지. 그런데 그때에도 딱 두 권의 책은 읽을 수가 있었지. 불경과 성경이 그것이었는데 그건 책이라고는 볼 수 없지. 불경이나 성경을 읽고 사상을 전향하라 이것인데 우리가 거기에 넘어길 리가 있나.

서울특별시 경찰국에서는 식량난을 덜기 위하여 3월 22일부터 4월 19일까지를 밀주업자 박멸 주간으로 정하고 관할 각서원을 동원하여 밀주업자들을 색출하였다. 왕십리 535번지에 사는 이분임은 근처 이병세의 집을 빌려 누룩을 만들어 오다가 3월 24일 경찰국 수사과원에게 발각되고 말았다. 압수된 수량은 누룩 730장이었다.

몇 년이고 불경과 성경을 노려보기만 하고 넘겨 보지는 않았지. 종이도 없고 연필도 없고 책도 없는 감방에서 우리는 완전히 이성철 스님처럼 면벽하며 도를 닦은 셈이지. 민족 통일, 공산 사회, 이런 화두를 붙들고 말일세.

김기경이 3월 24일 오전 10시 50분 숙환으로 평택군 송탄면 지산리 자택에서 별세하자 유족들이 내가 태어나던 날 영결식을 가지고 오전 11시에 발인하였다.

그러다가 5년쯤 지나 하도 심심해서 성경을 처음으로 펼쳐 보기 시작했지. 생각보다는 그런대로 재미가 있는 책이더구먼. 가장 감동 깊은 대목은 「욥기」였어. 어떤 시련도 욥의 신앙을 흔들 수는 없었지. 전향서에 서명을 하고 싶은 유혹이 일어날 때마다 「욥기」를 읽으며 버티어 내었지. 사상을 전향하라고 넣어 준 책이 오히려 사상을 지켜 주는 보루가 된 셈이지. 「욥기」를 수도 없이 읽었지. 웬만한 목사들은 우리 성경 실력을 당해 내지 못할 거야. 읽을 책이라고는 불경하고 성경밖에 없었으니 말이야.

여자들은 여전히 임신을 하였고 갓 임신한 여자들은 입덧을 하고 다리가 부어 오르기도 하였다. 그런 여자들은 유한양행에서 만든 '지아민'을 복용하여 비타민 B1을 보충해야만 하였다.

성경을 읽고 또 읽어 보니 한국의 교회들이 개판이라는 것이 금방 드러나더구먼. 예수가 걸어간 길하고는 천양지판이야. 말하자면 자본주의로 전향한 교회들이란 말이지. 그래도 미전향 교회들이 있기는 있을 거야. 우리를 이 집으로 들여서 물심양면으로 도와주고 있는 '나눔의 집'은 성공회 신부들이 운영하고 있다는데 그 사람들은 미전향 교회 사람들일 거야. 우리를 도와준다고 해서 이런 말을 하는 건 아니야. 늘 찾아와서 우리의 말벗이 되려고 노력하는 '나눔의 집' 직원들 보면 참 기특하지.

목욕 매일 할 수 있음, 자가발전 완비, 자동차 치장(置場) 확장, 자동차 감시원 배치, 객실 115개. 서울역 서쪽에 자리 잡은 금계여관에서는 결혼의 굴레를 벗어난 남녀 간에 칙칙한 난류가 매일 흐르고 있었다. (목욕) 매일 할 수 있음.

여기 총무는 바로 저 사람이야. 나이 70이 넘었어도 우리 중에서 제일 정정하거든. 요즈음은 아가씨를 꼬셨는지 할머니를 꼬셨는지 데이트도 하는 눈치야. 우리는 다들 감방에 수십 년 앉아 있다 보니 하체가 워낙 약해져서 잘 걷지를 못해. 우리는 일반 죄수들과는 달리 노역을 시키지 않아 몸을 움직일 시간이 절대적으로 부족했지. 반가부좌 자세로 똑바로 앉아 있지 않으면 금방 불호령이 떨어졌거든. 그래서 지금도 앉아 있을 때 허리만큼은 반듯한 편이야.

제1차 남로당 법조계 프락치 사건에 대한 공판이 열렸다. 이봉규

재판장은 국가보안법이 제정되기 전에 행한 일에 대해서는 보안법을 적용할 수 없다면서 12년 형이 구형된 주범 양규봉에게 징역 4년형을 선고하고 역시 12년 형이 구형된 백석황에게 징역 3년 형을 선고하였다. 나머지는 대부분 집행유예로 풀려났다.

그러자 선우종원 검사를 비롯한 검사들이 보안법 적용을 둘러싸고 사법부에 대하여 거칠게 항의하였다. 사법부는 불만이 있으면 항소를 하면 되지 않느냐면서 검찰에 대하여 느긋한 태도를 보였다.

저 총무에게 계좌번호를 물어서 거기로 넣어 주면 될 거야. 그러면 총무가 필요한 대로 우리에게 용돈도 주고 물건도 사고 그러지. 병이 들어도 의료보험 혜택을 받을 수 없으니 비상시를 대비하여 돈을 좀 모아 두어야 하는데 그것도 쉽지 않은가 봐.

5월 25일에 실시될 총선거와 관련하여 정부는 선거법 시행령을 금명간 공포하여 총선거 절차를 명시할 것이라고 하였다. 정부 조직법 중 개정 법안은 폐기하기로 국회에서 가결하였다. 정부는 3월 23일 90억 추가예산안을 국회에 제출하여 통과시켜 줄 것을 요청하였다.

우리가 감방에서 수십 년 동안 당한 건 세계 인권 사상 가장 혹독한 사례로 기록될 거야. 인권 사각지대치고 그런 사각지대도 없을 거야. 그런 속에서도 살아남았으니 우리도 지독하긴 지독한 모양이야.

국방부 병기 행정본부장인 채병덕 소장은 일본 시찰을 다녀와서 일본이 놀랍게 부흥하고 있다고 하였다. 일본 사람들은 추상적인 애국심이 현실적인 애국심으로 바뀌어 생산품이 과잉될 정도로 산업이 활발하다고 하였다. 그 반면에 재일 교포들은 대부분 실업자로 어려움에 처해 있다고 하였다. 그것은 환경적인 요인뿐만 아니라 근로정신의 부족 때문인 것 같다고 하였다.

인민공화국에 물론 가족들이 있지. 김대중 대통령이 김정일 위원장과 악수했으니 우리들 송환 문제도 잘 풀릴 것이라 믿어. 김정일 위원장은 빈말을 하지 않는 사람이야. 분명히 우리들 문제를 언급했거든. 하지만 탈북자 문제까지 김정일 위원장이 언급했다는 신문 보도는 좀 앞서 나간 거야. 탈북자들은 비겁한 놈들이야. 거의 다 우리 인민공화국에서 사기 치고 범죄를 저지른 인간 말종들이란 말이야.

이숭녕이 「방언학의 수립」이라는 논문을 발표하였다. "술어에 있어 방언이라 함은 조선어가 어느 기준으로 하위 언어로 분류된 것이니 그 분류된 서부 방언 또는 영남 방언, 포항 방언 들은 불란서 학계 규정의 '파투아(Patois)'에 맞는 격이어서 이것을 '사투리'라 불렀으면 어떨까 한다……."

북한, 북한 하지 마. 북한이 어디 있어? 조선인민공화국이야. 나라 이름이 분명히 있는데 왜 남한, 북한이라고 반쪽 이름을 불러? 북한이라고 하는 놈들 입을 찢어 버리고 싶어.

모던 출판사에서 『성공으로 가는 길』을 출간하였다. "감격의 수양서"라는 부제를 달고 있었다. 대호평리에 재판 발매! 위대한 인물이 되시려는 분! 입신출세를 바라시는 분! 크나큰 성공을 꿈꾸시는 분은 모두 이 책을 읽으시라! 정일형 박사가 그 책의 서문을 썼다.

이 여자가 「인살라」 영화 원작을 쓴 작가라고? 「인살라」 영화 나는 좋게 봤어. 왜 좋게 봤느냐 하면 인민공화국 장교를 거지처럼 그리지 않아서 좋았어. 지금까지 나온 한국 영화들 모두 인민공화국 병사들을 거지로 취급했잖아. 임권택 감독이라는 작자가 주로 그랬지. 「쉬리」는 말도 되지 않는 영화야. 어떤 미친놈들이 그런 영화를 만들었어?

치질 문진은 을지로 3가에 있는 강명선 항문과가 유명하였다. 보건문화사에서는 『임파선 결핵의 복음서』를 출간하여 총판을 영창서관에 맡겼다.

나는 이광수가 인민군에게 잡혀갈 때 그 현장에 있었던 사람이야. 누가 저 사람이 이광수라고 하길래 그에게 가서 분명하게 말했지. 친일 행적을 자아비판하라고 말이야. 그런데도 아무 말도 하지 않고 고개만 숙이고 있더라고. 그래서 이광수 얼굴에 침을 뱉고 발로 걷어차 버렸지.

충치 예방, 강력 살균, 치아 미려, 심신 상쾌. 세부란시(世富蘭人思) 약품주식회사에서 고급 약용 치마(齒磨) 크림인 '삐지크림'을 제조하여 선전하였다. 삐지크림을 삐지직 짜내어 칫솔에 묻혀 이를 닦으면 백옥 같은 이빨이 된다고 하였다.

저 사람은 김일성대학 역사학과 교수로 있다가 간첩으로 내려왔지. 내려오자마자 잡혀서 17년간 복역했지. 우리 중에서는 제일 적게 복역한 셈이야. 70세가 넘은 지금도 기력이 대단하고 머리가 비상해. 이번에 인민공화국으로 돌아가면 넉넉히 한자리 할 동무지.

중학교에 못 가는 것을 슬퍼 맙시다! 중학교에 가지 않더라도 여러분을 찾아가서 친절히 가르쳐 드리는 좋은 책이 있습니다! 서울 한강로 2가 82번지에 있는 제일통신중학교에서 『중학강의록』을 출간하였다. 30원어치 우표를 봉투에 넣어 보내어 청구하면 책을 보내 준다고 하였다.

우리 가족들, 위대한 지도자 동지께서 그동안 잘 돌보아 주셨을 거야. 그분은 의리가 있으신 분이거든. 인민공화국으로 돌아가서 그 실상을 보고 실망하지는 않겠느냐고? 물론 그런 점들도 있겠지만 그런 것들은 이상적인 공산 사회를 이루어 가는 과정에서 생기는 시행착오들에 불과하지. 멍청한 소련 놈들이 공산주의 이미지를 다 흐려 놓았지만 그 친구들이 한 것은 진정한 공산주의가 아니었어. 부정부패로 썩을 대로 썩은 놈들이었지. 그런 놈들이 무슨 공산주의를 한다는 거야. 그러나 우리 조선인민공화국은 달라. 지도자들이 깨끗하단 말이야.

내가 공룡 발자국이 선명한 경남 고성군에서 태어나던 날, 대한 의학협회는 장엄한 어조로 성명서를 발표하였다.

"첫째, 대한의학협회는 국회문교사회위원회안(의사 및 의업법)을 전면적으로 부인 배척하고 정부안인 '의사 및 치과의사법'을 절대 지지한다.

둘째, 의사 이외의 의업자에 관한 법령은 이를 별도 단행법으로 제정할 것을 주장 요망한다.

셋째, 소기의 목적을 달성할 때까지 국회와 정부에 건의하며 사회 여론을 환기하기 위하여 전 의학계를 총동원하여 우리의 목적을 관철할 때까지 이 운동을 전개하기로 한다."

이정복도 성명서를 냈다.

"도하 수개 신문 3월 22일부에 영등포동 256의 29에 거주하는 이정복에 대한 기사 운운은 사실 허위이므로 이에 성명함. 이정복 백."

개인이든 단체이든 자기 권리를 찾기 위한 노력들이 대단하였다. 내가 태어나던 날, 나는 단지 "으앙"이라는 싱명시밖에 빌표하지 못하였다. 첫째도 으앙, 둘째도 으앙, 셋째도 으앙이었다.

논설위원도 사설 제목을 "민주정치와 비판의 자유"라고 잡았다. "위정자는 먼저 비판의 대상이 된 사실의 유무에 주의해야 한다. 만일 결함과 과오가 있다면 반성과 동시에 곧 개선에 착수해야 할 것이다. 그리하여야 정치는 건실하게 되고 진보가 있을 줄 안다……."

대통령 탄신일에 수만 명의 학생들이 동원되는 시대와 대조되는 사설이다. 사설은 설사다. 시대가 아무리 바뀌어도 늘 똑같은 농도로 쏟아지는 설사다.

어느 나라 지도자가 농촌을 직접 돌면서 인민들과 같이 먹고 마시며 그들을 어버이처럼 품어 주는가 말이야. 김일성 동지는 정말 위대한 인민의 어버이였어. 그런 분을 위대한 어버이 수령 하며 좀 높인다고 우상숭배니 어쩌고 하는데 그건 씨도 먹히지 않는 소리야. 대통령의 대 자도 위대할 대 자 아닌가 말이야. 자기들이 하면 존경의 표시요 우리가 하면 우상숭배라고 하니 기도 안 차지.

윤 농림부 장관은 4월 10일까지 농토 분배 통지서를 전부 발송 완료할 것이라고 하였다. 소지주가 제반 사정으로 그동안 실제 경작을 못하고 있다가 소작인이 경작하던 농지를 반환해 줄 것을 요구하는 경우에는 어떻게 할 것인가. 이런 문제들은 여전히 해결해야 할 과제로 남아 있는 셈이었다.

여기 미국 물 들어 가지고 돌아다니는 청년들 보면 한심하기 짝이 없어. "난 알아요." 어쩌고 하면서 말도 되지 않는 노래 부르고 머리 염색하고 청바지 찢어 입고 대마초 피우고 아버지가 돈 좀 번다고 흥청망청 써 대고, 나라 꼴이 말이 아니야. 우리 인민공화국은 주체사상 때문에 강대국들에게 밉게 보여 좀 가난하게 살아도 청년들의 정신만큼은 살아 있다구.

내가 태어나던 날, 잡지 《화랑》 3월호가 화랑사에서 발간되었고, 《부인 경향》 4월호와 《신경향》 4월호가 경향신문 출판국에서 발행되었다. 가격은 각각 150원, 200원, 300원이었다. 민교사에서 출간된 『표준 영문숙어사전』은 값이 700원으로 꽤 비싼 편이었다. 그런데도 350면짜리 그 책이 36판이나 계속해서 출간되었으니 그 당시 '영학도 필비의 양서'였음에 틀림없다.

위대한 지도자 동지께서는 부녀자들에 대한 관심이 얼마나 지극하신지. 영웅적으로 노동하는 부녀자들을 위하여 탁아소 시설이며 산원 시설에 아낌없이 지원을 해 주시거든. 평양산원은 세계 사람들이 다 놀라는 시설이지. 여기서는 병원들이 될 수 있는 대로 임산부는 받지 않으려고 한다며? 썩을 놈의 의사들이지. 돈만 알아 가지고.

비원 돌담을 돌아 경학원을 바라보며 혜화동 로터리 앞에 이르면 서울여자의과대학 부속병원이 거기 있었다. 이곳에서 하얀 가운을 입은 처녀들이 청진기를 들고 가제를 감고 메스를 손질하며 의술을 연마하였다. 이번에 5년 동안 의술을 연마한 졸업생들이 50명 배출되었다. 이미 7회에 걸쳐 309명의 졸업생을 배출한 바 있는 여자의과대학이었다.

이들이 가장 개업하기를 원하는 분야는 소아과 계통이었다. 그다음은 큰 병원에 인턴으로 들어가는 것이었다. 졸업생 중 절반이 개업을 한 편인데 800개가 넘는 무의촌으로 가서 의사 생활을 하겠다는 사람은 거의 없었다. 현실적으로 따져 보니까 수지가 맞지 않는다는 것이었다.

여자 의사들은 예식계의 권위로 일컬어지는 충무로 2가 순천당 예식부에서 결혼식을 하였다. 그리고 태화사회관 강당에서도 결혼식들이 치러졌다.

의약분업에 불만을 품고 의사들이 파업을 해? 우리 인민공화국에서는 상상도 할 수 없는 일이야. 우리 의사들은 철저한 봉사 정신으로 일하지 돈 보고 일하지는 않아. 인민공화국에서 여기처럼 의사들이 파업을 했다가는 그대로 총살감이지. 안 그렇겠어? 어려운 노동자들이 파업을 한다면 이해가 가지만 제일 돈 잘 버는 의사들이 더 벌겠다고 파업을 하니 완전히 거꾸로 된 세상이지.

토목공학과, 건축공학과, 기계공학과, 전기공학과. 중등학교 6학년 졸업자 또는 동등 이상의 학력 소지자. 영등포구에 있는 동양 공과전문학교는 1, 2, 3학년 약간 명을 모집하면서 대학 승격 추진과 교사 증축, 기숙사 완비를 유리한 조건으로 내세웠다.

이럴 때 우리 같은 사람 아프면 인민공화국으로 돌아가기도 전에 죽고 말 거야. 인민공화국으로 돌아가면야 완전히 무료로 치료를 받을 수 있겠지만 말이야. 1년 사이에 우리 동지 몇 명이 저세상으로 가 버렸어. 이 좋은 시절 보지도 못하고 말이야.

전력 공급에 중대한 역할을 할 섬진강 수력발전소가 지난해 6월에 착공되어 4개월 정도 공사가 진행되다가 11월에 들어서 기후 관계로 중지되었다. 이제 4월에 공사가 재개될 예정인데 이번에는

ECA(경제협조처)가 주도할 것이라고 하였다. 콘크리트 혼합 방식에 문제가 있어 ECA에서 파견하는 미국 기술자가 와서 공사를 직접 지휘할 것이라고 하였다. 4월 중순에 그 기술자가 올 예정이지만 그보다 더 늦어질 수도 있었다.

내가 감옥에 있는 동안 교회에서 도와주겠다고 하더군. 나는 구차해서 일언지하에 거절해 버렸지. 그런데 자꾸 찾아와서 돕겠다고 하여 그들의 성의를 무시할 수도 없고 해서 도움을 받기로 했지. 영치금 4만 원인가를 매달 넣어 주더군. 그 돈만 해도 나한테는 크게 도움이 되었지. 그래 그 교회에 감사하는 마음을 가지고 있었는데, 내가 출감을 하고 나서도 나한테 돈을 계속 부쳐 주더군.

한국의 빈궁한 아동과 임산부 및 모자 보건을 극력 원조하기 위하여 유니세프가 75만 불에 달하는 원조 계획을 세웠다. 유니세프와 한국 측의 협정서 조인식이 3월 25일 오전 11시부터 보건부 장관실에서 거행되었다. 한국 측에서는 구 보건부 장관과 임 외무부 장관 외 4명이 참석하였고, 유니세프 측에서는 캐나다 대표 맥체리를 비롯하여 리포, 빗살, 슈미트 링갈 등이 참석하였다.

그런데 몇 달 지난 후에 그 교회 사람들이 나를 찾아왔어. 자기들이 그렇게 도와주고 있는데도 왜 자기네 교회에 나오지 않느냐고 항의를 하더군. 그때 나는 분명히 말했어. 내가 도와달라고 해서 너희들이 도와준 것이 아니다. 너희들이 먼저 도와주겠다고 해서 내가 거절하다가 받아들인 것이다. 너희들이 나에게 몇 푼 주고 나서 너희들 교회에 나오지 않는다고 그러는데 이제 더 이상 너희 돈 1원 한 푼 받지 않겠다. 나는 돈 몇 푼에 굽신거리며 따라가는 거지가 아니다. 예수를 믿으려면 똑바로 믿어라.

동서 간의 냉전을 종식시키기 위하여 리 UN 사무총장이 안전보장이사회에 대하여 특별평화회의를 소집할 것을 제안하였다. 리 총장은 3월 24일 기자회견에서 UN 내 동서 간의 대치 상태는 오는 9월 차기 총회가 소집되기 전에 타개되지 않으면 안 된다고 하였다.

하지만 리 UN 사무총장은 불과 3개월 후에 벌어질 한민족의 동족상잔을 미처 내다보지는 못하였다.

내가 태어나던 날, 나는 이미 전향을 강요당하는 미전향 장기수가 되었다. 아니, 전향한 것도 아니고 미전향한 것도 아닌 정순덕 같은 존재가 되었다. 김달삼 부대가 섬멸된 반론산(半論山) 근방에서 반론(半論)만 펼칠 수밖에 없는 반쪽짜리 인생이 되었다.

나를 태어나게 한 아버지도 북한에 마음을 두고 남한에 살았다. 고정간첩이 잡혔다는 기사가 인물 사진들과 함께 큼지막하게 실린 조간신문을 아버지가 펼칠 때마다 신문을 잡은 아버지 두 손이 바르르 떨리는 것을 나는 늘 놓치지 않았다.

나는 아버지가 북한의 고정간첩일 것이라는 생각을 더욱 굳혀 갔다. 그리고 아버지가 나까지도 포섭하여 고정간첩으로 만들 것이라는 예감을 떨칠 수가 없었다.

내가 태어나던 날, 큰아버지는 고성군에서 행방불명이 되었고 3개월이 지난 후 인민군 대좌가 되어 백마를 타고 고성 읍내에 그 위용을 나타내었다. 큰아버지가 그런 모습으로 고향에 나타났으니 초등학교 교원이었던 아버지는 인민위원회 완장을 차고도 남았을 것이 아닌가.

내가 태어나던 날, 나는 미전향 장기수들을 만나 그들과 함께 먹고 마시기로 작정되어 있었다.

나는 인천 나사렛 병원에 입원해 있는 정순덕을 면회하러 갔다. 미전향 장기수들을 위해 밥을 짓다가 뇌출혈로 쓰러져 40일 만에 기적적으로 깨어난 그녀는 여전히 여전사다운 면모를 풍기고 있었다. 병상에서 상체를 일으켜 세우고 아직도 대찬 목소리로 외치듯이 말했다.

"국가보안법은 철폐해야 돼! 그거 아무짝에도 쓸모없어!"

나는 마비된 채 남아 있는 그녀의 왼쪽 다리를 두 손으로 주물러 주면서 오른쪽 다리 쪽을 훔쳐보았다. 그곳은 텅 비어 있었다. 남아 있는 한쪽 다리마저 마비되어 있는 모습은 바로 큰아버지와 아버지와 나, 그리고 우리 민족의 반쪽짜리 인생 그 자체였다.

큰아버지도 3년간 지리산으로 들어가 빨치산으로 지냈으므로 어쩌면 정순덕과 함께 비밀 아지트를 넘나들었을지도 몰랐다.

"이제 그만 주물러도 돼. 고맙구먼. 이렇게 찾아와 주니. 어찌 해서든지 선생도 건강해야 돼."

부드럽게 웃으며 말하는 정순덕에게 나는 큰아버지 이름을 대어볼까 하다가 그만두었다. 병상 건너편에서는 간병인이 정순덕의 소변을 받아 내고 있었다.

정순덕은 미전향 장기수들이 북한으로 돌아갔을 때도 전향 장기수라고 하여 함께 가지 못하였다. 사실 경남 산청군 산골 처녀로 태어나 열여섯에 결혼하고 여섯 달 후에 남편을 따라 지리산으로 들어간 정순덕으로서는 북한에 뚜렷한 연고가 있을 리 없었다. 다만 동지들을 따라 인간으로 대접받을 수 있는 나라로 가고 싶을 뿐이었다.

그러나 전향서 하나 때문에 그녀는 뿌리도 내릴 수 없는 이 땅에 내팽개쳐져 있는 셈이었다. 미전향 장기수 동지들마저 떠나 버린 이 땅은 더욱 삭막하기만 할 것이었다.

내가 태어나던 날, 정순덕은 열일곱 된 성석조 청년과 자기를 맺어 주려는 중매쟁이를 피하여 부엌으로 몸을 숨기고 얼굴을 진달래 빛으로 물들이고 있었다.

성인봉

민박집 여주인의 말을 곧이곧대로 들은 것이 화근이었다. 여주인은 뒷동산 산책하듯이 다녀오면 된다는 식으로 말했다.

"아유, 금방 다녀와유."

우리는 단출한 차림에 가벼운 마음으로 등산에 나섰다. 6월 초순의 뜨거운 햇빛이 내리쬐었지만 숲으로 접어들자 더운 기운이 좀 가셨다. 그래도 땀은 연방 이마에서 등에서 흘러내렸다.

"산 이름이 따로 없는 모양이네. 그냥 봉이네. 성인봉."

태식이 아직은 보이지 않는 봉우리 쪽으로 고개를 들며 중얼거렸다.

"안내도를 보니 여기는 무슨무슨 산 하지 않고 대개 무슨무슨 봉이라고 되어 있어. 두리봉, 미륵봉, 나리봉. 무슨무슨 등이라고도 되어 있어. 대등, 말잔등. 말잔등은 진짜 웃기는 이름이네."

오민이 킥킥거리자 일행이 한마디씩 던졌다.

"오를 등(嶝)인가? 제주도에도 무슨무슨 오름이라는 산 이름이 많잖아."

"말잔등이라고 한 거 보니 그냥 등인 거 같은데. 말잔등처럼 생겨서 지은 이름 아닐까."

"근데 말잔등이 성인봉 다음으로 높아. 성인봉은 해발 984미터인데 말잔등은 967미터야. 나리봉만 해도 813미터밖에 되지 않는데."

20분쯤 산길을 올라가니 휴게소 겸 매점이 나타났다. 점심을 먹은 지 얼마 되지 않아 라면 한 그릇을 주문하여 통나무 의자에 앉아 다섯 명이 조금씩 나눠 먹었다. 서로 돌아가며 사진을 찍어 주기도 했다. 그때까지만 해도 우리의 입에는 환한 미소가 가득했다.

하지만 두 시간가량 지나 바깥숯마당을 지날 무렵에는 슬슬 허기가 지고 갈증으로 목이 말라붙었다. 태식이 한 사람만 500밀리리터 생수병을 들고 왔으나 그것마저 이미 바닥이 나 있었다. 그러고 보니 일행 중에 뭔가 먹을 것이나 다른 음료를 준비해 온 사람은 아무도 없었다. 주희를 제외하고는 아예 배낭조차 메고 오지 않았다. 주희가 메고 있는 작은 배낭에도 간식거리는 들어 있지 않았다.

"아무리 낮은 산을 등반해도 기본적으로 오이나 초콜릿 같은 것은 준비해야 된다는데."

기본적인 것을 챙기지 않은 것에 대해 서로 책임을 돌리는 분위기였다. 사실 인도자라면 인도자라고 할 수 있는 내가 그 점에 대해 먼저 점검을 해 보고 등산길에 올라서야 했다.

점심 무렵 여행 셋째 날인 오늘 오후 일정을 두고 학생들 간에 의견이 갈려 서로 언성을 높이기도 했다. 날씨도 덥고 하니 통구미 몽돌해변 같은 해수욕장으로 가자는 주장과 울릉도의 상징인 성인봉을 올라가자는 주장이 팽팽히 맞섰다. 결국 두 팀으로 나눠 오후 일정을 소화하기로 했다. 그런 어수선한 분위기에서 출발하다 보니 미처 서로 무엇을 챙겼는지 확인할 겨를이 없긴 했다.

"울릉도에서 해발 984미터면 육지에서는 1200미터 된다고 봐야죠."

지친 기색이 완연한 양숙이 숨을 몰아쉬며 나에게 동의를 구하는 어조로 말했다. 나는 그럴걸 하고 대답을 하려다가 입안이 너무 말라 있어 슬쩍 고개만 끄덕였다. 1200미터라는 말이 무거운 바위처럼 어깨를 누르는 기분이었다. 지난겨울 강원도에서 친척 네 명이 눈 쌓인 뒷산을 가벼운 차림으로 올랐다가 그만 두 명이 얼어 죽은 사고 기사가 언뜻 머리를 스치고 지나갔다. 성인봉 등산에 대해 좀 더 친절하게 설명해 주지 않은 민박집 여주인이 새삼 원망스러웠다. 하긴 시골 사람들에게 길이 얼마 남았느냐고 물으면 대개 조금만 가면 된다고 하는데 그 '조금만'을 믿었다가는 큰코 다치는 법이었다.

그 '조금만'이 지금까지 쌓아 온 공든 탑을 일시에 허물 수도 있었다. 별거 아니라고 생각했던 술자리의 어깨동무가 유명 정치인을 몰락시키고, '조금만' 더 즐기려고 했던 접촉이 교수를 학교에서 추방시키기도 하지 않는가.

점점 더 허기가 지고 갈증이 심해질수록 기본적인 것조차 준비해 오지 않은 학생들에 대해 은근히 부아가 났다. 속된 말로, 이 나이에 내가 준비하리, 교수가 그런 것까지 챙겨야 되겠어 하는 심보였다.

등산로 초입에서는 삼상하게 느껴지던 풍광들노 세내모 눈에 들어오지 않았다. 고도가 높아질수록 아래쪽으로, 평상시 같으면 감탄을 자아내었을 바다 풍경이 펼쳐졌으나 이제는 아무런 감흥도 주지 못했다. 금강산도 식후경이라는 속담이 절실한 체험에서 나온 문구임이 분명했다.

안숯마당으로 구부러지면서는 모두 입을 다물고 각자 고독한 투쟁 속으로 들어갔다. 오후 4시를 넘어선 그 시각에는 같은 방향으로 가는 사람들도 별로 없고 맞은편에서 오는 등산객도 드물었다.

간혹 맞은편에서 오는 등산객의 손에 들려 있는 생수병을 보고, 물 한 모금 마실 수 없느냐고 부탁하고도 싶었지만 이를 악물고 꾹 참았다. 조금만 가면 아까 보았던 매점 같은 것이 나올지도 몰랐다. 하지만 아무리 가도 숲길뿐이었다. 도동 방면에서 성인봉으로 오르는 길에서는 그 매점이 유일한 듯했다.

차츰 등산로 주변에 떨어진 과자 박스나 포장지들이 눈에 들어오기 시작했다. 찢어진 초코파이 포장지 속에 먹다 남은 부스러기가 남아 있을 것도 같았다. 사탕을 쌌던 포장지만 보아도 목젖이 꿈틀거렸다. 가장 눈길이 많이 가는 것은 삶은 달걀 껍데기였다. 그 껍데기에 싸여 있었을 달걀의 온전한 형태, 탐스러운 흰자와 노른자 들이 눈앞에 어른거렸다. 달걀 껍데기를 벗기고 말랑말랑한 흰자 부위를 지긋이 깨물면 이빨 끝에 와 닿는 노른자의 약간 팍팍한 느낌. 흰자와 노른자를 함께 씹을 때 혀끝에 와 닿는 부조화 속의 조화.

내가 살아오면서 극한 허기로 허우적거린 적은 그리 흔하지 않았다. 오히려 어떤 마음의 갈등 때문에 나 자신을 일부러 극한 허기 속으로 밀어넣은 적은 종종 있었다. 30대 초반에 거제도 깊은 산속 어느 건물에서 12일 동안 금식을 해 보았는데 닷새 정도 지나자 허기로 몸을 가누기가 힘들었다. 금식을 끝내고 먹을 음식 메뉴들만 머릿속에서 계속 맴돌았다. 내가 그곳으로 들어간 첫날 옆방 남자는 25일째 금식 중이었다. 그 남자는 거의 기다시피 계단을 오르내렸다.

그곳은 대개 40일 금식을 목표로 오는 사람들이 기거하는 곳이라고 했다. 나는 처음에 일주일 정도 금식을 하려고 했는데 40일 금식을 작정하고 온 사람들의 비장한 모습을 보고는 나도 40일 금식을 목표로 하게 되었다. 그러나 예비군 훈련 통지가 두 번 나왔는데 한 번만 더 소집에 응하지 않으면 재판에 회부된다 하여 그만 12일 금식으로 그치게 되었다.

금식을 마치고 그곳을 떠나기 전에 맨 먼저 먹은 음식이 부추 지짐이었다. 마침 금식을 이틀 정도 하고 난 청년이 금식을 포기하고는 공동 부엌에서 부추 지짐을 프라이팬에 부치고 있었는데 그 냄새에 끌려 다가갔다가 한 젓가락 얻어먹게 된 것이었다. 그때 그 부추의 맛과 향이란 그야말로 극미(極味)였다.

그리고 서울 집으로 돌아오는 길에 거제도 버스 정류장 근처 매점에서 양파깡을 사서 봉지를 뜯어 양파깡 하나를 입에 물었을 때 입안 가득 황홀하게 피지던 양파의 아련한 냄새와 맛. 오르가즘이 따로 없었다.

태식과 오민, 주희와 양숙 들도 표정으로 보아 몸 상태가 나와 어슷비슷한 듯했다. 말을 나눌 기운조차 없어 앞서거니 뒤서거니 하며 여전히 묵묵히 발걸음만 옮기고 있었다.

태식은, 반팔 티셔츠만 입고 있는 나머지 학생들과는 달리 민소매 긴팔 티셔츠를 입고 목에는 붉은 수건을 두르고 있었다. 태식은 군대 있을 때 사고로 전신 화상을 당하여 목숨을 잃을 뻔하다가 간신히 살아나 학교에 들어온 학생이었다. 그 정도로 심한 화상의 고통, 다시 말해 화상 치료의 고통은 의식의 경계를 넘나들 만큼 극통(極痛)일 것이었다.

친척 중 한 사람이 상체에 3도 화상을 입고 입원한 적이 있었는데 허벅지 피부를 벗겨 내어 팔에 이식을 하는 수술을 받고 마취에서 깨어나면서 비명 같은 외마디 고함을 질렀다.

"허벅지 얼음 빼 줘!"

무슨 소린가 하고 의사가 물으니 그가 다시 고함을 질렀다.

"얼음이 박혀 있어. 얼음 빼 줘!"

중국에서 가장 고통스러운 형벌이 피부를 벗겨 내는 능지처참형이었다지 않은가. 고통이 극에 달하자 오히려 얼음이 살을 파고든 것처럼 느껴진 모양이었다.

태식은 자신이 당한 사고와 화상 치료의 과정에 대해 이야기해 준 적이 별로 없었다. 얼굴과 팔, 손에 남아 있는 화상의 흔적만 보아도 그 과정이 얼마나 어려웠겠는가 짐작이 되었다. 사실 태식의 팔을 전체로 본 적은 한 번도 없었다.

이번에도 긴팔 티셔츠로 양팔을 가리고 있음이 틀림없었다. 목에 수건을 두른 것도 목의 화상을 가리기 위함일 것이었다. 학교 복도나 강의실, 학과 사무실에서 태식을 마주 대하면 그가 당한 고통의 무게가 아련히 느껴지면서 그가 나보다 더 권위 있게 여겨지곤 했다. 인생은 고통의 무게만큼 권위를 지니지 않겠는가.

죽음의 고통을 먼저 치른 후배는 어쨌든 선배가 되는 법이다. 기형도 기자가 파고다극장에서 죽었다는 소식을 듣고 빈소로 달려갔을 때도 나보다 열 살이나 어린 후배가 어느새 나의 선배가 되어 있음을 전신으로 느껴야만 했다. 나는 대개 빈소 영정 앞에서 큰절을 하지 않고 무릎을 꿇거나 선 채로 묵도를 하는 편인데 기형도의 영정 앞에서는 나도 모르게 넙죽 엎드려 큰절을 두 번 올리고 말았다. 그 이후 기형도는 기자에서 시인으로 비상해 올라갔다.

"이 읍에 처음 와 본 사람은 누구나/ 거대한 안개의 강을 건너야 한다./ 앞서간 일행들이 천천히 지워질 때까지/ 쓸쓸한 가축들처럼 그들은/ 그 긴 방죽 위에 서 있어야 한다./ 문득 저 홀로 안개의 빈 구멍 속에/ 갇혀 있음을 느끼고 경악할 때까지."

기형도가 등단작 「안개」라는 시에서 노래한 것처럼, 우리 인생은 안개 속으로 지워지는 앞서간 일행을 따라 천천히 또는 갑작스럽게 저 홀로 지워지는 것이다.

"어, 내 배낭에 롯데껌이 있었네."

내 앞에서 걸어가던 주희가 사뭇 들뜬 목소리로 중얼거리자 일행이 기대에 찬 표정으로 주희에게로 모여들었다. 껌이 몇 개 남아 있지 않아 다섯 명이 토막을 나눠 입에 넣었다. 반 토막도 안 되는 껌인데도 몇 번 씹어 단물을 삼키자 삶은 달걀 한 개를 베어 먹기라도 한 듯 조금 기운이 나는 것 같기도 했다. 쫀득쫀득해진 껌을 아예 삼키고도 싶었지만 그런다고 허기가 가실 리 없었다. 껌을 삼키다가 잘못 목에라도 걸리면 낭패가 아닐 수 없었다.

토막 껌 덕분인지 우리는 약간 생기가 노는 톡소리도 잇시엿시, 서로를 격려해 가며 팔각정을 향해 올라갔다. 나는 내 바로 앞에서 허우적허우적 올라가는 주희의 등을 간간이 밀어 주기도 했다.

도동항에 도착하여 민박집에 짐을 푼 첫째 날 대절 버스로 울릉도 해안 도로를 일주하고 와서 새벽 2시쯤 학생 몇 명과 함께 도동항 선착장으로 나갔다. 우측으로 방파제 역할도 할 법한 시멘트 길이 해안을 따라 구불구불 나 있었다. 길이 좁은 데다 바다 쪽으로 난간도 세워져 있지 않아 자칫 발을 헛디디면 바다에 빠질 위험도 있을 성싶었다.

밤 회식에서 술을 좀 마신 학생들도 있고 해서 나로서는 조심스럽기 그지없었다. 학생 한 명이 바다에 빠져 사고를 당하기라도 하면 인솔 교수로서 막중한 책임을 져야 할 것이었다. 그런데 술기운이 얼큰하게 오른 주희가, "아, 바다 좋다! 바다 냄새 좋다!" 하며 발레 동작을 흉내내어 빙그르르 몸을 돌려 가면서 걸어 나가는 것이 아닌가.

"주희, 주희, 주의하라니까!"

내가 몇 번 제지를 하여도 주희는 아랑곳하지 않고 신바람이 나 있었다. 주희는 오히려 짐짓 비틀거리며 바다에 빠질 듯한 동작으로 나를 놀라게 하곤 했다.

"어어, 어."

마침내 내가 급히 다가가 주희의 어깨를 감싸안았다.

"바다에 떨어지면 어떡하려고."

"빠지면 빠지죠, 뭐. 주희, 졸업 여행 와서 인생을 졸업하다. 멋있잖아요. 후후후."

주희가 슬며시 머리를 내 가슴에 기대며 짓궂게 속삭였다.

"지금 교수님이 나를 포옹하고 있는 거 아시죠?"

나는 얼른 주희 어깨를 감싼 팔을 풀었다.

"교수님, 주희에게 속지 마세요. 괜히 교수님에게 안기려고 주책부리는 거예요."

옆에서 학생들이 킥킥거리며 주희에게 핀잔을 주었다.

"교수님, 그렇지 않죠?"

주희가 아양을 떨며 팔짱을 끼듯 내 팔을 잡았다. 내 팔에는 주희 어깨를 감싸안았을 때의 감촉이 고스란히 남아 있었다. 멀리 밤바다에는 오징어잡이 배들의 집어등 불빛이 심해의 갑오징어 발광 빛처럼 떼를 지어 흔들리고 있었다.

등산로 경사는 그리 심한 편은 아니었으나 길 오른편은 낭떠러지라고 할 만큼 급경사를 이루고 있었다. 그런 경사면에도 각종 나무들이 각도를 유지하며 뿌리를 내리고 자라고 있는 것이 신통했다.

우리나라에서 이 섬에서만 자생한다는 너도밤나무들이 왼편 길가와 오른편 경사면에 즐비하게 늘어선 구간으로 들어섰다. 명찰에 적힌 나무 이름이 특이해서 회백색 수피를 손바닥으로 만져 보니 딱딱하기 이를 데 없었다. 나무 높이도 대개 10미터 이상은 되어 보였고 둥치도 꽤 우람했다. 나무 모양이 깔끔하고 단정하여 단연 품위가 있어 보였다. 이름에 밤나무가 들어가 있긴 하지만 일반 밤나무와는 형체가 확연히 달라 먹을 수 있는 밤이 열릴 것 같지는 않았다.

"너도밤나무, 나도밤나무."

태식이 가만히 중얼거렸다.

"형, 그게 무슨 말이야?"

오민이 물어보자 태식은 뭔가 대답을 할 것처럼 하다가 숨을 몰아쉬며 짧게 내뱉었다.

"그런 이야기가 있어."

조금 더 가니 경사면에 고사리들이 짙은 초록 밭을 이루며 흐드러지게 자라나 있었다. 누가 고사리 같은 손이라는 표현을 썼던가. 고사리들은 긴 총채처럼 땅에 눕다시피 가지런히 열을 지어 있었다. 다른 고사리들과 얽히지 않으려고 적절히 방향을 잡아 촘촘히 뻗어 간 모양새가 누가 일부러 정성스레 가르마를 따라 빗질이라도 한 듯싶었다. 그 풍경을 놓치는 것이 아까워 내가 일행을 멈추게 한 후 조심스럽게 경사면을 타고 내려가 고사리 밭 한가운데 섰다. 오민이 내가 맡긴 소형 라이카 카메라로 사진을 찍어 주었다.

오민은 다른 학교를 졸업하고 3학년에 편입한 학생인데 이번 졸업 여행 실무를 담당했다. 까다로운 학생들의 의견을 모으는 일, 회비를 거두는 일, 교통편과 숙박을 예약하는 일, 여행 일정을 짜는 일 등등, 실무자로서 신경 쓸 일이 한두 가지가 아니었다.

무엇보다 인원이 20명이 넘어야 뱃삯 할인이 가능했으므로 인원을 채우기 위해 한 사람 한 사람을 만나 설득하느라 애썼다. 한번은 오민이 나와 함께 어느 학생을 상대로 졸업 여행에 참여할 것을 권한 적이 있었다. 그 학생은 이미 직장에 다니고 있어 휴가 얻기가 힘들다는 식으로 처음에는 거절 의사를 비쳤다. 학교 수업이 주로 야간에 있어 직장인들도 더러 입학해서 다니고 있었다. 오민이 그 직장인 학생에게 호소하다시피 또 한 번 권하였다.

"형, 20만 원밖에 들지 않아. 울릉도 여행 3박 4일에 20만 원이면 싼 편이야. 뱃삯만 해도 얼만데."

20만 원이라는 말이 나오자 그 학생의 태도가 조금 달라졌다.

"20만 원? 그럼 휴가 한번 내 볼까?"

"형이 참여해 준다면 인원이 차고 해서 할인도 받을 수 있어."

오민이 가만히 안도의 한숨을 쉬었다. 그런데 그다음 직장인 학생의 말이 걸작이었다.

"인원 20명에 20만 원이면 한 명당 만원이네. 이런 기회를 놓치기는 아깝지."

오민과 나는 그만 아연실색한 표정이 되고 말았다. 아무리 대화와 소통에 장애가 있다 하더라도 이 정도는 너무 심한 편이었다. 오민이 당황해하며 다시 설명을 해 나가자 직장인 학생의 얼굴이 굳어졌다.

"어, 그래? 한 사람당 20만 원이라고? 아무래도 휴가 얻기는 힘들겠어. 이번에 직장에 새 기기가 들어와서 실험을 해 봐야 하거든."

간신히 20명을 넘긴 인원이 새벽 5시에 학교 정문 앞에서 대절버스를 타고 동해항으로 출발하기로 했다. 집에서 새벽 5시까지 학교에 도착하는 것이 대개 불가능했으므로 모두 밤 12시에 집합하여 학교나 그 근처에서 함께 밤을 지내기로 했다. 학과 실기실 책상과 의자를 이용하여 잠시 눈을 붙이는 학생들도 있었고 한 정거장쯤 떨어진 찜질방으로 가는 학생들도 있었다. 출발 예정 인원 21명

중에서 남자는 나를 포함하여 네 명밖에 없고 나머지는 모두 여학생들이었다.

오민과 나는 학생들과 새벽 2시 무렵까지 잡담을 나누다가 학교 정문 건너편에 있는 DVD 방으로 가서 몸을 뉘었다. 그 방에는 두 사람이 다리를 뻗고 나란히 기대거나 누울 수 있는 반침대형 의자가 텔레비전 맞은편에 놓여 있었다. 남자 둘이서 그것도 새벽에 그런 의자에 반쯤 누워 서로의 숨소리를 듣고 있으려니 서먹서먹하기도 하고 기분이 찜찜했다.

신청한 DVD가 텔레비전 화면에 영상을 펼치고 있었지만 나는 몰려오는 졸음을 이기지 못하고 깜빡깜빡 의식의 끈을 놓곤 했다. 그러면 나도 모르게 내 머리가 오민의 어깨에 가 닿거나 아예 얹히기도 했다. 나는 몽롱한 가운데서도 오민이 혹시 동성연애자가 아닌가 은근히 염려가 되었다. 나를 유혹하기 위해 DVD 방으로 유인한 것이라면.

내가 학과 실기실에서 오민에게, 우리는 어디서 밤을 새지, 하고 물으니 오민이 기다렸다는 듯이, DVD 방으로 가서 영화나 한 편 보지요, 라고 대답하지 않았던가.

내가 자꾸 졸음을 이기지 못하자 오민이 약간 자리를 옮겨 주며 말했다.

"교수님, 왜 디비디 방이라고 하는지 아세요?"

"글쎄."

"디비뎌(져)서 자도 된다고 디비디래요. 후후. 그러니 잠이 오면 잠시 눈을 붙이세요. 전 저 영화 다 보고 눈을 붙이든지 할게요. 저 중국 영화 의외로 재미있는데요."

내가 잠든 사이에 이 친구가 어떻게 하면 어쩌지, 하는 생각이 스쳤지만 나는 여지없이 잠 속으로 미끄러져 갔다.

나는 국민학교 3학년 무렵에 그 일을 당한 것이 꿈속에서인지 생시에서인지 확언을 할 수가 없다. 오전반 수업을 마치고 내 짝과 함께 아무도 없는 우리 집으로 왔는데 어느새 둘은 벌거벗고 있었다. 좀 야무지게 생긴 내 짝이 내 몸을 쓰다듬으며 슬그머니 나를 눕히더니 배가 방바닥에 닿도록 돌려놓았다. 내 짝은 제법 빳빳해진 사타구니 물건을 내 엉덩이 사이에 집어넣고는 청춘 영화에서 신성일이 엄앵란에게 하던 몸짓을 흉내 내었다. 내 짝이 물건을 내 항문에 넣은 것 같지는 않았는데, 그렇게 여겨진 것은 그 부분이 아프다는 느낌보다는 간지럽다는 느낌을 받았기 때문이었다. 간지럼은 묘한 쾌감을 나에게 안겨 주었고 내 짝 역시 그런 몸짓을 통하여 간지럼을 느끼는지 자꾸만 헉헉대었다.

"니 궁뎅이는 보드라바서 빠구리하기에 딱 좋다이. 니 궁뎅이는 보지 같다이."

내 짝이 내 귀에 속삭이는 말이 그렇게 싫지는 않았다. 나도 그 무렵 보지를 무한히 동경하고 있었으니까.

"팔각정에 가서 쉬었다 가요."

양숙이 껌 기운이 떨어졌는지 두 팔 두 다리를 허공에 휘저으며 나에게 호소하듯이 말했다. 그때였다. 선두에서 돌계단을 올라가고 있는 내 바로 앞에 막대 사탕 하나가 떨어져 있는 것이 눈에 확 들어왔다. 다시 말해, 내 바로 앞 돌계단 위에 제물처럼 얹혀 있는 막대 사탕 하나가 눈에 확 들어왔다. 막대가 온전히 그대로 꽂혀 있는 사탕이었다. 그런데 사탕 알은 반쯤 깨어져 달아나 있고 잔돌 섞인 흙가루를 잔뜩 뒤집어쓰고 있었다.

나는 순간적으로 허리를 굽혀 그 막대 사탕을 집을 뻔했다. 손을 뻗어 그 막대 사탕을 집어 올려 입에 넣었다가 빼면서 잔돌 섞인 흙가루를 혀와 입술로 훑어 내어 뱉어 내고는 사탕을 다시 입에 넣어 한 번이라도 빨아먹으면, 사탕을 깨물어 먹는 것이 아니라 살짝 빨기라도 하면 기운이 불끈 솟아오를 것만 같았다. 하지만 나는 어느새 막대 사탕을 건너 다음 돌계단에 발을 올려놓고 있었다. 그러면서 간절히 원했다. 내 뒤에 오는 학생들 중 한 사람이 온갖 용기를 다 내어 그 막대 사탕을 집어 올리기를. 그리하여 그 막대 사탕을 돌아가면서 빨아먹을 수 있기를.

나는 팔각정으로 다가가면서 기대에 찬 눈길로 뒤돌아보았다. 그런데, 그런데, 아무도 막대 사탕을 손에 들고 있지 않았다. 막대 사탕은 아직도 여전히 저 아래 돌계단에 모셔져 있었다.

"야앗!"

나의 황당한 기대를 크게 꾸짖는 듯한 일갈(一喝)에 깜짝 놀라 팔각정 쪽을 바라보았다.

"야호!"

어느 혈색 좋은 중년 남자가 등산용 지팡이를 짚고는 저 아래 펼쳐진 저동항을 향해 호연지기를 발하고 있었다. 저동항 촛대바위가 펜촉처럼 아련히 내려다보였다.

갑작스러운 고함에 충격을 받았는지 내 몸에서 맥이 쑥 빠지는 느낌이었다. 한순간, 왼편 가슴이 찌르듯이 아파 오면서 심막이 말라붙는 것 같았다. 심장은 1분에 평균 70번을 뛰는데 한 번에 70밀리리터의 피를 뿜어낸다고 하지 않는가. 수명이 70세라면 일생동안 심장이 25억 번 뛰는 셈이다. 심막은 심장을 싸고 있는 막으로 심낭이라고도 하는데 좌우 심실벽이 약해져서 파열되는 경우 심낭 안으로 피가 유출되어 심장 압박으로 사망하기 십상이다.

예수가 십자가에서 바로 그런 심장 파열로 죽었기 때문에 로마 군사가 창으로 심장 쪽을 찌르자 혈장이 분리되어 피와 물이 흘러 나왔다고도 하지 않는가.

이러다가 울릉도 성인봉 골짜기에서 예수처럼 급사할지도 모른다는 공포가 밀려왔다. 나는 허겁지겁 팔각정을 기다시피 올라가 난간을 따라 이어진 긴 나무 의자에 몸을 뉘었다. 아까 체면 불구하고 막대 사탕을 집어 빨아먹었으면 이런 일이 없을 텐데 하는 후회가 몰려왔다. 정녕 그렇다면 알량한 체면이 나를 죽인 꼴이었다. 내가 교수 체면에 막대 사탕을 집을 수 없었다면 너희들이라도 집었어야 하지 않는가, 학생들에 대한 원망도 일었다.

"교수님, 교수님, 갑자기 왜 이러세요?"

학생들이 달려와 내 안색을 살피며 당황해했다. 갑자기? 갑자기가 아냐. 몇 시간째 허기와 갈증으로 헤매다 서서히 이 지경이 된 거야.

나는 간신히 팔을 들어 길가 수풀을 가리켰다. 학생들이 내가 가리킨 쪽으로 머리를 돌리고는 고개를 갸우뚱했다.

"무엇을 가리키시는지?"

"산죽."

내 입에서 신음 같은 소리가 새어 나왔다.

"매점도 안 보이는데 죽이라니요?"

"산죽, 산대."

"아, 산대나무요?"

오민이 내 말뜻을 알아들었는지 길가에 우거진 산죽을 한움큼 뜯어 왔다. 내가 산죽 잎사귀 사이를 손가락으로 가리키자 오민이 거기서 여린 순 같은 풀줄기를 뽑아내었다. 아마도 그 부분이 잎사귀 사이에서 비어져 나와 또 다른 줄기와 잎사귀를 만들어 낼 것이었다. 아직은 부드럽고 여려 띠풀의 삘기처럼 씹어 먹을 수 있었다.

나는 오민이 건네주는 산죽 속줄기를 게걸스럽게 받아 먹었다. 어릴 적 앞산 산소 근처에서 뽑아 먹던 삘기 맛에는 미치지 못했지만 그런대로 씹어 먹을 만했다. 입안에 물컥물컥 퍼지는 풀 냄새도 그리 역하지 않았다. 물기도 약간 배어 있어 목을 축여 주는 것 같기도 했다. 산죽 속줄기를 몇 개 먹고 나자 다시 심실과 심막 기능이 돌아오는 듯했다.

"후, 이제 좀 살겠네."

내가 길게 한숨을 내쉬자 학생들의 얼굴에 안도의 기색이 번졌다. 그러더니 학생들도 산죽 무더기로 달려가 속줄기를 뽑아 씹어 먹기 시작했다. 우리는 남부군 빨치산이 된 기분이었다.

바람등대에 이르자 성인봉까지 800미터가 남았다는 표지판이 세워져 있었다. 우리가 허기와 갈증으로 허우적거리면서도 왔던 길로 되돌아가지 않은 것은 성인봉 너머에 나리분지가 있기 때문이었다. 성인봉에만 이르면 나리분지로 금방 내려갈 것이고 거기서 버스나 택시를 타고 도동 숙소로 돌아오면 고된 여정에 종지부를 찍을 것이라는 계산이 있었다.

바람등대를 지나면서도 우리는 산죽 속줄기를 삘기 뽑듯이 뽑아 먹으며 갔다. 800미터만 참아 내자. 우리는 이를 악물었다. 계단 하나에 작은 통나무를 하나씩 깔아 놓은 등산로는 점점 가팔라졌다. 숨이 턱에 차오르고 산죽 풀냄새가 코로 새어 나왔다.

바람등대라서 그런지 사방에서 바람이 드세게 불어와 땀을 식히는 바람에 슬슬 서늘한 기운이 느껴졌다. 나와 오민은 손에 든 엷은 점퍼를 티셔츠 위에 걸쳤다. 오민은 언제 가져왔는지 카우보이를 연상케 하는 모자까지 꺼내 머리에 썼다.

"교수님, 제가 편입 시험 치를 때 작문 제목이 뭐였는 줄 아세요?"

오민이 모자를 만지작거리며 물었다. 나는 그 모자를 보고는 얼른 대답했다.

"모자였지."

편입 시험은 경쟁률이 만만치 않았다. 평균 50 대 1은 넘었다. 어떤 해는 70 대 1, 80 대 1이 되기도 했다. 이런 식으로 나가다가는 100 대 1이 되는 날도 올 것이었다. 글깨나 쓴다는 학생들 수십 명 중에서 가장 높은 평점을 받아야만 겨우 합격할 수 있었다.

그날도 편입 시험 문제를 내기 위해 나와 또 한 명의 교수가 하룻밤 호텔 방에 감금되다시피 하여 머리를 맞대고 궁리했다. 우선 시사, 경제, 가족, 건강, 환경, 사물 식으로 큰 범주로 나누어 글감이 될 만한 제목을 적어 나갔다. 그런 중에 여섯 개의 제목이 정해졌다. 그다음 그 제목을 적은 종이를 각각 봉투에 넣고 풀을 발라 봉인했다.

그러면 입시 관련 책임자가 와서 여섯 개의 봉투 중에서 하나를 골라 시험 제목으로 삼았다. 대개 채택되었으면 하는 세록은 들어지지 않고 소위 부차적으로 적어 넣은 제목이 골라지는 경우가 많았다.

오민이 때도 마찬가지였다. 다른 좋은 제목들을 제치고 '모자'가 채택된 것이었다. '모자'는 어머니와 아들로 오해될 수도 있으므로 괄호를 치고 한문을 달아 놓았다. 帽子.

그 제목도 또 한 명의 교수가 호텔 방에 갇힐 때 마침 모자를 쓰고 와서 모자 선물 받은 이야기를 하는 바람에 정해진 것이었다.

"오민이는 모자를 성적 메타포로 풀어 가는 바람에 눈에 띄었지. 남자든 여자든 모자를 썼을 때 성적 매력이 더 풍기는 듯이 여겨지는 이유에 대해 초점을 맞췄던 것 같던데."

"처음에 그 제목을 받고는 무척 당황했지요. 전혀 예상치 못한 제목이었으니까요. 그러다가 초등학교 시절 초록 털실 모자를 쓰고 다니던 여학생이 내 마음을 사로잡은 적이 있어 가까스로 글을 풀어 나갈 수 있었지요. 그러다가 제임스 딘의 모자로까지 연결된 거죠. 70 대 1의 경쟁률을 뚫고 합격했을 때 서울대에 합격한 것보다 더 감격스러웠어요. 이제 곧 작가가 될 것 같은 꿈에 부풀었지요. 겨우 시작에 불과한 줄은 모르고 말이죠."

오민이 산죽 속줄기를 또 하나 입에 넣고 오물거렸다. 우리도 성인봉에 도착하기만 하면 문제가 해결될 줄 알았는데 그것이 겨우 시작에 불과하다는 것을 미처 알지 못했다.

"성인봉이다!"

'聖人峯'이라고 세로로 새겨진 바위가 시야에 우뚝 나타나자 모두 흥분된 마음을 가누지 못했다. 우리는 산죽 기운을 힘입어 그 바위를 향해 달려 올라갔다. 사실은 마음만 달려 올라갔다. 우리 다섯 명은 그 바위를 끌어안고, 이미 올라와 있는 등산객에게 부탁하여 장엄하게 기념 촬영까지 했다.

"왜 하필 성인이지?"

"천주교에서 고인이 된 거룩한 성도에게 주로 쓰는 단어인데. 살아생전 봉사와 수고로 고난이 많았거나 순교한 성도를 성인으로 추대하잖아."

"유교에서도 공자 같은 인물을 성인이라고 하지."

"길 잃은 소년을 산신령이 나타나 인도해 주었다는 전설 때문에 성인봉이라 한다더군. 그러니 여기 성인은 산신령을 가리키는 말이지. 하긴 산신령도 아무나 되나. 연못에 빠진 도끼를 찾아 주는 봉사도 해야 하고, 신령하고 거룩해야지."

성인봉 전망대에서 나리분지 쪽을 내려다보니 멀리 송곳봉까지 뻗어 있는 능선이 한눈에 들어왔다. 송곳봉은 정말 송곳처럼 뾰족하여 하늘 한자락을 뚫은 듯했다. 칼데라 분화구가 오랜 세월 함몰되어 형성된 나리분지는 능선에 둘러싸여 길쭉한 평원을 이루고 있었다. 6000만 년 전에는 굉음을 내며 시뻘건 용암을 토해 내면서 하늘 높이 불기둥을 세우고 있었을 분화구가 이제는 적막에 잠겨 있었다. 성인봉에서 달려 내려가면 금방이라도 거대한 화석이 된 그 분화구에 닿을 것만 같았다.

오민이 들뜬 표정으로 나리분지 쪽을 가리키는 화살표를 따라 먼저 등성이를 내려갔다. 나머지 일행은 이제 막 내려갈 채비를 하고 있었는데 등성이 너머 저 아래쪽에서 오민의 목소리가 화급하게 들려왔다.

"교수님, 큰일 났어요!"

우리는 오민이 실족하여 미끄러지기라도 했나 싶어 서둘러 등성이를 내려갔다. 얼마나 경사가 급한지 절벽을 타고 내려가는 것만 같았다. 오민은 등성이 아래, 오징어가 그려진 이정표 앞에 우두커니 서 있었다.

"이거 보세요. 4.4킬로미터라고 되어 있어요. 나리분지까지요. 지금껏 우리가 온 거리보다 더 멀어요."

"아니, 이 팻말이 왜 여기에 서 있지? 성인봉 쪽에 서 있어야 사람들이 나리분지로 내려갈 것인가 되돌아갈 것인가 결정할 수 있을 거잖아."

"이 팻말이 성인봉 쪽에 서 있으면 등산객들이 나리분지 쪽으로 내려오지 않을까 싶어 여기에 세워 놓은 것 같은데요."

"일단 여기까지 내려오면 성인봉 쪽으로 다시 올라가는 것은 포기하고 말 거니까. 나리분지 사람들 관광 수입 때문에 그러나."

"하긴 초입에서 등산로 안내도만 자세히 보았어도 우리가 이런 실수는 하지 않았을 텐데."

모두 한마디씩 늘어놓았지만 이제 어쩔 수 없는 노릇이었다. 그 이정표를 성인봉 근처에 세우지 않고 등성이 아래 세운 사람들의 뜻을 따라 나리분지 쪽으로 나아가는 수밖에 없었다.

"이제부터는 계속 내려가는 길만 남았으니까 생각보다 빨리 나리분지에 도착할 거야. 자, 가자고."

태식이 앞장서며 학생들을 격려했다. 나리분지로 내려가는 길은 그야말로 내리막의 연속이었다. 계단도 제대로 이어져 있지 않아 그대로 엉덩방아를 찧으며 흙바닥을 미끄러져 내려가야 했다.

내려가는 일도 올라가는 것 못지않게 힘이 들어 어느새 산죽 기운은 다 달아나고 말았다. 이제는 주변에 산죽도 잘 보이지 않았다. 다시금 말들이 없어지고 각자 고독한 침묵 속으로 들어갔다. 이미 산속은 어스름이 내리고 있었다. 그 어스름 속을 다섯 조상(彫像)들이 묵묵히 움직이고 있었다. 간혹 미끄러지면서 아아, 으으, 약한 신음을 내는 것 외에는 다른 소리가 없었다.

"아아악!"

이번에는 약한 신음이 아니었다. 양숙이 미끄러지다가 곤두박질을 치며 물이 얕게 흐르는 고랑에 처박히고 말았다. 모두 달려가 양숙을 일으켜 세웠으나 이미 발목이 접질러져 걷기가 힘들게 되었다. 태식과 오민이 양옆에서 부축해 보았지만 별로 효과가 없었다. 결국 남자들이 양숙을 돌아가면서 업고 가기로 했다. 태식은 화상당한 팔의 근육에 문제가 있을 것도 같아 주로 나와 오민이 양숙을 번갈아 업고 갔다.

양숙을 업으면 그 무게가 만만치 않아 두 다리가 휘청거릴 지경이었다. 옅은 분홍빛 체육복을 입은 양숙의 젖가슴이 등판으로 느껴지고 둔부가 두 팔과 손바닥에 느껴지는 것은 어쩔 수 없는 일이었다. 나에게 양숙은 학생이면서 성숙한 여성이었다. 학과의 여학생들이 학생이면서 여성이라는 사실을 부인할 수 없었다.

남자들을 만나거나 남자들 사이에 있으면 왠지 불편해지는 내가

80퍼센트 이상이 여학생인 학과의 교수가 되어 주로 여학생들 사이에 있다는 것이 다행인지도 몰랐다. 여학생들을 대할 때 학생과 여성의 함수관계에서 배분점을 잘 맞추어야 하는 난제(難題)가 있긴 하지만. 여학생 제자에 대한 관심과 사랑에서 여성이라는 요소를 전적으로 배제할 수 있을 것인가.

양숙은 드물게도 소설론 시험 답안지로 나를 크게 감동시킨 학생이었다. 르네 지라르의 욕망의 삼각형 이론을 구체적인 작품에 적용하여 거의 완벽하게 답안을 완성했다. 글씨도 얼마나 단정하고 깔끔했는지. 양숙의 답안지에 반했다는 것은 양숙에게 반했다는 말이기도 했다. 그런데 이상한 것은 그런 감정이 남녀 관계의 연애 감정과는 사뭇 차원이 다르면서도 어떤 교집합적인 요소는 지니고 있다는 점이었다. 아가페와 에로스가 합해진 듯한 기묘한 감정. 아가로스라고 해야 할지, 에가페라고 해야 할지.

문득 지금껏 내가 살아오면서 한 번도 여성을 업고 걸어 본 적이 없다는 사실을 깨달았다. 젊은 날에 종교의 무게에 눌려 연애를 경원시하고 연애다운 연애를 해 본 적이 없기에 더욱 그러했다. 어찌어찌 결혼을 하고 나서도 아내를 업고 걸어 본 적이 한 번도 없었다.

"교수님, 내가 무거워 힘드시지요?"

양숙이 두 팔로 내 목을 감은 채 내 귀에다 가만히 속삭였다.

"아니. 생각보다 가벼운데. 이 정도쯤이야. 양숙이 다른 학생들 따라 통구미 몽돌해변으로 놀러 갔으면 이 고생 안 할 텐데 괜히 나를 따라와서 고생이 많네."

"울릉도 와서 성인봉 한번 안 올라 보고 가는 것도 뭐해서 말이죠. 아무튼 이번 졸업 여행은 두고두고 좋은 추억거리가 될 거예요. 일단 여기서 살아 나가면 말이죠. 호호."

양숙이 웃음소리를 내자 어느새 주희가 다가와 놀렸다.

"양숙이 너 꾀병이지? 교수님 등에 업히고 싶어서."

"야, 너야말로 교수님에게 안기고 싶어서 바다에 빠지는 척했잖아. 내가 다 알아."

"교수님 솔직히 말해 주세요. 지금 양숙이를 느끼고 있는 거죠? 내 느낌이 좋아요, 양숙이 느낌이 좋아요?"

'느낀다'는 말이 요즘 어떤 의미로 쓰이고 있다는 것은 잘 알고 있었다. 주희는 피로한 기색이 역력한데도 익살스러운 표정을 지으며 내 대답을 기다렸다.

"이렇게 힘들게 업고 가는데 느끼긴 뭘 느껴."

"이렇게 해도 못 느끼세요?"

양숙이 내 말이 서운했는지 두 팔로 내 목을 더욱 세게 끌어안았다.

"그래 그래, 느낀다고 치자. 둘 다 느낌이 좋아. 이제 됐어? 쿠욱 쿠욱, 아이쿠, 목 졸려 죽겠네. 이거 풀어."

"교수님 벌써 삼각관계가 된 거예요?"

태식이 너털너털 겨우 걸으면서 한마디 던졌다. 아닌 게 아니라 어떤 순간에는 수많은 여학생들 속에서 삼각관계가 아니라 수십각 관계를 이루고 있는 듯한 착종(錯綜)을 느낄 때도 있었다. 수십 개의 코로 엮어진 그물 위에서 코를 요령껏 잘 밟아 가며 몸을 오롯이 가누고 있어야 했다. 그렇지 않으면 내 욕망의 무게로 그물이 처져 그만 그물에 덮이고 말 것이었다.

지난 학기 소설론 교재로 활용한 르네 지라르의 『낭만적 거짓과
소설적 진실』에서 한 구절을 발견하고 잠시 숨이 멎은 적이 있었다.
전에도 읽었을 텐데 그날 처음 읽는 것처럼 여겨지는 구절이었다.

"뤼시앵 뢰벤의 경우에는 신화적인 육군 대령 뷔장 드 시실을 생
각하면서 샤스텔레 부인에게 막연한 욕망을 품게 되는데, 이런 막연
한 욕망은 당시의 귀족계급의 다른 어떤 여자를 욕망할 수도 있는
것이다."

'막연한 욕망'이라는 단어가 묘한 울림으로 뇌리에 와 박혔다. 어
떤 행동이나 사건도 없으면서, 대상을 확실히 붙잡지도 않으면서 늘
무엇인가 욕망하는 상태, 그래서 언제라도 대상이 바뀔 수 있는 부
유(浮游)하는 욕망. 그 막연한 욕망의 그물 위에서, 수시로 출렁거리
는 그물 위에서 몸을 가누느라 내가 지쳐 가고 있었다.

"교수님, 이제 교대하시죠."

오민이 내 뒤로 다가와 나에게서 양숙을 받아 가려 했다. 양숙은
미안하다면서 엉거주춤 오민의 등에 업혔다. 오민은 같은 또래의 청
년이기에 양숙의 몸의 감촉에 더욱 민감할 텐데도 오히려 나보다 더
덤덤한 표정을 유지하는 듯했다.

저 녀석, 여자의 몸에 관심이 없는 것 아냐. 문득 이런 생각이 들
자 나도 모르게 비씩 입꼬리가 실룩거렸다.

오민은 자꾸만 아래로 처지는 양숙의 몸을 떠받아 올리며 무거
운 걸음을 옮겼다. 다시금 모두 말할 기운을 잃고 산길을 헤쳐 나아
가기만 했다.

새벽 5시에 학교를 출발한 버스는 아침 9시쯤 동해항에 도착했다. 그런데 동해항은 묵호항이었다. 주차장에서 내리니 '묵호항 여객선 터미널'이라는 간판이 바로 눈앞에 걸려 있었다.

"왜 동해항이 묵호항이지?"

학생들이 수군거렸다. 이쪽 지역 출신인 한 학생이 그 이유에 대해 잠시 설명해 주었다. 나는 동해항보다 묵호항이라는 말의 울림이 훨씬 좋다고 여겨지면서, 동해시로 바뀌었는데도 여전히 묵호항이라는 말을 사용하는 대아고속해운회사에 감사를 드리고 싶었다.

"묵호를 아는가"를 "동해를 아는가"라고 하면 얼마나 멋쩍을 것인가. 『묵호를 아는가』라는 소설집을 내어 혜성처럼 문단에 등단했던 작가가 「떨림」이라는 작품에서는 여성의 몸의 감촉을 주로 다루었다. 하긴 등단작에서도 바다의 감촉을 여성의 몸의 감촉인 양 감각적인 문체로 묘파했다. 「떨림」은 "여성을 아는가"에 다름 아니다.

남성은 여성을 몰라야 한다. 몰라야 떨림이 지속되는 법이다. 조금 전 양숙의 몸의 감촉을 온몸으로 느끼던 내 감정의 정체도 굳이 알려고 해서는 안 된다.

날은 이제 어둑어둑해져 주변 능선도 윤곽만 아스라히 드러내고 있었다. 성인정을 지나자 어디선가 진한 나리 향 같은 향기가 풍겨 왔다.

"이게 무슨 향기지? 몸이 하도 지쳐 환향(幻香)을 맡는 것인가."

태식이 코를 흥흥거리며 사방을 둘러보았다.

"신령한 존재가 나타나면 향기도 따라온다고 하던데. 산신령이 오시나."

주희가 슬쩍 우스갯소리를 했다.

"앗, 저기 산신령이 오신다!"

내가 어둑한 골짜기를 가리키며 고함을 버럭 내지르자 주희가 아악, 비명을 지르며 내 품으로 뛰어들었다. 주희 상체의 감촉이 가슴으로 와락 전해져 왔다.

"놀라기는. 주희 겁쟁이네. 후후."

"그렇게 갑자기 소리를 지르시면 어떡해요? 애 떨어질 뻔했네. 호호."

아닌 게 아니라 그 골짜기를 바라보고 있으니 정말 허연 덩어리가 이쪽으로 다가오고 있는 것도 같았다. 그것은 군락을 이루고 있는 섬백리향 꽃나무들이었다. 마침 꽃들이 흐드러지게 피어 있었는데 안쪽에서부터 연분홍으로 물들고 있는 중이어서 아직 가장자리 꽃들은 흰색을 띠고 있었다. 향기가 100리나 간다 하여 백리향이라 하고 울릉도에서만 자생하는 종류라서 섬백리향이라고 했다.

섬백리향 향기 속을 지나 신령수 약수터에 이르렀다. 우리는 약수터로 달려가 오아시스를 만난 낙타처럼 무릎을 꿇다시피 하여 벌컥벌컥 물을 마셔 댔다.

"아아, 아."

물맛 좋다는 말도 차마 하지 못하고 그저 모두 감탄사만 발했다. 물이 충분히 들어가자 그야말로 우리 몸이 신령하게 변하는 것 같았다. 아예 신령(神靈)이 된 기분이었다. 거멓게 타들어 가던 태식의 얼굴도 희멀겋게 펴졌다.

신령수로 신령이 된 우리는 그제야 눈이 밝아져 주변 풍광을 차분히 둘러보았다. 저녁놀이 깔릴 듯 말 듯하는 하늘 아래 양옆에 능선을 거느리고 넓디넓게 펼쳐진 나리분지는 우리를 정성을 다해 포근히 감싸안아 주는 듯했다. 나는 나리분지의 품 안에서 막대 사탕처럼 스르르 녹아내리는 황홀감을 맛보았다.

어제 배를 타고 울릉도 해안을 일주하면서 맛보았던 황홀감도 되살아났다. 죽도와 관음도를 지나 삼선암과 코끼리 바위인 공암 들을 광활한 바다를 배경으로 둘러보면서 그 장엄미에 압도당하지 않을 수 없었다.

독도보다는 큰 섬으로 여겨지는 죽도에는 집 한 채가 있고 노인 부부가 거기 살고 있었는데 작년 여름 아내가 명이나물을 캐다가 그만 실족하여 절벽으로 떨어져 죽었다고 했다. 그래서 지금은 남편 혼자서 그 섬에 살고 있다고 했다. 노인 한 사람이 살고 있다는 죽도가 그 절벽의 높이만큼 성스러워 보였다. 성스러운 곳에 살고 있는 노인은 이미 성인(聖人)이 되어 있을 것만 같았다.

"정말, 나 오늘 23년 생애가 마감되는 줄 알았어요. 산길을 내려오는데 줄곧 23년간의 일들이 파노라마처럼 내 앞을 지나가더라니까요."

주희가 길게 숨을 내쉬며 미소를 지었다. 나는 주희의 생환을 환영하는 듯 주희 손을 가만히 잡아 주었다. 땀이 약간 배어 있는 통통한 손의 감촉이 손바닥 가득 퍼졌다. 그와 함께 아가로스 혹은 에가페의 감정이 섬백리향 향기처럼 내 가슴속으로 젖어 들었다.

"교수님, 30초 동안 내 손을 계속 잡고 걸으면 저랑 사귀시는 거예요. 후후."

나는 속으로 스물까지 세다가 슬그머니 주희 손을 놓아주었다.

투막집과 너와집이 있는 민속마을을 시나 금 디 내려가니 공군 마크가 철문에 선명하게 새겨진 군부대가 나왔다. 폭 내려앉은 나리 분지에 공군 부대가 있는 것이 자못 어울리지 않는 느낌이었지만 은폐하기에는 이 지역이 제격이기도 했다.

부대 담벼락을 오른편에 끼고 가다가 논길로 접어들자 저 건너편에 불을 밝히고 있는 음식점이 보였다. 간판에 비 어쩌고 하는 문구가 크게 적혀 있었다.

"비빔밥이다!"

우리는 어린아이처럼 깡충깡충 뛰며 일제히 함성을 질렀다. 어느새 우리 입에는 군침이 돌기 시작하고 발걸음이 한껏 경쾌해졌다.

우리도 한나절 동안에 극한 고난을 통해 성인(聖人)이 되어 있었다. 성인봉 다섯 봉우리가, 두 봉우리는 겹쳐진 채 우람하게 비빔밥 집으로 들어서고 있었다.

있을 수 없는 고백

「그린 마일」이라는 영화가 있지요. 그린 마일은 전기의자 사형 집행장으로 이어지는 초록색 복도를 가리키는 말이지요. 지금도 미국 교도소에 그런 복도가 있는지는 모르지만 1935년 대공황기 미국 루이지애나 콜드 마운틴 교도소에는 분명히 있었지요.

그러고 보니 「콜드 마운틴」이라는 영화도 있었군요. 「잉글리쉬 페이션트」라는 빼어난 영화를 감독한 안소니 밍겔라가 만든 영화였지요. 주드 로, 니콜 키드먼이 열연한 제법 감동적인 영화로 기억되는군요. 차가운 산이라는 영화 제목답게 하얀 눈으로 뒤덮인 화면들이 많았어요. 남북전쟁 시 탈영병을 사랑한 한 여인의 애절한 이야기라고 할까요. 하얀 눈밭에 번지던 그 핏빛이 인상적이었지요.

「그린 마일」에 나오는 교도소의 차가운 분위기를 감안할 때 콜드 마운틴이라는 지명이 사뭇 어울리는군요. 원작자인 미국의 인기 작가 스티븐 킹은 지명에서부터 세심한 배려를 하고 있군요.

영화는 유명한 재즈곡인 어빙 벌린의 「칙 투 칙(Cheek To Cheek)」으로 시작되지요. 사실 그 노래도 「탑 햇」이라는 영화에서 흘러나오는 음악이지요. 그 노래 가사 앞부분을 조금 번역해 보면 이렇지요.

천국, 나는 천국에 있어요
내 심장은 말을 할 수 없을 정도로 뛰고 있네요
그리고 난 내가 찾던 행복을 찾은 것 같아요
우리가 함께 나가서 뺨을 맞대고 춤을 추는 이 순간

미국 배우 중 가장 우아한 춤꾼으로 알려진 프레드 아스테어가 여배우 진저 로저스와 함께 춤을 추며 「칙 투 칙」을 구수하게 부르지요. 그 장면을 보고 있던 폴이 갑자기 울음을 터뜨리지요. 100세가 넘은 그가 60년 전 콜드 마운틴 교도소 간수장으로 있을 때 겪었던 일을 친구인 엘런에게 들려주지요.

하루는 존 커피라는 죄수가 이송되어 왔는데 그는 키가 2미터나 되고 체중은 140킬로그램이나 나가는 거구의 흑인으로 소녀 강간 및 살해죄로 사형선고를 받은 사형수지요. 그는 다만 피투성이로 죽어 가고 있는 아홉 살 소녀를 도우려고 달려갔다가 억울한 누명을 쓰게 되었지요. 그 소녀를 안고 그 고통을 마음으로 느끼며 울고 서 있다가 체포되었어요.

커피에게는 특이한 능력이 있었어요. 세상 사람들의 고통에 공감하는 능력이지요. 특히 병든 사람의 고통을 자기 몸에 빨아들여 그 나쁜 기운을 입으로 뿜어냄으로써 병을 낫게 해요. 간수장 폴은 요로 감염증으로 오줌도 제대로 누지 못하고 부부 생활도 잘 하지 못하는 남모르는 고통 중에 있었는데, 커피가 그 사실을 알고 폴을 철창 가까이 오도록 하여 손을 내밀어 폴의 사타구니 부분에 대고는 입으로 나쁜 기운을 토해 내지요. 그 이후로 신기하게도 폴은 시원하게 오줌도 누게 되고 아내를 오르가즘의 절정으로 끌어 올릴 수도 있게 되지요.

그런 식으로 커피는 크고 작은 치유의 기적들을 교도소에서 은밀하게 일으키지요. 그럴 적마다 커피는 치료받는 대상의 고통을 함께 느끼며 괴로워해요. 커피 자신이 그 고통과 괴로움에서 벗어나기 위해서는 몸으로 빨아들인 나쁜 기운을 입으로 뿜어내어야만 하지요. 남의 병을 함께 앓으면서 고치는 그 괴로운 일을 그도 어쩔 수 없이 할 수밖에 없어요. 그 괴로움이 하도 심하여 커피는 빨리 사형 집행이 이루어지기를 바랄 정도가 되지요.

커피가 폴에게 하소연하듯이 중얼거리지요. "나는 내가 보고 느끼는 고통으로 이제 지쳤어요. 혼자 걸어가기에도 지쳤어요. 사람들이 서로 추한 짓을 하는 것을 보는 데도 지쳤어요. 사람들을 돕고 싶었는데도 돕지 못한 일들이 나를 지치게 하고, 둘러싸고 있는 어둠이 지치게 해요. 나는 더 이상 버틸 수가 없어요."

그 순간의 커피는 세상 죄와 고통을 다 짊어지고 십자가에 달렸다는 예수를 떠올리게 하지요. 예수도 세상의 죄와 고통을 함께 느끼다가 하도 지쳐서 죽음을 자초했는지도 모르지요.

세상의 법정은 천사와 같은 커피를 결국 전기의자 위에 앉히고 말아요. 간수장 폴은 커피가 무죄인 것을 알면서도 거대한 권력 앞에 무력감만 느낄 뿐이지요. 커피는 그렇게 전기의자에서 연기를 피우며 타들어 갔지만 폴에게 100세도 넘게 살 수 있는 생명력을 공급해 주고 떠났어요. 콜드 마운틴, 차가운 산의 냉기를 녹여 주는 훈훈한 커피의 체온이 여운처럼 남는 영화이더군요.

내가 「그린 마일」 영화 이야기를 좀 장황하게 늘어놓고 있는 것은 나 자신이 영화에서가 아니라 현실에서 바로 커피와 같은 존재를 만났기 때문이지요. 어쩌면 작가 스티븐 킹도 커피와 비슷한 인물을 만난 체험이 있었는지도 모르겠어요.

세상에는 과학적인 상식으로는 도저히 납득이 되지 않는 일들이 일어나고 있음은 이제 상식이 되고 말았지요. 단지 그러한 일들이 현재의 과학 수준으로는 제대로 파악이 되지 못하고 있을 뿐이지요. 토마스 쿤이 『과학혁명의 구조』에서 말한 것처럼 낡은 과학의 패러다임이 새 패러다임으로 대체되면 기적이라는 단어조차 사라질지도 몰라요. 사실 가장 평범하게 보이는 일들도 따지고 보면 기적 아닌 것이 없지요. 우리가 쉬고 있는 한 숨 한 숨이 다 기적이지요. 50여 년 동안 일부일처제를 지키는 알바트로스의 애무 춤과 입맞춤도 기적이고요.

의학 지식으로는 설명할 수 없는 병 치료의 사례들이 한두 가지가 아니라는 것은 이미 널리 알려져 있는 편이지요. 그런 사례들과 관련하여 주로 언급되는 단어가 '신유(神癒)'이지요. 인간의 힘이 아니라 신의 힘으로 고친다는 뜻인데 신의 힘도 인간을 통해서 발휘되는 법이 아닌가요. 양해를 해 준다면 내가 아는 상식을 동원하여 신유 현상에 대해 좀 설명해 드리지요.

우선 신유의 형태에 대해 말씀드리지요. 대개 신유의 형태는 오럴 로버츠식과 캐서린 쿨만식으로 나눌 수 있어요. 이건 미국 사람의 이름을 빌려 내 나름대로 분류해 본 것이지 누구의 학설이나 이론도 아니지요.

오럴 로버츠식은 한 사람 한 사람을 대상으로 머리나 신체 부위에 소위 안수라는 것을 하여 병을 고치는 방식이지요. 오럴 로버츠라는 사람에 대해서는 구체적으로 소개하지 않겠어요. 궁금하신 분은 인터넷 검색란에 그 이름을 쳐 보면 될 테니까요. 이제 소설가도 독자들의 인터넷 검색을 힘입어 가며 소설을 써도 될 것 같군요. "제가 일일이 다 설명할 필요 없이 이러이러한 것을 잠시 인터넷에서 검색해 보십시오. 자, 이제 어느 정도 그 사항에 대해 아셨지요? 그럼 다시 이야기를 이어 갑니다." 이런 식으로 소설을 써 나갈 수도 있겠다 싶군요. 이건 여담이고요.

오럴 로버츠는 교회에서 설교를 하다 말고 오른팔을 높이 들며 신의 힘이 임했음을 선포하지요. 그러면 예배나 설교가 중단되고 사람들이 오럴 로버츠 앞에 죽 줄을 서서 차례로 안수를 받기 시작해요. 수백 명을 일일이 안수하자니 오럴 로버츠로서도 보통 일이 아니지요. 그냥 손을 얹는 것이 아니라 거의 내리치다시피 하니 팔이 빠질 지경이지요. 하지만 힘들다고 그만둘 수도 없는 노릇이지요. 불가항력적인 신의 힘이 오른팔에 이미 내려와 버렸는걸요.

그런데 여성인 캐서린 쿨만은 그와 같이 안수하지 않고 예배나 설교 중에, 어디 어디에 앉은 사람이 어떤 병으로 고생하고 있는데 지금 낫고 있다는 식으로 선포하지요. 어느 부흥사들은 서로 짜고 사람들을 속이기도 하지만, 캐서린 쿨만은 실제로 나은 사람들의 수많은 증언들에 의해 보증을 받은 셈이지요.

로버츠든 쿨만이든 두 사람이 주도하는 모임에는 사람들이 구름 떼같이 몰려들었어요. 한번은 오럴 로버츠가 소문으로만 들었던 캐서린 쿨만 모임에 몰래 들어가 과연 어떻게 신유가 이루어지나 훔쳐보았대요. 그러고는 캐서린 쿨만이 자기보다 한 수 위라는 것을 인정하지 않을 수 없었다나요. 신에게 불평하는 마음까지 생겼지요. 왜 자기에게는 캐서린 쿨만식으로 사람들의 병을 고치도록 하지 않고 일일이 고생스럽게 안수하게끔 하느냐고요. 하지만 불평해도 소용없는 일이지요. 신의 힘이 각기 다른 방식으로 발휘되도록 작정되었으니까요.

그런데 캐서린 쿨만은 모임을 인도하러 여기저기 다니는 중에 갑자기 객사를 한 데 반해, 오럴 로버츠는 나중에 오럴 로버츠 대학을 설립하여 총장까지 되었지요. 내 말이 거짓말인가 '오럴 로버츠 대학'을 한번 검색해 보세요.

오럴 로버츠의 영향을 크게 받은 한국의 한 목사가 세계에서 가장 큰 규모의 교회를 여의도에 세우게 되지요. 폐결핵을 심하게 앓은 전력까지도 비슷해서 설교도 어슷비슷한 경우가 많아요. 그 교회도 오럴 로버츠처럼 대학을 세웠네요. 그런데 그 목사가 신유의 능력을 펼치는 방식은 오럴 로버츠가 아니라 캐서린 쿨만식이지요. 그 목사도 예배 중에 "2층 몇째 줄에 앉아 있는 분이 지금 자궁암이 낫고 있습니다." 식으로 선포하지요.

한번은 그 목사가 그런 선포를 할 수 있는 비결에 대해 고백을 했는데, 자기 눈앞에 텔레비전 화면 같은 것이 펼쳐지고 어떤 병에 걸린 사람이 어느 자리에서 낫고 있는가 보인다고 하데요. 그래서 그쪽을 지목해 주면 병이 낫는 사람은 한 사람인데도 그쪽 방면에 있는 사람들이 우르르 일어나서 할렐루야 아멘 한다고 그러더군요. 또 어떤 때는 일반적인 표현으로 사람들이 앓고 있는 갖가지 병이 낫도록 기도하기도 하고 낫고 있다고 선포하기도 하는데, 그러면 교회 여기저기서 사람들이 무더기로 일어나게 되지요. 그만큼 사람들이 많은 병들을 앓고 있나 봐요.

아무튼 그 목사는 아무리 치명적인 병에 걸리고 절망적인 상황에 처해 있더라도 희망을 잃지 말라고 긍정적인 생각을 심어 주는 언변이 대단하지요. 사람들은 비록 병이 낫지 못하고 상황이 호전되지 못한다 하더라도 자기에게 긍정적인 말을 해 주는 사람을 찾게 마련 아닌가요.

나는 미국에서 거주하지 않았기 때문에 오럴 로버츠나 캐서린 쿨만 모임에 나가 본 적은 없지만 여의도 그 교회에 나가 그 목사의 설교와 신유 현장을 목도한 적은 있지요. 사람들이 병이 나았다고 할렐루야 아멘을 외치지만 나로서는 그 사람들이 정말 나았는지 확인할 길이 없더군요. 무엇보다 그 목사는 나에게서 멀리 떨어진 곳에서 설교하고 신유를 선포하고 있었지요. 그 목사의 체취와 체온을 느끼기에는 너무나 먼 거리였어요. 신유라는 것도 나와는 그만큼 먼 거리에 있는 듯이 여겨졌지요.

"맑은 시냇물?"

"그래, 맑은 시냇물이 여기 내 안에서 흐르는 느낌이었어."

고등학교 동기들 모임에서 만난 친구가 오른손으로 자기 배 아래쪽을 만지며 말했어요. 그 친구가 만진 데는 바로 산이 사티 집고 있는 부위였지요. 그는 고등학교 시절에 누구보다 몸이 마른 편이었는데 나중에 만성간염으로 고생을 했다더군요. 그런데 어떤 사람을 만나 만성간염이 깨끗이 나았다는 거예요. 그 사람이 머리 끝부터 발끝까지 지압을 해 주며 간이 있는 부위를 손으로 만지자 거기서 맑은 시냇물이 흐르는 것 같은 느낌을 받았는데 그 이후로 완치되어 건강한 체질로 바뀌었다는 거예요. 아닌 게 아니라 그 무렵 변호사 개업을 하고 있던 친구는 고등학교 시절의 인상하고는 완연히 다르게 건장한 모습이었지요.

나는 속으로 그런 신기한 능력을 가진 사람은 될 수 있는 대로 만나지 않는 것이 좋겠다고 생각하며 친구의 이야기를 가만히 듣고만 있었지요.

그러다가 내가 40대 중반에 무리하게 금식을 하다가 그 후유증으로 거의 죽을 뻔하였을 때 그 친구가 말한 그 사람에 대한 이야기가 생각나서 수소문을 하여 그 사람을 찾아갔지요. 거기에 관한 체험은 이미 소설도 아니고 시도 아닌 형식으로 문학 계간지에 발표하고 책으로도 출간하게 되었지요. 그 책을 읽지 못한 분들을 위하여 간략하게나마 그 이야기를 해야겠군요.

친구가 말한 그 사람은 그 당시 50대 중반의 시골 아주머니였어요. 첫인상이 수더분하여 언뜻 보기에는 특별한 구석이 별로 없는 여자로 여겨졌지요. 내가 자존심을 버리고 그 여자 앞에 무릎을 꿇으며 말했어요.

"내가 죽어 가고 있는 것 같습니다."

"그래요? 누워 보시죠."

사람들이 몇 명 둘러앉아 지켜보는 가운데 내가 눕자 그녀가 손으로 내 목덜미를 만지더군요.

"신경이 죽어 있군요."

그러더니 그녀가 몇 번 손가락들을 움직여 내 목덜미를 주물럭거렸어요. 잠시 후 그녀의 말에 나는 깜짝 놀라고 말았지요.

"신경들이 살아났어요."

미처 그 사실을 확인할 겨를도 없이 그녀가 손가락들로 내 가슴과 배와 다리를 지압을 하듯이 훑어 나가다가 마침내 내 발가락들을 만지더군요. 살며시 손가락을 대고 있는 것 같은데 발가락들이 끊어질 듯 아파 오기 시작하더군요. 칼로 도려내듯 심하게 통증이 몰려와 몸을 뒤틀 수밖에 없었지요. 그러자 내 두 손바닥에서 땀도 아니고 그냥 물도 아닌 이상한 액체가 끈끈하게 흘러나오더군요. 내 평생에 손바닥에서 그런 종류의 액체가 배어 나오는 것은 처음 경험했어요.

"이렇게 손바닥이 축축하게 흘러나와야 살 수 있어요."

그녀는 반색을 하며 내 손바닥의 액체를 자신의 손으로 훑어보더군요. 통증의 진원지인 발가락에서도 그런 액체가 배어 나오는 느낌이었지요. 나는 그 통증이 단순한 육체의 통증만은 아니라는 것을 알았어요. 내 존재 밑바닥을 관통하는 통증이라고나 할까요. 그 통증 속에서 내 온몸의 신경과 혈관들이 힘을 얻어 살아나고 있음을 나는 생생히 느낄 수 있었지요. 맑은 시냇물 정도가 아니었어요. 지리산 계곡 불일폭포 같은 대찬 물줄기라고나 할까요. 마치 바이올린의 현이 처져 있을 때 스크롤 밑의 줄삼개를 깊이서 현을 팽팽하게 하는 것과도 같았어요.

그렇게 팽팽해진 신경의 현으로 처음 연주한 것이 쑥스럽게도 통곡이었어요. 눈에서 쏟아지는 눈물을 주체할 길이 없더군요. 통증이 존재 밑바닥을 관통하자 거기서 맑은 지하수가 솟구치는 듯했어요. 영혼의 관정(管井)인 셈이었지요.

그 이후로 나는 병으로 고생하는 주변 사람들을 그 모임에 데리고 가는 일을 종종 하게 되었지요. 그녀는 시골에서 서울로 올라와 하루 이틀 정도 머물면서 소위 신유의 은사를 베풀었어요. 헌금이나 대가를 받는 것도 아니고 그저 고생스럽게 봉사를 하는 것이었지요. 그녀의 고생 역시 「그린 마일」의 커피와 같은 고생이었지요. 그냥 신묘한 능력이 있어서 사람들의 병을 치료하는 것이 아니라 사람들의 병을 자신이 함께 앓아 가면서 낫게 하는 일을 하더군요. 찾아오는, 아니 찾아올 사람의 병을 미리 앓고 있는 경우가 허다했지요. 어떤 경우는 자기 몸이 나빠서 앓고 있는 것인지, 다른 사람의 병을 앓고 있는 것인지 구분하지 못할 때도 많았어요.

가령 허리 디스크가 심한 사람이 찾아오기 전에 그녀가 미리 허리가 끊어질 것 같다면서 괴로워하지요. 그 모임에서 함께 봉사하는 여자들이 그녀의 허리를 만져 주면서 염려하기도 하지요. 그런데 그 병자가 찾아와 그녀에게 지압을 받고 나면 그녀는 비로소 허리 통증에서 벗어나게 되지요.

그러면 그녀가 다시 환한 얼굴이 되어, "당신이 오려고 내가 그렇게 아팠나 봐요."라고 말하곤 하지요. 앓고 있는 사람을 치료해 주어야 함께 앓는 고통이 수그러드는 일을 하고 있으니 그녀 본인은 세상의 갖가지 병들을 다 짊어지는 셈이지요.

그녀는 병이 낫도록 기도합시다 하는 식으로 종교적인 형식을 갖추지 않고, 찾아오는 한 사람 한 사람을 자기 앞에 눕도록 하고는 소근소근 이 이야기 저 이야기 나누기도 하면서 손으로 만져 주기만 하지요. 본인은 기독교 신자이긴 하지만 상대방의 종교에 대해서 그다지 따지지도 않아요. 오히려 기독교 신자들, 특히 교회 생활을 오래 한 사람들은 고집이 세서 병 치료가 더딘 반면에 불교 신자들은 신심이 깊어서 그런지 잘 낫는 경우가 많다고 농담 삼아 말하기도 하지요. 방사능 탐지기가 지면을 훑으면서 방사능을 감지해 내듯 그녀는 손으로 느껴지는 그 무엇으로 사람들의 증세와 마음 상태를 알게 되는 것 같았어요. 그녀의 손가락들은 고성능 더듬이인 셈이지요.

정신 질환을 앓으며 머리가 복잡한 사람들은 그녀가 손가락을 세워 머리를 쓰다듬듯 만지기만 해도 몹시 아파하지요. 바늘로 머리를 푹푹 쑤시는 것 같다고들 하대요. 오랫동안 위염을 앓아 소화 불량이었던 사람들은 그녀가 손으로 배를 만지면 역시 아파하다가 그녀가 "뚫렸어요!"라고 말하는 순간 희한하게 배의 통증은 사라지고 말아요. 그럴 때는 그녀가 꽉 막힌 하수도를 뚫어 내는 설치 공사 기술자같이 여겨지기도 하지요.

그렇게 병든 부위에 따라 사람들이 아파하는 곳이 다르지만 그녀가 발을 만지는 순간은 어느 누구 할 것 없이 공통적으로 통증을 느끼게 되지요. 물론 몸의 상태에 따라 통증의 강도에 차이가 있긴 하지만요. 어떤 사람은 그녀가 발가락을 심하게 나무라시 이판 줄 알고 "제발 꼬집지 말아 주세요!" 하며 호소하기도 하는데, 그러면 그녀는 빙긋이 웃으며 "한번 일어나 보세요. 내가 발을 꼬집고 있나. 이렇게 대고만 있잖아요."라고 말하곤 해요. 그 병자가 상체를 반쯤 일으켜 발 쪽을 내려다보면 그녀는 일부러 새끼손가락만 가볍게 발에 대고 있기도 하지요. 새끼손가락만 살짝 발가락에 대고 있는데도 병자는 까무라칠 듯이 아파하며 쓰러지듯 도로 뒤로 눕고 말아요.

그녀의 말로는 사람들의 발에서 나쁜 기운이 빠져나오는 것 같다고 하대요. 사실 그녀 자신도 자기를 통해서 일어나는 일들의 원리를 훤히 꿰뚫어 보고 있는 것은 아닌 듯했어요. 다만 수술 도구처럼 쓰임을 받을 뿐인데 수술 도구가 수술의 원리를 다 알지 못하더라도 효과적으로 사용될 수는 있는 법이지요. 물론 그녀는 손가락을 통해 느껴지는 그 무엇으로 어떤 일이 지금 진행되고 있는지는 충분히 파악하고 있는 것 같았어요.

그녀의 손과 손가락들은 증세와 부위에 따라 찌르는 바늘이 되었다가 살을 째고 가르는 메스가 되었다가 속의 것을 집어 내는 핀셋이 되었다가 레이저를 쏘는 내시경이 되었다가 몸을 찜질해 주는 보온판이 되었다가 살을 한 점 한 점 뜯어내는 족집게가 되는 등 갖가지 형용으로 바뀌곤 했지요. 그녀의 의지대로 그런 형용을 하게 되는 것 같지는 않았어요. 그녀도 때때로 "내가 왜 이러고 있지? 지금 무얼 잘라 내고 있는 건가?"라고 의아해하며 반문하기도 하지요. 어떤 때는 "참 신기한 일이네요. 안 그래요?" 하며 스스로 고개를 갸우뚱하기도 하지요.

한번은 그 모임의 봉사자가 그녀를 차에 태우고 병을 앓고 있는 어느 피아니스트의 집으로 향하고 있었대요. 그렇게 차로 이동하는 중에 그녀는 피아니스트의 증세를 미리 앓기 시작하면서 손으로 피아노를 치는 시늉을 열심히 하더래요. 그러다가 팔이 서로 엇갈리는 것을 보고 "어, 팔이 왜 이러지?" 하며 놀라더래요. 봉사자가 설명을 해 주었지요. "피아노를 연주하다 보면 왼손이 오른쪽에, 오른손이 왼쪽에 가 있기도 해요."

조금 있으니 그녀가 이번에는 발을 까딱거리더래요. "피아노를 치는데 왜 발이 까딱거려지지? 손만 움직이면 되는데." 그녀가 의아해하자 이번에도 봉사자가 설명을 해 주었지요. "피아노를 보면 발쪽에 페달이 있어서 음을 세게 내고 싶을 때 누르곤 해요."

내가 그녀를 찾아가기 전에 그녀가 내 증상을 미리 앓은 이야기는 아주 인상적이지요. 그녀는 나를 만나기 며칠 전부터 글을 써야겠다는 생각으로 머리가 터질 지경이었다고 해요. 온갖 아이디어들이 머리에서 떠오르고 금방이라도 펜을 들면 글이 줄줄 나올 것 같더래요. 자신이 겪은 신기한 일들도 많고 인생에 대한 깨달음들도 많은데 글로 남겨 놓아야 한다는 생각이 강박관념처럼 몰려와 잠을 이룰 수 없는 지경이 되었지요. 사실 그녀는 글 쓰는 재능과는 거리가 있었는데 하도 글을 써야 한다고 보채는 바람에 중학교 국어 교사인 남편이 달래느라 혼이 났대요. "당신이 어떻게 글을 쓴다고 그래? 정 쓰고 싶은 것이 있으면 내가 녹음을 해서 써 줄게."

그녀는 남편이 달래는데도 아랑곳하지 않고 서울의 봉사자들에게 장거리전화를 걸어 이제부터 글을 쓰기로 했다고 말하더래요. 봉사자들도 의아해하기는 마찬가지였지요. 갑자기 글 쓰는 재능이 하늘로부터 내려왔나 싶기도 했대요. 그런데 알고 보니 내 증상을 미리 앓고 있었던 거지요. 나를 치료해 주고 나서는 글을 쓰고 싶다는 생각이 사라지고 말았대요.

내가 열흘 이상이나 밤에 거의 한숨도 자지 못하고 식은땀을 흘리며 몸이 말라 가고 있을 때도 '글을 써야 하는데, 앞으로 써야 할 글들이 얼마나 많은데 이렇게 죽어 가고 있다니.' 이런 생각들을 사실 많이 했지요. 그녀가 내 몸을 지압해 줄 때 그녀가 괴롭게 내쉬던 한숨을 잊을 수가 없지요. 어떻게 이런 몸으로 살았나 그녀가 탄식을 하는 것 같았어요.

어느 날 내가 담배 중독에 고혈압 증상이 있는 선배 한 사람을 그 모임에 데리고 간 적이 있었지요. 그녀가 그를 치료하다가 그가 일생 동안 피운 담배 기운을 몸으로 빨아들였는지 "아이고 머리야, 어질어질해." 하며 그만 방바닥에 드러눕고 말았어요. "지독하게 담배를 피우신 모양이군요." 그녀는 쓰러져서 한숨을 내쉬면서도 그 선배 몸을 지압해 주는 것을 멈추지 않았지요.

그런 일종의 전이(轉移) 현상 내지 전이 능력은 그녀뿐만 아니라 그 모임의 봉사자들도 어느 정도는 가지고 있더군요. 좀 더 좋게 표현하면 공감 능력이지요. 내가 아내와의 갈등으로 고민하고 있을 때 내 아내의 심정이 봉사자 중 한 사람에게로 전이되는 일이 일어났지요. 그 봉사자는 내 아내를 본 적도 없고 우리 집을 방문한 적도 없는데 내 아내가 평소에 나에 대해 생각하고 있던 것들을 몇몇 사람들이 모여 있는 중에 적나라하게 털어놓기 시작했지요. 내가 너무 교만하여 아내를 자못 무시하고 살아왔다는 내용이었어요. 그 봉사자의 목소리는 아내의 목소리로 변한 듯 모욕감과 원망, 서운함으로 가득 차 있었지요. 나는 등골이 서늘해지고 말았지요.

내가 또 한 사람을 데리고 갔을 때 중년에 가까운 어떤 남자가 나를 아는 체하더군요. "제가 선생님의 팬이었습니다. 선생님 책이면 다 사서 읽었습니다. 정말 반갑습니다. 이런 자리에서 만날 줄 꿈에도 몰랐습니다." 그가 하도 반가워하여 내가 부담을 느낄 정도였지요.

"어떤 일로 왔나요? 어디 아프신가요?" 내가 조심스럽게 물었지요.

"저는 원래는 한쪽 다리가 짧아 목발을 짚고 다녔지요. 국민학교 때 뜀틀을 뛰다가 골반뼈를 다친 이후로 한쪽 다리가 잘 자라지 않았지요. 백방으로 치료해 보려 해도 소용이 없었고 평생을 불구로 사는 수밖에 없다고 생각했지요. 나중에는 나의 불구를 당연한 것으로 받아들이고 결혼도 하고 아이도 낳고 평범한 직장인으로 살아갔지요. 그러다가 상담을 받을 일이 있어 이곳에 오게 되었지요. 이곳을 찾아올 때만 해도 내 다리가 낫는다는 것은 상상도 하지 못했지요. 그 당시 나를 누르고 있던 마음의 고통만 좀 덜어졌으면 하고 왔지요."

그런데 그녀가 그의 몸을 지압해 주자 골반뼈 근처의 뭉쳐진 신경이 풀려 짧은 다리가 길어지기 시작했다고 했어요.

"거짓말 하나 안 보태고 짧은 다리가 하루에 1센티미터씩 자라

일주일 만에 양쪽 다리 길이가 똑같게 되었지요. 가족들은 물론이고 친척들도 다 놀랐지요. 정말 하느님이란 분이 있는가 보다 하고 교회를 나가기 시작한 친척들도 있었지요."

그는 내 앞에서 두 다리를 뻗어 보이기까지 하며 말에 힘을 주었지요. 이전 같았으면 그의 말을 믿기가 힘들었겠지만 이제는 충분히 그럴 수도 있을 거라는 생각이 들더군요.

"이번에는 어떤 일로?"

"다리가 길어지긴 했지만 아직 근육에 힘이 좀 없어 종종 여기 오지요."

그는 나에게 무슨 은행 로고가 박힌 명함을 건네주기도 했어요.

여기서 그녀의 신유 방식은 오럴 로버츠식도 아니요 캐서린 쿨만식도 아니라는 말을 하고 넘어가야겠군요. 또 하나 그녀의 이름을 따서 누구누구 식이라는 용어가 나올 만도 하지요. 세상에 둘도 없는 특이한 신유 방식인 셈이지요. 「그린 마일」의 커피와는 그 공감 능력에 공통점이 있긴 하지만 그 구체적인 방식은 차이가 많지요.

한번은 캐나다에 가서 주로 병든 교포들을 치료할 때 중국 최고의 기공 치료사를 그녀가 만났다고 하더군요. 그리하여 무림의 대결 같은 것이 벌어졌나 봐요. 기공 치료사는 하루에 서너 명 치료하고 나면 탈진하여 쓰러지기 십상인데 그녀는 하루에 수십 명을 거뜬히 치료하고도 기운이 남는 편이었지요. 그녀가 기공 치료사에게서 기를 받아 보고 나서 그다음 기공 치료사를 지압해 주자 그가 두 손을 들면서 그녀에게 항복을 하더라나요. 그러면서 중국으로 같이 가서 동업을 하자고 제안을 하더래요.

그녀는 사람들을 치료할 때는 여장부 같지만 일상 생활에서는 신호등이 있는 횡단보도도 조마조마하며 건널 정도로 약한 구석도 있나 봐요. 내가 시골에까지 가서 치료를 받은 적이 있었는데 그날 아침에 그녀의 시골집에 가니 남편도 학교로 출근하고 없어 집에는 그녀와 나만이 있게 되었지요. 그 당시 그녀의 집은 전형적인 농촌 가옥으로 마루가 오래되어 삐걱거리기도 했어요. 마당 모퉁이 구기자나무에 빨간 열매가 가득 열려 있더군요.

아무도 없는 집에 내가 들어서자 그녀는 좀 당황스러운 얼굴이 되더군요. 물론 나의 방문을 알고는 있었지만 이런 식으로 치료가 이루어지는 경우는 아주 드문 편이었지요. 그녀는 부엌일을 하다가 나를 맞은 듯했어요. 얼굴이 약간 상기된 모습이 꼭 수줍어하는 시골 아낙네 같았지요. 같았지요가 아니라 바로 시골 아낙네였어요. 나도 집 안의 적막을 느끼며 쭈뼛쭈뼛할 수밖에 없었지요. 내가 너무 염치없이 찾아온 것 같기도 했어요.

"잠시만 기다리세요."

그녀는 나를 큰방으로 안내해 놓고 옆에 달린 작은방으로 건너갔지요. 조금 기다리자 그녀는 치료할 때 주로 입는 통이 넓은 옷으로 바꿔 입고 왔어요. 내가 눈을 제대로 맞추지 못하고 얼핏 훔쳐보니 그녀의 모습은 완전히 달라져 있더군요. 방금 전의 수줍은 시골 아낙네가 아니라 전쟁터에 나온 여장군처럼 위엄 있는 모습이었어요. 머리 모양까지도 달라졌다고 느낀 것은 나의 착각이었겠지요. 그녀가 그런 모습으로 바뀌자 내가 남자라는 생각은 아주 멀리 달아나 버렸어요. 그녀는 권위 있는 의사요 나는 건강이 차츰 회복되어 가

는 초라한 환자에 불과했지요. 그러자 내 마음이 갑자기 편안해졌
어요.

그 넓은 방에 나 혼자 그녀 앞에 누워 그녀의 손길에 내 몸을 맡
겼을 때, 발에서 온몸으로 퍼지는 말할 수 없는 통증 속에서도 나는
오랜만에 어머니 품에, 신의 품에 안긴 듯했어요.

"벌써 죽어서는 아까운 사람이라 여겨져 내가 특별히 도와드리
는 거예요."

그녀의 한마디에 내 눈에 눈물이 핑 돌았지요.

그녀는 어느 문학가 못지않은 비유의 명수이기도 했어요. 사람
몸의 상태나 마음 상태를 표현할 때도 아주 적절한 비유를 써서 속
으로 감탄하는 적이 한두 번이 아니지요. 내 몸이 그렇게 쇠약해진
이유도 진딧물 비유를 들어 표현하더군요. 나무가 스스로 몸을 상
하게 하는 짓을 하지 않는다 하더라도 진딧물이 끼도록 내버려 두
면 나무는 이유도 잘 모르고 서서히 말라 죽어 간다는 것이지요.

그녀가 그렇게 적절한 비유들을 들 수 있는 것은 아마도 종종 환
상(幻像)을 보기 때문이 아닌가 싶기도 해요. 환상이 선명한 그림처
럼 아주 뚜렷하게 생생한 형태로, 어떤 때는 총천연색으로 보이기도
하나 봐요. 몇 시간이고 환상 속에 잠겨 있는 적도 있다고 해요.

한번은 사람 몸을 치유하려면 신체 구조를 좀 더 자세히 알아야
하지 않겠느냐는 생각을 하고 있을 때 환상이 나타났지요. 사람 몸
안에 있는 모든 장기들이 생생하게 보이고 누가 그 장기 하나하나에
대해서 세세히 설명을 해 주더래요. 그런데 평소에 간이 하나인 줄
알았는데 두 개로 보여 이상하다 싶었대요. 환상에서 깨어나 사람

들에게 물어보니 간은 좌엽, 우엽이 있어 두 개인 것처럼 보일 수도 있다고 했대요. 그녀는 완전히 내시경이 되어 몸 안 구석구석을 여행하고 돌아온 것이 분명했어요.

한의사들도 종종 와서 그녀의 지압을 받는 것을 내가 보기도 했는데 용어만 다를 뿐 그녀가 정확하게 경혈을 짚어 내자 한의사가 감탄을 하기도 하더군요.

"암(癌), 그거 암이라고 이름을 붙여 놓으니까 사람들이 무서워하는데 뭉쳐 있는 게 암이잖아요. 뭉쳐 있는 거 풀기만 하면 살아나지요. 그런데 먼저 수술을 해 버리면 기가 끊어져서 그런지 내 손이 그쪽으로 잘 가지가 않아요. 손이 가도 뚫어 내기가 무척 힘이 들어요."

실제로 병원에서는 포기한 말기 암 환자들이 그 과정이 고통스럽기는 해도 그녀의 지압으로 낫는 경우를 종종 보았지요. 그런 환자를 치료할 때는 그녀 역시 거의 암 환자와 같은 몰골로 변하여 극한의 고통을 함께 치러 내지요.

"차라리 내가 죽고 그 사람이 살았으면 싶을 때도 있어."

처연하게 이런 말을 중얼거리는 그녀의 모습은 비장하기까지 하지요. 겟세마네 동산에서 아버지가 주는 잔을 꼭 마셔야만 하느냐고 피땀 흘리며 기도하던 예수의 모습이 어른거리는 것 같기도 하고, 십자가에 달려 몸이 찢어지면서 "엘리 엘리 라마 사박다니."라고 부르짖은 예수의 외침이 들려오는 것 같기도 해요.

나는 그녀를 만나고 나서 비로소 성서에서 말하는 '담당(擔當)'이라는 말이 무슨 뜻인가를 조금은 알게 되었어요. 기독교에서 고난

주간에 자주 읊는 그 구절 있지요. "우리는 다 양 같아서 그릇 행하여 각기 제 길로 갔거늘 여호와께서는 우리 무리의 죄악을 그에게 담당시키셨도다."

타인을 담당하는 일이 너무도 고통스럽기에 장폴 사르트르는 "타인은 지옥이다."라고 했지요. 그런데 그 지옥을 온몸으로 담당하는 사람들이 세상에 아주 없는 것은 아니라는 것을 그녀를 통해서 확인하게 된 셈이지요.

그녀 주위로 갖가지 고통을 안고 오는 사람들이 수도 없이 많았는데 그러다 보니 사랑방 같은 그 공간에 사회의 온갖 문제들이 집합되어 있는 느낌이기도 했어요. 정치, 경제, 종교, 법률, 교육, 예술, 기술, 농사, 어업, 서비스업 등등 사회 각 분야의 사람들이 마음과 몸의 병을 안고 오니 그럴 만도 하지요. 그런 병들은 사회의 구조적인 문제들과 떼려야 뗄 수 없는 관계를 맺으니까요.

그녀는 개인의 고통뿐만 아니라 나라 전체, 세계 전체의 고통도 「그린 마일」의 커피처럼 느끼는 것 같았어요. 우리나라 전체가 IMF로 위기를 겪기 전에 그녀의 시골집 창문 너머에서 누가 "나라를 위해 기도해. 나라를 위해 기도해." 하고 외치더래요. 누가 그러나 하고 창문을 열어 보니 아무도 보이지 않더래요. 그래 이상하다 싶어 나라를 위해 기도하기 시작했는데 곧 IMF가 터졌다고 해요. 그동안 나라를 위해 기도하기는 했지만 형식적으로 해 왔는데 그 이후로는 나라 전체의 고통이 느껴져 왔다고 해요.

이라크 전쟁이 발발했을 때도 폭탄이 쏟아지는 환상 중에 오래 있어 보았다고 그러대요. 그런 폭격에도 오사마 빈 라덴이 살아 있다면 그건 기적 같은 일이라고 했어요.

미국에서 누가 불특정 다수를 향하여 총을 발사해 열 명 이상이 죽는 살인 사건이 일어났을 때 그녀와 봉사자들은 미국 몇 지역을 순회하며 병자들을 치료하고 있었지요. 어느 날 하필 똑같은 살인 사건이 일어난 지역에서 모임을 가지게 되었는데 검문이 심해지고 교통도 막히고 해서 사람들도 거의 참석하지 못하고 말았지요.

그날 저녁 무렵 그녀는 묵고 있던 집 부엌 근방으로 가더니 두 시간 가까이 무릎을 꿇고 누가 죽은 것처럼 대성통곡을 하더래요. 그러다가 두 팔을 움직여 아래위로 타자를 치듯이 하더니 눈물을 씻으며 "범인이 잡힌 것 같다."고 했어요. 아니나 다를까 다음 날 신문마다 연쇄살인 사건의 주범 두 사람의 사진이 1면을 가득 메운 것을 보게 되었지요.

그런데 봉사자들이 그녀가 두 팔을 움직여 아래위로 타자를 치듯이 한 행동이 무엇을 뜻하는지 모르겠다고 나에게 물은 적이 있었어요. 물론 그녀 자신도 왜 그랬는지 그 이유를 모르고 있었지요. 나는 그 사건과 관련된 신문 기사를 떠올리며 대답해 주었지요.

"아마도 FBI에서 컴퓨터로 범인의 사진을 대조해 보는 동작일 겁니다."

그녀에 관한 이야기를 하려면 성서 기자들도 말했듯이 "만일 낱낱이 기록된다면 이 세상이라도 이 기록된 책을 두기에 부족할 줄 아노라."가 될 거예요. 예수도 분명히 "나를 믿는 자는 나의 하는 일을 저도 할 것이요 또한 이보다 큰 것도 하리니."라고 했거든요. 그래서 그녀 옆에서 돕는 봉사자들이 그녀에 관한 기록 같은 것은 아예 엄두도 내지 못하고 있는지도 모르겠군요. 현대의 성녀(聖女)가 인도에만 있는 것은 아닌 것 같아요.

나도 그녀에 관한 이야기를 더 하고 싶지만 다음 기회로 미루고 이제 마무리를 해야겠군요.

한번은 내가 시골로 그녀에게 문안 인사를 하러 가니 마침 그녀가 사람들을 치료하고 있더군요. 내가 혼자 치료를 받았던 바로 그 방에서 말이죠. 거기에 대마초에 중독되었던 고등학생 한 사람이 그녀로부터 지압을 받고 있었어요.

"이 학생이 말이에요, 글쎄 대마초에 중독되었다가 치료를 받았지요. 이제는 다 나았는데 이렇게 또 종종 와서 기도를 받고 가곤 하지요."

그녀는 자신의 치유 행위를 기도라고 표현하기도 했어요. 기도가 꼭 말로만 하는 것은 아니니까요. 그녀 자체가 어쩌면 기도요 기도의 응답인지도 모르지요.

"그런데 이 학생을 치료할 때 말이에요, 이 학생이 피운 대마초 기운이 몸으로 들어오는데 이건 도저히 끊을 수 없는 거구나 싶더라구요. 너무너무 기분이 황홀한 거예요. 그래서 말인데, 마음이 울적할 때면 이 학생처럼 대마초 중독된 사람 또 치료받으러 안 오나 기다려지는 적도 있다니까요. 호호호, 농담이고요. 아무튼 대마초 같은 마약 무서워요. 한번 걸려들면 끊기 무지 힘들겠더라고요."

그 순간, 그녀의 얼굴에는 대마초가 주는 환희보다 더 황홀한 기쁨이 어려 있는 듯했지요. 그녀가 병든 사람들과 함께 앓는 무수한 고통들이 지하수로 고여 환희의 샘물이 되고 있는 듯했어요. 그렇지 않고서야 어떻게 그녀 홀로 그 엄청난 고통들을 감당, 아니 담당해 내겠어요.

그녀가 그 일이 부담스러워 더 이상 하지 않기로 결심한다면 그녀는 세상의 갖가지 병들을 앓다가 죽고 말 거예요. 그녀는 어쩌면 죽지 않기 위해 죽도록 고생하는지도 몰라요.

한번은 어느 집을 찾아가서 두 다리가 마비되어 있는 사람을 만지다가 너무 힘이 들어 한쪽 다리만 만져 주고 나왔대요. 그런데 길을 걸어가는데 자기 한쪽 다리가 마비되어 절뚝거리고 있더래요. 그래서 다시 그 집으로 돌아가 한쪽 다리를 마저 만져 주고 나오자 그제야 자기도 똑바로 걸을 수 있었대요.

나는 가끔, 그녀가 처음에 그 집을 나와 절뚝거리며 걸어가는 모습과 나중에 똑바로 걸어가는 모습을 영화의 오버랩처럼 서로 겹쳐서 환상(幻像)과도 같이 떠올려 보곤 하지요.

미라 놀이

그가 기자 지역 가게에서 아마포 붕대를 잔뜩 사 와서 내 몸을 감기 시작했다. 물론 나는 알몸뚱어리로 침대에 누워 있다. 회색빛이 어슴푸레 섞인 아마포는 약간 가슬한 느낌이 있긴 하지만 그런대로 참을 만하다. 그가 제안한 미라 놀이에 동의한 것이 살짝 후회가 되기도 했으나 은근히 기대되는 바도 있다.

죽음 체험을 미리 해 보기 위해 관 속에 일부러 누워 있기도 하는 프로그램들이 있지 않은가. 이집트식 죽음 체험이라고 해 두자. 다시 말해, 변태적인 행위가 아니라는 말이다.

사실 이 시점에 와서 변태면 어떻고 변태가 아니면 어떻겠는가. 모든 성행위는 변태며 변태가 아니면 안 된다고 누군가 말을 했을 것이다. 그런 말을 한 사람이 없다면 내가 한 것으로 해도 좋다.

스키타인들이 말이야, 이집트를 공격하려다가 파라오가 극진히

대접해 주자 마음이 바뀌어 돌아가는 길에 시리아 아스칼론을 지나가게 되었지. 지휘관이 아스칼론 시민들을 해치지 말라고 당부했는데도 몇몇 군사들이 아프로디테 우라니아 신전을 약탈해 버렸어. 하지만 그들은 여신의 저주를 받아 자신들뿐 아니라 자손 대대로 에나레스가 되어 버렸지. 에나레스는 쉽게 말해 남자도 아니고 여자도 아닌 자들이라는 뜻이지. 우리말에도 남녀추니, 어지자지 같은 말들이 있지.

그가 내 두 발과 정강이를 합하여 아마포 붕대로 감고 나서 허벅지를 감았다. 그의 손가락과 손등이 살을 스치고 지나갈 적마다 저릿한 느낌이 온몸을 타고 흘렀다. 어디선가 샘물이 보글거리며 한 방울씩 솟아나는 듯했다.

나는 어딘가로 떠나기로 했다. 30대 후반의 이유 없는 허전함을 내세우며 여행 운운하자 남편은 안쓰러운 듯 나를 안아 주며 다녀오라고 했다. 그 순간, 나는 미라를 문득 떠올렸고 남편과 나도 언젠가는 지상에서 사라지고 말 거라는 생각이 들었다. 두 미라가 조명이 희미한 안방 복판에서 서로를 안고 있었다.

사실 남편이 안아 주어도 별 느낌을 가지지 못한 지 10년은 되는 것 같았다. 잠자리를 할 때도 남편은 자기 혼자 먼저 사출하기 일쑤였고 나는 절정에 이른 듯 교성을 지어내었다. 곧바로 등을 보이며 남편이 돌아누우면, 내가 절정에 오르기까지 온갖 정성을 기울여 주는 영석의 품이 더욱 그립기만 했다.

그는 이제 허리띠를 띠우듯이 아마포로 내 아랫배를 감아 나갔다. 나는 그 부위에 들어 있는 지방 덩어리를 의식하고 숨을 멈춘 채 뱃가죽을 등쪽으로 당겨 보았다. 그가 붕대를 펼치다가 손가락으로 슬쩍 내 배꼽을 눌러 보며 후욱, 웃음을 삼켰다. 허리를 날씬하게 보이려고 용을 쓰지 말라는 동작 같았다.

맛사게타이에서는 일부일처제이긴 했지만 남자들이 다른 집 아내들과 얼마든지 섹스를 할 수 있었지. 여자 집 마차에 화살이 든 전통을 걸어 놓으면 여자랑 자고 싶다는 거였지. 그러면 그 댁 남편은 다른 집 마차에 전통을 걸어 두러 집을 나가 주었지.

그는 내 늑골께를 아마포로 세심하게 덮어 나갔다. 나는 압박감으로 딸꾹질이 나오려 했다. 내 반응을 느꼈는지 그는 붕대를 약간 느슨하게 해 주었다. 붕대를 다 감고 나면 숨이 막혀 죽을지도 모른다는 생각이 들었다.

화상 병동 중환자실에서 온몸에 붕대를 감고 있던 환자는 그래도 살아 있었다. 그러고 보니 현대판 미라 제작실은 화상 병동 중환자실이었다.

맛사게타이에서는 남자가 나이가 많아지면 일가친척들이 모여 그 남자를 죽이고 키우던 가축들도 도살하여 함께 삶아 먹었지. 그렇게 오래 살아 일가친척들 손에 죽임을 당해 먹히는 것이 가장 행복한 죽음이었지. 병이 들어 죽은 사람은 먹지 않고 땅에 그냥 묻어 버렸지. 맛사게타이인들은 그런 죽음을 가장 불쌍하고 가여운 죽음이라 여겼지.

영석은 의상 디자이너이면서 별나게도 '미라 연구회' 회원으로 활동하고 있었다. 내가 결혼 전에 옷 가게를 잠시 열었을 때 영석을 알게 되었는데, 한번은 의상 디자인과 미라가 무슨 관계가 있느냐고 물은 적이 있었다.

미라를 살펴보면 옛날 사람들이 어떤 직물, 어떤 모양의 옷을 입고 있었는지 알 수 있고 의상 디자인에 응용할 수도 있는 거지. 미라를 의도적으로 만들려고 한 이집트 같은 데서는 시신에 의복을 입히지 않았지.

하지만 우리나라 땅에서 나오는 미라들은 처음부터 미라를 만들 생각이 없었기 때문에 평상시 옷을 그대로 입고 있거든. 옛날 사람들은 요즘 수의 같은 건 입지 않았지. 근데 우리나라는 조선 시대 미라만 나와. 우리나라는 이집트 같은 사막지대도 아니고 히말라야 같은 동토 지대도 아니라서 시신을 묻으면 금방 썩어 버리게 마련이지.

하지만 조선 시대는 주자가례의 장례 지침에 따라 관 둘레에 석회 가루를 많이 뿌렸지. 그 석회가 빗물에 섞여 시멘트처럼 굳어져 관을 둘러싸는 바람에 진공상태가 된 거지. 나무뿌리나 벌레를 막아 시신이 보기 좋게 잘 썩으라고 뿌린 석회가 오히려 시신을 썩지 않게 한 거지.

영석의 말로는 조선 시대 미라들이 세계에서 가장 자연스러운 미라라고 했다. 미라를 만들려는 의도나 미라가 되려는 소원이 전혀 없이 미라가 되었으니까.

그는 내 등 밑으로 아마포 붕대를 밀어 넣으며 힘이 드는지 잠깐 숨을 몰아쉬었다. 나는 능을 소금 들어 홀러 두며 그의 표정을 살폈다. 그는 손등으로 이마의 땀을 훔쳤다. 그도 물론 나처럼 알몸이었다. 내가 차라리 그를 미라로 만드는 놀이를 하면 좋았겠다는 생각이 스쳤다. 저 사람을 미라로 만들 때 발기되어 있는 저 물건은 따로 붕대를 감아야 하나.

고대 이집트 사람들은 다른 민족들과 정반대되는 풍습들을 많이 가지고 있었지. 옷감을 짤 때도 다른 나라 사람들은 씨줄을 아래에서 위로 밀어 올리는데 이집트 사람들은 위에서 아래로 밀어 내리며 짰지. 소변을 볼 때도 여자는 서서 보고 남자는 쪼그리고 앉아서 보았지.

다른 나라에서는 여자들이 신전의 사제가 되는 데 반해 이집트에서는 남자들만 사제가 될 수 있었지. 다른 나라 사제들은 머리를 길렀지만 이집트 사제들은 머리를 박박 깎았지. 다른 나라 사람들은 아기의 성기를 그대로 두었는데 이집트에서는 아기의 성기 끝을 잘라 주었지. 히브리 민족이 자랑하는 할례도 사실은 이집트에서 가져온 풍습인 거지.

이집트에서는 보리와 밀을 먹는 것을 수치로 여기고 피와 기장 종류인 오리라를 주식으로 했지. 사제들은 콩도 부정하다 하여 쳐다보려고도 하지 않았지.

무엇보다 다른 나라 사람들은 시신이 빨리 썩기를 바랐으나 이집트 사람들은 시신을 보존하려고 했지. 심지어 집에서 기르던 고양이도 죽으면 가족 전체가 눈썹을 밀고 부바스티스 매장소로 가지고 가서 미라로 만들어 묻어 주었지. 이집트 어느 지역은 키우던 악어가 죽어도 미라로 만들어 신성한 곳에 묻어 주었지.

영석은 어느 지방에서 미라가 발견되었다고 하면 곧장 달려 내려갔다. 한번은 경기도 양주군에서 우리나라 최초로 어린아이 미라가 발견되었다면서 몹시 들떠 있었다. 조선 시대에 어린아이가 죽으면 부모에게 불효를 범했다 하여 그냥 공동묘지에 던지다시피 묻거나 화장을 해 버려 어린아이 미라를 찾는다는 것은 기적에 가깝다고 했다.

그 여섯 살 남자아이가 입고 있던 바지와 명주 누비 직령포 상의에 대해 영석은 열을 올리며 설명해 주었다. 그 아이는 아버지의 중치막을 덮고 어머니의 장의 위에 누워 있었다고 했다. 어릴 때 죽었으면서도 부모의 옷에 싸여 묻힌 것은 행운이라 할 만했다. 자신들의 옷으로 죽은 어린 아들을 싸면서 흘렸을 부모의 눈물도 미라가 되어 있을 것이었다.

나중에 그 아이는 1600년대 말에 결핵으로 죽은 것이 판명되고 족보 추적을 통해서 이름이 해평 윤씨 윤호라고 추정되기까지 했다. 융합 과학이니 하는데 미라 연구야말로 융합 과학이 절실히 요청되는 분야라고 영석은 이마에 힘줄을 세웠다.

아마포 붕대는 가슴 쪽으로 올라오고 있었다. 그는 젖무덤을 손바닥으로 한번 쓸어 보고는 붕대를 살며시 얹었다. 그가 살을 건드릴 때보다 더욱 저릿한 기운이 몰려왔다. 젖무덤을 덮은 한 겹의 붕대 위로 내 두 손을 모으도록 하더니 팔과 가슴을 함께 붕대로 감아 나갔다. 두 팔까지 묶이자 정말 미라가 되어 가는 느낌이 들었다.

이집트에서는 유력한 사람이 죽으면 그 집안 여자들은 머리와 얼굴에 진흙을 바르고 유방을 다 드러낸 채 열을 지어 가슴을 치면서 도시를 걸어 다녔지. 남자들도 상반신을 드러내고 가슴을 치면서 거리로 나왔지. 그러고 나서 시신을 미라로 만들기 위해 미라제작 직인에게로 운구해 갔지.

직인은 일등급, 이등급, 삼등급 미라 견본을 들고 와서 유족들에게 선택하라고 했지. 일등급 미라는 우선 쇠갈고리를 콧구멍에 쑤셔 넣어 뇌수를 끄집어내고 미처 다 빠져나오지 않은 것들은 약물을 주입하여 씻어 내었지.

그다음 에티오피아 흑요석 칼로 옆구리를 갈라 오장육부를 다 꺼내었지. 간, 허파, 위, 장 들을 야자유와 으깬 향료로 깨끗이 씻어 부위별로 네 항아리에 나눠 넣어 두었지. 그리고 몰약과 계피, 여러 향료들을 복강에 가득 채우고 봉합한 후에 천연 소다에 70일간 담아 두었지.

70일이 지나면 시신을 씻고 질 좋은 아마포 붕대로 전신을 감싸고 송진이나 역청, 고무 진액 들을 발랐지. 붕대를 스무 번 정도 감으면 이전 몸피만큼 되었지. 붕대를 감을 때마다 사이사이 각종 보석을 끼워 넣기도 했지. 이게 일등급 미라 제작법이고 이등급, 삼등급은 아예 오장육부도 꺼내지 않고 항문에 기름을 주입하고는 그냥 막아 버리는 식으로 만들었지.

나는 여행을 다녀오라고 다독이는 남편의 품에서 이집트를 떠올렸다. 영석과의 관계를 정리하기 위한 여행이 영석이 심취했던 미라와 관련되기는 했지만 장엄한 죽음 의식 같은 것을 치르고 싶었다. 왕들의 무덤인 거대한 피라미드 앞에서 한 줌 모래에 불과한 애욕은 바람에 날려 보낼 수도 있을 것이었다. 피라미드의 비밀 통로로 숨어 들어가 영영 실종이 되어도 좋았다.

그는 내 어깨를 감다 말고 한숨을 내쉬면서 내 옆에 누웠다. 그도 지치는 모양이었다. 나는 누가 와서 그와 나를 함께 아마포 붕대로 묶어 미라로 만들어 주어도 좋겠다고 생각했다. 두 시신을 한데 묶어 합장 미라를 만든 사례가 있는지 궁금해졌다. 하지만 합체 미라는 발견된 적이 있었다.

영석의 말로는 경기도 파주에서 발견된 파평 윤씨 미라는 세계 유일의 합체 미라, 몸 안에 몸이 있는 미라라고 했다. 키 154센티미터가량의 20대 여인의 미라가 발굴되었는데 부장된 속곳 허리띠에 병인윤시월이라는 한글 문구가 적혀 있어 1566년 겨울에 죽은 것으로 추정되었다.

그런데 이상하게 아랫배가 불러 있어 나중에 CT 촬영을 해 보니 몸 안에 아이의 시신이 들어 있었다. 골반에 아이의 머리가 걸려 있고 자궁에 찢어진 흔적이 있는 것으로 보아 출산 과정에서 자궁 파열로 사망했음에 틀림없었다. 영석은 그런 모자 미라는 세계 어디서도 찾아볼 수 없다면서 그 이유를 말해 주었다.

대개 분만 직전에 죽은 임신부 시신은 부패하면서 가스가 발생하여 그 압력으로 관 속에서 분만을 하게 되지. 이걸 관내 분만이라고 해. 하지만 파평 윤씨 목관에는 옷들이 가득 들어 있어 산소가 거의 없었고 회곽묘 덕분에 공기 유입도 없어 관내 분만이 일어나지 않은 거지. 추운 겨울에 죽은 것도 한몫을 한 셈이지.

여행사의 안내에 따라 오전 9시에 국제공항 외환은행 창구 앞으로 가니 사람들이 여행 가방을 끼고 모여 있었다. 나는 남편에게 전화를 걸어 공항에 잘 도착했다고 알려 주었다. 남편은 다시금 아이들 걱정은 말고 편한 마음으로 다녀오라고 했다.

여행사 직원이 명단을 확인하며 여권과 탑승권을 나눠 주었다. 언뜻 듣긴 했지만 귀에 익은 이름이 불리는 것 같았다. 나는 그 이름의 주인공을 찾아 두리번거렸다. 자기 여권이 맞는지 확인하고 있는 그의 옆모습이 시선에 들어옴과 동시에 나는 가만히 탄성을 질렀다. 내가 8년 전인가 팬레터 비슷한 편지를 보냈던 사람이었다. 그의 작품을 읽으면서 언젠가는 그를 만나리라는 예감을 가지고 있기는 했다.

그는 책 속에서 슬그머니 손을 뻗어 나를 어루만지고 부드러운 입김을 귓불에 불어 주기도 했다. 독서가 성적인 쾌락과도 연관이 있다는 것을 그의 작품을 읽으면서 처음으로 강렬하게 느꼈다. 그가 내 편지에 답장을 보내 주지는 않았지만 연이어 발표되는 그의 작품을 답장인 양 여기며 읽어 나갔다.

그가 다시 일어나 팔운동을 좀 하더니 아마포를 집어 들었다. 어깨를 마저 감싸고 나서 내 목을 두 손으로 쓰다듬어 주었다. 그냥 쓸어 보는 것이 아니라 애무에 가까운 손놀림이었다. 그러다가 갑자기 그가 두 손에 힘을 주어 내 목을 누르기 시작했다. 그가 나를 죽여 진짜 미라로 만들려고 하는 게 아닌가 싶기도 했다. 의식이 흐려

지면서 기묘하게도 지금껏 한 번도 느껴 보지 못한 쾌감이 온몸을 휘감았다. 영석이 나에게 안겨 주던 절정감보다도 더한 쾌감이었다.

나는 친척이 교수로 있던 경찰대학에 놀러가 살인 현장 모형들이 전시되어 있는 방에서 이상한 사진을 발견했다. 시신이 끈으로 목을 맨 채 누워 있었는데 설명문에 "자기 색정사"라고 되어 있었다. 죽을 사(死) 자였다.

그런 용어를 들어 본 적이 없었으나 무엇을 의미하는지는 눈치챌 수 있었다. 자위행위 같은 것을 할 때 스스로 목을 졸라 쾌감을 높이려다가 미처 끈을 풀지 못하면 죽고 마는 것이었다. 또한 성행위를 하면서 상대방 목을 졸라 서로 쾌감을 높이려다가 너무 흥분해 버려 손을 풀지 못하면 상대방을 죽이고 마는 것이었다.

그는 내가 의식을 놓기 직전에 두 손을 거두어 주었다. 나는 크게 심호흡을 하려고 했으나 가슴이 붕대에 감겨 있어 중도에 멈춰야만 했다. 그야말로 색정에는 죽음의 모험이 곁들여져야 하는가. 그는 아마포로 내 목을 천천히 감기 시작했다. 그가 한껏 세게 감아 버린다면 영영 숨이 끊어질 수도 있었다.

이집트 사람들은 악어에 물려 죽거나 나일 강물에 휩쓸려 죽은 시신은 더욱 신성하게 다루었지. 도시 주민이 그 시신을 최상급 미라로 만들어야만 했지. 그리고 가족이든 친척이든 누구도 그 미라에 손을 댈 수 없고 오직 신전의 사제만이 만질 수 있었지. 매장도 사제가 손수 해 주었지. 나일 강 그 자체가 이집트 사람들에게는 신이었던 거지.

영석에게 그의 작품을 추천해 주며 독후감을 함께 나누기도 했는데 영석은 그가 나의 신이라도 되느냐면서 은근히 그를 실투했나. 나는 그의 작품에 나오는 남녀의 정사 장면을 영석을 상대로 연출해 보기도 했다. 남편 몰래 10년간 사귄 남자와 결별하려고 하는 시점에 10년 가까이 책을 통해 접촉했던 남자를 만나다니.

나는 우선 그가 혼자 여행길에 오르는 것인지 동행인이 있는지 알아보려 했다. 여행 팀을 이룬 20여 명의 사람들은 대개 동행인이 있었다. 모녀, 부자, 부부, 젊은 연인, 서너 명의 가족 등으로 구성되어 있었다. 그는 근처 사람들과 가벼운 목례만 주고받을 뿐, 그에게 특별히 친근하게 구는 사람은 보이지 않았다. 아무래도 나처럼 혼자 온 듯했다. 그 사실이 점점 분명해지자 내 심장은 스스로 느낄 정도로 두근거렸다.

나는 그에게로 다가가서 슬쩍 지나가는 말처럼 인사를 건넸다. 여울목 작가님이시죠? 나도 모르게 이름 대신 작품 명이 입에서 나와 버렸다. 그것도 그의 작품들 중에서 대중에게 잘 알려지지 않은 작품 제목을 언급한 것은 넌지시 애독자임을 암시하기 위해서였는지도 몰랐다. 그는 잠시 당황하는 기색을 띠다가 쑥스러운 표정으로 나를 바라보았다. 그의 작품 표지나 안쪽 페이지에서 보던 얼굴보다는 약간 살이 올라 있었다. 나는 호흡이 곤란해져 짐짓 미소를 지어 보였다.

다행인지 그는 내 목을 세게 감지는 않았다. 이제 얼굴마저 감기면 겉으로는 영락없는 미라가 될 것이었다. 나는 임종을 앞둔 사람처럼 그의 모습을 찬찬히 다시금 훑어보았다. 그의 어깨는 비교적

골격이 뚜렷했고 복부에는 근육이 꽤 발달해 있었다. 여전히 발기되어 있는 그의 물건은 금방이라도 나일 강처럼 범람할 것 같았다.

페로스 파라오는 나일 강을 모독했다가 소경이 되어 버렸지. 나일 강이 도시 전체를 뒤덮고 넘실대자 화가 난 페로스는 창을 들어 나일 강에 꽂아 버렸지. 물고기 형상을 한 나일 강의 여신 하트메히트는 자신을 모독한 죄를 물어 페로스에게 10년 동안 소경으로 지내는 벌을 내렸지.

11년째 되는 해 부토에서 신탁을 받았는데 남편하고만 잠자리를 하고 외간 남자를 전혀 모르는 여자의 오줌으로 눈을 씻으면 눈이 밝아진다고 했지. 페로스는 제일 먼저 자기 아내인 왕비의 소변을 받아 눈에 발라 보았지. 하지만 전혀 눈이 밝아지지 않았지. 차례로 여러 여자들의 오줌을 눈에 발랐으나 차도가 없었지.

그러다가 한 유부녀의 오줌을 바르자 눈이 낫게 되었지. 페로스는 왕비를 포함해서 오줌의 효력이 없었던 여자들을 모조리 에리트라 볼로스에 모아 놓고 도시와 함께 불에 태워 버렸지. 오줌의 효력이 있었던 그 여자는 남편에게서 빼앗아 왕비로 삼았지. 의처증을 페로스 콤플렉스라고 이름 붙여도 되겠어.

같은 여행 팀인가요?

그가 내 여행 가방을 내려다보며 낮고 짧게 물었다.

네. 혼자 오셨나요?

나도 혼자 왔다는 말은 덧붙이지 않았다. 그는 고개를 끄덕이고는 시선을 여행사 직원에게로 돌렸다. 직원이 손짓을 하며 여행 팀을 수하물 탁송대로 인솔해 갔다.

여객기 좌석 번호도 그와 나는 몇 줄 떨어져 있었다. 그의 양옆 좌석에 앉은 남자들에게 자리를 바꾸자고 부탁하고도 싶었으나 두 남자 다 동행인이 있었다. 여객기가 이륙하고 한반도 풍경이 잘게 흩어진 구름 밑으로 아련하게 펼쳐졌다.

이제 한국 땅을 떠나고 영석을 떠나는구나. 콧등이 시큰해지면서 눈물이 비어져 나오려 했다. 아이들은 학교에 잘 갔을까. 남편 생각은 거의 나지 않았다.

그가 드디어 내 턱으로부터 시작하여 얼굴을 감아 나갔다. 아마 포가 입술을 덮을 때 그의 손가락 하나가 내 입안으로 들어올 뻔했다. 그 순간 나는 그의 손가락을 빨고 싶은 충동을 간신히 억제했다. 붕대가 내 입술을 완전히 덮어 버렸다.

언젠가 국립박물관에 갔을 때 낙랑관에서 염 도구를 본 적이 있었다. 옥으로 만든 것들이었는데 시신의 구멍들을 막거나 거기에 얹어 두는 거라고 했다. 입에 놓는 염 도구는 매미 형상의 옥판이었다. 일생 동안 매미처럼 지껄이다 가는 입에 어울리는 옥판이라 여겨졌다.

윤 미라라고 불리는 파평 윤씨 미라는 족보 추적을 통해 그 당시 세도가인 윤원형의 종손녀로 밝혀졌다고 했다. 그러니까 윤원형의 형인 윤원량의 아들 윤소의 딸이었다. 인종의 계비 숙빈은 윤원량의 딸이므로 윤 미라에게는 고모가 되는 셈이었다.

윤 미라와 함께 나온 복식들이 지금까지 출토된 복식 중에서 가장 오래된 것이라고 영식이 사뭇 목소리를 높였다. 복식 66점, 한글 편지를 비롯한 고문서 3점, 신발, 얼레빗, 참빗, 머리끈 등 모두 80여 점의 유물이 윤미라 무덤에서 나왔다.

솜 장옷, 누비 저고리, 홑바지, 단령 등 영석과 같은 의류 직물 전문가들이 탐낼 만한 복식들이었다. 남성복 단령 흉배에는 해오라기가 그려져 있기도 했다. 인종의 계비 숙빈이 윤 미라에게 보낸 한글 편지는 국문학계에서는 희귀한 자료에 속했다.

이집트인들은 인간의 영혼이 불멸이라 육신이 죽으면 영혼은 갓 태어나는 동물의 몸속으로 들어간다고 믿었지. 영혼은 육지 동물, 바다 동물, 공중 동물 순으로 세상 모든 동물들의 몸을 거친 후 3000년 후에야 인간의 몸속으로 들어올 수 있다는 거지. 이런 윤회설을 처음으로 주장한 사람들이 이집트인들이지.

불교에서는 내세에 동물로 태어나지 않고 인간으로 환생하거나 해탈하기 위해 착하게 살라고 하지만, 이집트인들은 일단 모든 동물들의 몸을 거쳐야 인간으로 환생할 수 있다고 했지. 그러니 이집트인들이 불교도보다도 동물들을 신처럼 귀하게 여길 수밖에 없었지.

윤 미라의 복식들을 살펴보고 온 날 영석은 그 어느 때보다도 뜨거운 몸이 되어 나를 안아 주었다. 영석과 나는 대개 남편이 회사에서 근무하는 동안 만나 남편이 퇴근할 무렵 헤어지곤 했다.

옷맵시도 멋있지만 바느질 솜씨가 일품이더군. 얼마나 정성을 들여 한 땀 한 땀 누볐던지. 기생충학자들도 왔던데 말이야, 윤 미라의

장에서 나온 똥에서 회충 알들을 발견했다나. 꽃가루들도 섞여 있
었대.

내장을 다 드러낸 이집트 미라와는 달리 우리나라 미라들은 똥
이 남아 있는 경우가 많거든. 그 똥이란 게 기가 막힌 타임캡슐이라
나. 양주에서 발견된 어린아이 미라에서도 대장에 똥이 남아 있어
학자들이 환호했지.

그 똥에서는 회충과 편충, 간디스토마 알들이 우글거리고 있었
대. 간디스토마는 민물고기 회를 먹어야 생기는 건데 여섯 살 아이
가 생선회를 먹었다는 거지. 그리고 어린아이 똥에서 결핵 원인균과
B형 간염 바이러스 유전자도 발견했대. 요즘 과학기술이 대단해.

똥이 귀한 거야.

그날 영석의 입에서 똥이라는 말이 얼마나 자주 나왔는지 몰랐
다. 그래서 그런지 커닐링구스를 해 줄 때도 내 항문 쪽으로 종종 혀
를 가져갔다.

그가 아마포로 내 인중을 덮으면서 콧구멍을 막지 않도록 조심
했다. 나는 숨구멍이 열렸는지 확인하기 위해 코를 벌렁거려 보았다.
숨을 몇 분간만 쉬지 않아도 죽게 되어 있는 인간은 얼마나 미미한
존재인가. 숨처럼 공기처럼 가볍기 그지없는.

좌석에 좀 앉아 있으니 졸음이 슬금슬금 몰려왔다. 잠시 눈을 붙
이려고 하다가 깜빡 잠이 든 모양이었다. 스핑크스 머리가 강물에
둥둥 떠내려와 나를 노려보는 바람에 화들짝 놀라며 눈을 떴다. 여
객기 안이었다. 너무나 낯선 공간이었다.

내가 구름만 보이는 공중을 날고 있는 사실이 비현실 내지는 초

현실처럼 여겨졌다. 다시는 지상으로 내려가지 못하고 영원히 허공에 떠 있을지도 모른다는 생각이 들자 서늘한 기운이 등골을 타고 흘렀다. 임사 체험을 하는 사람들도 바로 이런 느낌일 것이었다. 아니, 지금 나도 몸은 지상에 있고 혼령만 공중을 날고 있는 것은 아닐까. 나는 머리를 흔들며 주변의 혼령들을 둘러보았다. 거의 대부분 고개가 꺾여 있었다.

아마포가 콧등을 지나갈 때 그의 음경이 내 광대뼈 근처에 닿는 감촉이 느껴졌다. 이제는 약간 처져 있는 듯했다. 손과 팔도 감겨 있고 입도 막혀 있어 그의 물건에 기운을 넣어 줄 방도가 없었다. 내 몸속으로 들어오려면 스스로 기운을 차려야만 했다. 그런데 내 아래쪽도 다 감겨 있는데 어떻게 들어온단 말인가.

목을 빼어 그가 앉은 자리를 훔쳐보니 그는 졸지도 않고 승무원이 건네준 신문을 뒤적이고 있었다. 나는 사실 그의 작품에 관한 평이나 기사가 사진과 함께 신문에 실릴 적마다 가위로 정성스럽게 오려 스크랩을 해 오고 있었다. 물론 기사를 보자마자 서점으로 달려가서 그의 신간을 사 가지고 왔다.

누가 뭐라 그래도 우리 시대 최고의 바이올리니스트는 기돈 크레머이듯이 나에게는 그가 우리 시대 최고의 작가였다. 평론가들이 혹평에 가까운 비평을 한 그의 작품도 내가 읽을 때는 빼어나기만 했다. 평론가들의 독서 수준이 의심스럽다고 여긴 적이 한두 번이 아니었다.

그런데 그는 왜 나처럼 혼자 여행을 떠나는 것일까. 그에게도 나와 같은 비밀스러운 이별 체험이 있는 것인가. 하긴 그의 작품 주인공들은 갖가지 쓰라린 이별을 겪고 있었다. 그의 주인공은 캐나다 밴프 국립공원의 호수를 내려다보면서, 서 호수는 세상의 모든 이별이다, 라고 중얼거리기도 했다. 그 문구는 뭔가 울림이 있긴 했지만 의미는 잘 파악되지 않았다. 그와 대화를 나눌 기회가 생긴다면 그 문구의 뜻부터 물어볼지도 몰랐다.

아시키스 파라오 시절에는 가난한 사람들이 부친의 미라를 담보로 돈을 빌릴 수 있도록 법령을 만들기도 했지. 채무자가 빚을 갚지 못하면 부친의 미라를 매장할 수 없는 거지. 그리고 다른 가족이 죽어도 장례를 치를 수가 없게 되지. 빚을 갚지 못하고 죽는 경우에는 조상의 묘실은 물론 그 어떤 묘실에도 들어갈 수 없다는 법령도 있었지. 장례권을 압수하여 빚을 갚도록 강요한 거지.

가족이 죽어도 장례를 치를 수 없다는 법령만큼 가혹한 법도 없을 거야. 이렇게 백성들은 빚에 시달리는데도 아시키스는 이전 파라오의 피라미드들보다 더 우월한 피라미드를 지으려는 야심을 가지고 있었지. 이전 파라오들은 돌로 피라미드를 만들었지만 자기는 나일 강 진흙 벽돌로 피라미드를 세우겠다고 했지. 인간은 진흙에서 태어났으니 진흙 무덤으로 들어가야 한다는 거지.

여객기 좌석에 연결된 이어폰을 귀에 꽂고 음악 채널로 돌려 보았다. 마침 드보르자크의 현악사중주가 흘러나오고 있었다. 두 대의 바이올린과 한 대의 첼로, 비올라가 흑인 영가풍의 음률을 절묘하게 자아내고 있었다. 나도 어릴 적부터 소질이 있다고 칭찬을 들던 바이올린을 놓지 않았다면 지금쯤 저 유진 드러커 같은 연주자가 되어 있을까.

영석은 내 몸을 애무하면서 여자의 몸은 현악기를 닮았다는 말을 하곤 했다. 그러면 나는 현악기가 여자의 몸을 닮았겠지 하고 대꾸했다. 이제 영석이 연주하던 현악기는 무덤 속 부장품으로 묻어야 할 것이었다.

그는 사실 악기를 연주하듯 내 몸에 아마포를 감았다. 아마포는 내 몸을 켜는 활이었다. 나는 그가 감는 부위에 따라 갖가지 화음을 자아낸 셈이었다. 바이올린이나 첼로 같은 현악기들은 속이 제대로 비어 있어야 소리가 절묘하게 나는 법이었다.

나는 영석 이모의 말을 듣는 순간 속이 텅 비는 느낌이었다. 가득 찼다가 비어 버리니 가슴 전부가 사라져 버린 듯했다. 영석 이모의 말이 하나도 틀린 구석이 없었다. 내가 자기 조카를 붙들고 있어서 조카가 장가도 안 가고 폐인이 되어 간다고 했다. 이제는 제발 부탁이니 영석을 놓아달라고 간곡한 어조로 부탁하기까지 했다.

내가 잠시 망설이자 이번에는 협박조로 바뀌었다. 결단을 내리지 않으면 영석과 나의 관계를 내 남편에게 폭로하고 말 거라고 했다. 나는 부탁과 협박이 한데 섞여 있는 그녀의 눈망울에 물기가 번지는 것을 보고 명치가 아리는 통증을 느꼈다.

나도 언젠가는 끝내야 한다고 생각은 하고 있었어요. 하지만 내가 끝낸다고 해도 영석 씨가 끝내려고 하지 않을걸요.

영석이는 나한테 맡겨요.

그녀는 영석에게서 뭔가 언질을 받았는지 단호하게 대꾸했다.

그가 내 눈을 가리기 시작했다. 눈을 가릴 때 귀도 같이 가려졌다. 이제는 희미하게 들리는 소리로만 그의 움직임과 병의 상황을 짐작해야 했다. 문득 그가 방문을 활짝 열고 여행 팀 사람들을 모두 불러 모아 내 모습을 구경하도록 하지는 않을까 덜컥 겁이 났다. 그가 바로 이런 해프닝을 벌이려고 나를 일부러 미라 놀이에 끌어들였는지도 몰랐다. 하지만 때는 늦었다. 나는 이미 그의 노예요, 포로가 되어 있었다.

세소스트리스 파라오는 홍해와 인도양 인근, 팔레스타인까지 세력을 확장하며 여러 민족들을 정복했지. 그런데 끝까지 저항한 민족들이 사는 지역에는 이전과 같은 승전 기념비를 세웠지만, 저항 한번 못하고 쉽게 항복한 민족 거주지에는 기념비에다 여자 음부를 새겨 놓았지. 그 나라 남자들이 여자보다 더 비굴했다는 거지.

시리아에 있는 기념비들에 그런 의미의 여자 음부가 새겨져 있었지. 시리아 남자들이 그 기념비를 지나칠 적마다 수치심과 자괴감에 몸둘 바를 몰랐지.

나는 말을 하고 싶어도 붕대로 인하여 음음, 소리만 낼 뿐 입술이나 혀를 잘 놀릴 수 없었다. 요가 선생에게 배운 대로 속으로 오옴, 하며 소리가 몸 안에서 공명되도록 해 보았다. 오옴, 엄마, 아암, 아문, 아멘 들이 모두 이응과 미음을 지니고 있었다. 그러고 보니 아마포의 아마도. 이응과 미음을 합하면, 다시 말해 이응 속에 미음을 넣거나 미음 속에 이응을 넣으면 그것은 만다라 형상이 되었다.

열다섯 시간의 비행 끝에 카이로 공항에 내려 버스를 타고 호텔로 오면서 어둠 속에 양옆으로 펼쳐진 거대한 공동묘지를 보았다. 대개 공항을 나서는 순간 그 나라의 첫인상과 맞닥뜨리게 된다는데 이집트의 경우는 웬만한 도시 넓이의 묘지였다. 윤곽만 대강 보이는 무덤들은 작은 모스크 형태를 하고 있었다. 지붕들이 커다란 이응 자 모양을 하고 있었다. 살아서 모스크와 늘 함께하다가 죽어서도 모스크로 들어가 있었다.

이집트 사람들은 생전에 자기 이름으로 된 집이 없더라도 죽어서 기거할 집은 어찌해서든지 돈을 모아 마련하려고 한단다. 삶은 짧지만 죽음은 영원하니까. 그는 앞쪽 자리에 혼자 앉아 가이드의 설명을 열심히 메모하고 있었다. 호기심에 가득 차 둘러보는 모습에서 어떤 상심이나 이별의 아픔 같은 것은 엿볼 수 없었다.

저기 불빛 보이죠?

버스 안의 여행객들이 가이드가 가리키는 방향으로 고개를 돌렸다. 무덤의 조명 시설인가 싶었으나 왠지 엉성해 보였다.

집이 없는 노숙자들이 무덤 집에 와서 사는 거예요. 전기는 몰래 끌어다 쓰고.

아닌 게 아니라 사람들의 그림자가 무덤 벽에 어른거리기도 했다.

파라오나 이집트 사람들이 미라를 만든 것은 어디까지나 불멸의 생명, 영원한 생명을 얻기 위해서였지. 생명을 상징하는 안크가 이집트 조각상들이나 벽화에 널려 있지. 티 자 위에 이응 자가 얹혀 있는 그 문양 말이야.

이응 자 모양은 태양을 의미하겠지. 이집트 역사를 보면 태양신이 시대별로 다른 모습으로 나타나고 있시. 세4왕조 시대는 피의 모습으로, 중왕국 시대는 아몬으로, 이크나톤 파라오 때는 아톤으로 나타났지.

이크나톤이라는 이름에 아톤이 있듯이 아몬이나 아멘도 수많은 이름들에 들어 있지. 파라오 미라들 중에서 가장 빼어난 투탄카멘의 이집트식 이름은 투트-안크-아멘이지. 안크와 아멘이 다 들어가 있지.

그런데 처음 이름은 장인인 이크나톤을 따라 투탄카톤, 그러니까 투트-안크-아톤이었지. 이크나톤 시대는 아톤과 아몬이 치열하게 싸우던 시기였지. 아몬은 여러 신들을 인정하는 데 반해 아톤은 히브리 민족의 야훼처럼 다른 신들은 일체 인정하지 않았지.

이크나톤은 전국에 있는 아몬을 비롯한 여러 신들의 조각상과 신전들을 허물도록 했지. 그러나 아몬 세력의 완강한 저항에 부딪혀 이크나톤의 종교개혁은 실패하고 말았지. 이크나톤을 뒤이어 아홉 살에 파라오가 된 투탄카톤은 투탄카멘으로 이름을 바꿀 수밖에 없었지. 결국 아몬, 아멘이 승리했다는 뜻이지.

투탄카멘이 열여덟 살로 요절한 것도 아톤과 아몬의 쟁투와 관련이 있을 테지. 유대교나 기독교에서 자주 사용하는 아멘도 아몬에서 나온 말이지. 그리스 신들의 이름도 대부분 이집트에서 유래한 거고.

그가 내 이마와 정수리까지 아마포로 둘러 감았다. 나에게 뚫린 것은 이응 자 두 콧구멍밖에 없었다. 이제 어떻게 할 건가요? 나는 입을 열어 어떤 제안도 할 수 없어 그의 처분만 기다렸다. 그가 주섬 주섬 내 몸 위로 오르는 기척을 느꼈다.

자정 무렵 호텔로 와서 그와 대화를 나눌 기회도 없이 배정된 방으로 들어가 얼른 씻고 침대에 쓰러졌다. 다른 사람들은 방을 둘씩 셋씩 쓰는 것 같았지만 나는 여행사에 비용을 더 지불하고 독방을 부탁해 놓았다. 그도 어쩌면 독방을 쓸지도 몰랐다.

아침에 일찍 일어나 호텔 정원으로 나오다가 흠칫 놀랐다. 어젯밤에는 보지 못했던 피라미드 상단부가 거대한 킹콩처럼 담 너머에서 위압감을 주며 내려다보고 있었다. 무척 가까운 거리에 있는 듯했으나 밖으로 나와 보니 피라미드들은 옅은 안개에 싸인 마을 집들 건너 저 멀리에 우뚝 서 있었다. 삼각형으로 뾰족하게 깎아 놓은 돌산들처럼 보였다.

찰칵.

어디선가 카메라 셔터 소리가 나서 둘러보았다. 그가 담 모퉁이에 기대다시피 두 다리를 약간 벌리고 서서 피라미드 방향으로 카메라 렌즈를 향하고 있었다. 나는 그가 카메라를 내릴 때까지 기다렸다가 짐짓 천천히 다가가며 인사를 건넸다.

안녕하셨어요? 잠은 잘 잤나요?

아, 네. 룸메이트가 코를 좀 고는 바람에. 그래도 자긴 잤어요.

그는 한국 공항에서와는 달리 어색해하거나 쑥스러워하지 않고 말을 받아 주었다. 그에게 룸메이트가 있다는 말에 살짝 어떤 기대감이 빠져나가는 기분이었다.

아, 그 룸메이트도 혼자 온 모양이죠?

그렇군요. 공항에서 웬 아가씨랑 정답게 이야기하길래 그 여자랑 같이 왔나 싶었는데 처음 인사한 사이라나요. 붙임성이 좋은 성격 같아요. 그쪽도 혼자 온 거 맞죠?

나를 그쪽이라고 표현하고 있었다. 그는 무심한 척하면서도 내 쪽을 관찰하고 있었다는 말인가. 나는 얼굴이 살짝 달아오르는 것을 느꼈다.

네. 마음 정리도 할 겸 혼자.

마음 정리라?

그는 내 말을 독백처럼 한번 되뇌어 보더니 호텔 정문 쪽으로 향했다.

그가 내 몸 위로 오르자 숨이 더욱 막혔으나 전기가 흐르는 전선줄을 온몸에 감은 듯했다. 그는 미라 놀이를 시작할 때부터 개인적인 대화는 한마디도 하지 않고 자신의 작품을 읊조리듯 독백, 아니 방백을 하고 있었다. 그것도 미라 놀이의 주요한 요소인 모양이었다.

붕대처럼 끝도 없이 풀린 그의 문장과 단어들도 아마포 구석구석에 배어 내 몸을 감싸고 있었다. 바로 이런 효과를 노린 것인가. 문득 우리 인간들이 말의 붕대에 친친 감겨 미라처럼 살고 있다는 생각이 들었다. 그의 작품들은, 그리고 수많은 책들은 일종의 붕대 상자인 셈이었다.

이집트 유학생인 가이드는 기자 지역으로 우리를 인도하며 버스 안에서 파라오와 피라미드, 미라 들에 대해 꽤 재미난 농담도 섞어 가며 이야기해 주었다. 제4왕조의 쿠푸, 카프레, 멘카우레와 그 피라미드에 관한 설명은 대개 이미 알고 있는 내용들이었다.

기자 피라미드들이 오리온 별자리와 관련되어 있다는 새로운 학설에 대해 가이드에게 질문을 해 볼까 하다가 괜히 유식한 척하는 것 같아 그만두었다. 나의 관심은 줄곧 앞쪽 좌석에 앉아 있는 그의 옆자리에 쏠려 있었다. 45인승 버스에 스무 명가량이 타고 있으니 대부분 넉넉하게 두 자리씩 차지하고 있었다.

그의 옆자리 역시 비어 있었다. 가이드의 설명이 끝나자 사람들이 졸기 시작했다. 나는 침을 한번 꿀꺽 삼키고 얼른 그의 옆자리로 가 앉았다. 급히 앉는 바람에 나의 무릎과 그의 허벅지가 잠시 밀착되었다. 10년 동안 이런 시간을 기다려 왔어요. 하마터면 이 말을 입 밖으로 발설할 뻔했다.

저, 질문이 있어요.

내가 곁눈질로 그의 표정을 흘끗 살폈다.

아, 네. 인경 씨, 무슨?

그가 내 이름을 기억하고 처음 부르고 있어 심장이 잠시 멈추는 듯했다.

「심연」이라는 작품에서 주인공이 캐나다 호수를 내려다보며, 세상의 모든 이별이라고 하잖아요? 어떤 추가 설명도 없이 끝나 버려 무슨 의미일까 늘 궁금했어요. 물론 주인공이 한국에서 사별의 아픔을 겪고 왔기 때문에 그 마음은 어느 정도 이해가 되긴 하지만 호수를 세상의 모든 이별이라고 하는 것은?

그는 읽고 있던 책자를 덮으며 나를 향해 고개를 돌렸다. 그와 나의 시선이 올곧게 이어진 것은 이번이 처음이었다. 새벽 놀 빛처럼 붉은 기운이 옅게 퍼져 있는 그의 두 눈은 곧 전개될 풍경에 대한 기대로 차 있는 듯했다.

그 구절을 설명을 해 버리면 시시해집니다. 그대로 두지요. 그대로.

그는 그대로 손을 뻗어 내 손등에 슬며시 얹었다. 악력이 전혀 느껴지지 않는 손바닥의 감촉이 희한했다. 그의 손이 내 손을 잡고 있지 않은 것이 분명했지만, 그의 손 주위로 순식간에 형성된 어떤 파장에 내 손이 꽉 붙들려 있는 기분이었다. 이대로 꼼짝없이 피라미드까지 가야 하나 싶었으나 그는 곧 손을 거두었다. 하지만 나는 여전히 그 파장에 붙들려 있었다.

파장, 그래 파장이었다. 영석과 몸을 섞고 나서 떨어져 있어도 영석의 파장은 늘 내 주변을 맴돌았다. 남편의 파장은 강도가 너무도 미미하여 영석의 파장을 뚫고 들어올 여지가 없었다.

아마포 너머로 그의 몸에서 방출되는 파장을 느낄 수 있었다. 그는 나의 샅 부근에다 자신의 물건을 대고 문지르듯이 천천히 움직거렸다. 아무리 서서히 움직인다고 해도 거칠한 아마포에 쓸리지 않을까 염려되었다.

파라오들은 아내가 살아 있어야 왕의 자리를 유지할 수 있었지. 왕비가 없으면 파라오의 생명도 끝나 버리지. 실제로 투탄카멘은 왕비인 안케스-엔-아멘으로부터 왕관을 전해 받았지. 그리고 파라오는 태양신의 아들이기 때문에 일반인과는 함부로 결혼을 할 수 없어 주로 신의 가족들하고만 했지. 심지어 자기 딸이나 어머니하고도 결혼을 했지.

근친상간의 결과야 뻔했지. 파라오들 중에 정신병자들이 자연히 많이 생길 수밖에 없었지. 파라오가 자주 발광을 하면 두개골을 열어 주거나 구멍을 뚫어 주어야만 했지. 파라오 두개골 전문의가 주치의처럼 항상 옆에 있었지.

미카 왈타리가 지은 『시누헤』라는 작품에 그런 내용들이 나오지. 시누헤가 바로 이크나톤 파라오 두개골 전문의야. 시누헤 역시 투탄카멘과 함께 아톤과 아몬의 쟁투에 휘말리게 되지. 투탄카멘 두개골에 함몰된 흔적이 있어 타살된 것이 아닌가 말들이 많지만 두개골 전문의의 수술 흔적인지도 모르지.

그의 호흡이 조금씩 거칠어지면서 그의 물건도 강도를 더해 갔다. 어차피 붕대가 가로막고 있어 내 몸 안으로는 들어올 수 없을 텐데 그냥 아마포에다 사출을 할 것인가. 정액으로 송진이나 역청을 대신하려는가.

여기 보세요.

그가 덮었던 책자를 열어 옆자리에 앉은 나에게 보여 주었다. 영어로 된 책이라 순간 당황했다.

미라를 만들 때 내장을 다 꺼내어 카노포스 항아리에 담아 둔다고 했는데 심장만은 따로 말렸다가 다시 시신에 넣어 준다고 되어 있네요. 심장 대신에 스카라브 갑충석을 넣어 주거나 손에 쥐어 주기도 했네요. 저승 신 오시리스 앞에서 심장 무게를 재는 심판이 기다리고 있기 때문에 심장은 어떤 모양으로든지 몸에 지니도록 했군요. 저울 양쪽에 죽은 자의 심장과 진실의 깃털을 올려놓아 만약 저

울이 깃털 쪽으로 기울면 탐무트가 심장을 먹어 버리는군요. 그러면 심장도 없이 냉랭 황천인 두-아트를 떠돌게 되네요. 탐무트는 악어 머리에 하마 몸을 하고 있는 여신이군요. 그러나 심장 쪽으로 기울면 오시리스가 다스리는 저승 세계로 들어가게 되고. 이 모든 것을 따오기 신 토트가 기록을 하는군요.

아닌 게 아니라 그 책자 페이지에는 정확하게 따오기 모양을 하고 있는 토트 신 조각상이 실려 있었다.

심장에 담고 있는 진실의 무게가 적어도 깃털보다는 무거워야 저승으로 들어갈 수 있다는 말이군요.

내 말에 그는 잠시 눈을 감았다가 뜨며 독백처럼 읊조렸다.

이집트 사람들은 우리 인생이 깃털만 한 진실도 없이 살아가고 있는 존재라는 걸 이미 꿰뚫어 본 모양이군요.

그가 피식 웃음을 흘렸다.

깃털만 한 진실. 미라의 심장처럼 말라 쪼그라드는 느낌이 명치께에서 일었다. 깃털과 거대한 피라미드가 자못 대조적이라 여겨졌다. 575만 톤으로 추정된다는 피라미드라고 하지만 거기에 깃털만 한 진실의 무게가 있을까. 남편과의 결혼 생활이 10년이나 되지만 거기에 깃털만 한 진실이라도 있을까.

차창 너머로 피라미드가 쏟아지듯 다가오고 있었다.

미라가 되고 싶어요.

나도 모르게 피라미드의 위용에 압도되어 중얼거렸다.

이집트 미라의 아마포에 바른 송진 같은 방부제가 나중에는 오히려 미라를 훼손시키는 주범이 되고 말았지. 수지 성분의 산화작용으로 강렬한 자연발화가 일어나게 된 거지. 그러면 아마포 붕대는 물론이고 미라의 근육과 뼈까지 까맣게 숯으로 타 버리지.

투탄카멘 미라가 얼굴과 발을 제외하고는 거의 숯과 같이 변해 버린 것도 그런 자연발화가 원인이었지. 영원히 썩지 않도록 시신을 숯으로 만들어 버렸으니 그야말로 방부제 역할을 톡톡히 한 셈이지. 그래도 투탄카멘 무덤에서 3500점의 유물이 나오고, 미라를 싼 아마포 겹겹이 143개의 온갖 보석들이 끼워져 있었지.

낙타 몰이꾼들의 호객 소리를 뒤로 하고 쿠푸 피라미드의 입구로 몇 계단 올라갔다. 원래 입구는 좀 더 높은 곳에 있었지만 지금은 막아 놓은 상태였다. 9세기 초 이집트를 침공한 아바스 왕조의 칼리프 알 마문이 보물을 약탈하기 위해 뚫어 놓은 터널 입구로 들어섰다. 그때 알 마문이 피라미드 전체를 덮고 있던 석회암 화장석을 다 뜯어내는 바람에 쿠푸 피라미드는 거죽이 벗겨진 형용이 되고 말았다. 그 덕분에 210단을 쌓기 위해 230만 개나 사용했다는 우람한 돌들을 눈으로 보고 만져 볼 수 있게는 되었다.

알 마문의 터널을 지나자 꽤 경사진 통로로 연결되었다. 겨우 한 사람이 머리를 숙이고 지나갈 수 있는 통로 역시 돌들로 정교하게 짜여 있었다. 나는 희미한 조명 속에 잘 보이지 않는 통로 벽면을 손바닥으로 더듬어 보며 조심조심 아래로 내려갔다. 바깥 돌들보다 훨씬 매끄러운 감촉이라 석재의 종류가 다른 듯했다.

그가 바로 나를 따라 들어온 것 같았는데 내 뒤에는 중년 부부 한 쌍이 낮게 속삭이는 소리만 들려왔다.

도굴범들이 이 통로를 처음 발견하고는 디게 흥분했겠네. 무슨 보물들이 잔뜩 들어 있는 줄 알고. 파라오 귀신이 나오지 않을까 무섭기도 했겠어.

나폴레옹도 여기서 귀신을 보았대. 우힛.

에쿠, 놀래라.

남편이 아내의 옆구리를 슬쩍 찌른 모양이었다. 저 정도 정다우면 혹시? 아니면 갓 재혼한 부부?

영석의 좋은 점은 나에게 남편과 이혼하라고 보채지 않는다는 것이었다. 자신은 결혼 생활에는 흥미가 없고 이런 식으로나마 나와 만나며 독신으로 살아도 괜찮다고 했다. 다만 남편에게 자신과 나의 관계가 탄로 나지 않게만 해 달라고 부탁했다.

그런데 영석이 어떤 허점을 보였는지 지방에 산다는 이모에게 그만 꼬리가 잡히고 말았다. 이모가 나를 찾아오기까지 영석과 얼마나 신경전과 말싸움을 벌였을지 짐작이 되었다. 그 이모 말대로 내가 영석을 놓아주지 않으면 영석은 영영 나에게서 헤어나지 못할 것도 알고 있었다.

영석과 헤어진다고 해서 내 몸과 마음이 남편에게로 돌아가는 것도 아니었다. 숯으로 변한 미라처럼 남편에 대해서는 아무런 느낌도 끌림도 없었다. 다만 나를 믿고 살아온 순진한 남편이 절망하는 모습만은 보고 싶지 않았다.

통로를 계속 내려가자 약간 편편한 구간이 나왔다. 긴장했던 몸들을 펴며 좀 더 걸어 들어가니 어느새 지하의 방으로 연결되었다. 빈 석관이라도 놓여 있을 줄 알았는데 엉성하게 파인 직사각형 웅덩이만 있을 뿐 별로 볼만한 것이 없었다. 벽을 더 뚫어 보려고 했는지 몇 군데 움푹 파인 흔적들이 보였다. 어쩌면 공사를 하다가 어떤 사정으로 갑자기 중단되었는지도 몰랐다.

알 마문이 천신만고 끝에 통로를 발견하여 여기까지 내려와서 이 정도의 광경만 보았다면 얼마나 실망했을까. 거대하기 짝이 없는 피라미드 속은 텅 비어 있었다. 텅 빔을 위하여 이토록 채워 올렸단 말인가.

마침내 그는 자신을 텅 비워 내고 있었다. 붕대로 덮인 귀이긴 하지만 절정에 오른 그의 신음 소리는 들을 수 있었다. 살 부근이 축축해지는 것도 느낄 수 있었다. 바깥에서 안으로 축축해지는지 안에서 바깥으로 축축해지는지는 잘 알 수 없었다.

나는 피라미드 전체가 무너져 내려 지하 30미터에 있는 작은 방을 덮칠 것만 같은 공포가 갑자기 밀려왔다. 숨이 턱 막히고 온몸이 떨렸다. 비명을 내지르고 싶은 충동을 간신히 참았다.

나는 웅덩이를 들여다보고 있는 그에게로 다가가 난간을 짚으며 나를 좀 부축해 달라고 부탁했다. 그가 놀란 기색으로 오른팔로 겨드랑이를 받쳐 주었다. 그와 나는 여행 팀에서 가장 먼저 바깥으로 나왔다. 피라미드 입구는 몰려드는 관광객들로 마치 개미집 입구 같았다.

그와 나는 일행을 기다리며 피라미드 기층 돌 하나에 함께 걸터앉아 한숨을 돌렸다. 그제야 비로소 나는 그의 십년지기 애독자임을 밝혔고 영석에 관한 일도 얼개만 대강 이야기해 주었다. 그는 작가이기 때문에 엉성한 얼개만 가지고도 얼마든지 전체 상황을 유추

해 낼 것이었다.

아까 버스에서 내리면서 미라가 되고 싶다고 했죠?

나는 기억이 잘 나지 않는다고 둘러대었다.

그날 밤 그가 내 방으로 왔고 밤을 새우며 함께 맥주를 들이켜면서 잡다한 이야기들을 나누었다. 그는 작가라는 생활 이외에는 한 아내의 남편이요 한 아들의 아버지로서 특별할 것도 없는 그런 삶을 살고 있다고 했다.

작가라는 것이 얼마나 특별한데요?

나의 반문에 그는 쓴웃음을 지을 뿐이었다. 술기운이 오르자 그는 나에게 인생 상담을 해 주는 척하면서 슬며시 손을 잡고 허벅지를 만지며 새벽녘에는 입술까지 맞추었다. 나도 텅 빈 가슴을 그가 안겨 주는 쾌감으로 채우고 싶기도 했다. 그와 촉감을 나누면서도 그의 여러 작품 주인공들을 어루만지는 묘한 기분이 들었다.

내일 밤 우리 미라 놀이를 합시다. 일종의 죽음 체험을 통하여 인생 문제를 새롭게 바라보고 결별해야 할 것들과는 결별을 하는 거죠.

나는 역시 작가다운 발상이라고 생각하며 그의 가슴에 머리를 기대었다. 그의 심장 박동은 그에게도 뭔가 결별할 것이 있음을 나에게 넌지시 알려 주었다.

아름다운 여인이 죽거나 명망 있는 여인이 죽으면 미라로 만드는 것을 며칠 미루었지. 언젠가 어느 미라 제작 직인이 빼어난 미모의 여자 시신을 범하고 있었는데 그 현장을 동업자가 목격하고 당국에 밀고한 적이 있었지. 그 이후로 그런 여자들의 시신은 아름다움과 기품이 사라지기까지 사흘 정도 기다렸다가 미라 제작소로 보내졌지.

나는 혹시 지금 내 몸 위에서 숨을 몰아쉬고 있는 그가 시신 강간을 일삼는 시간(屍姦) 변태자는 아닐까 싶기도 했다. 미라 놀이를 하기 전에 그와 나는 얼마간 취해 있었고 지난밤보다 더 진한 애무가 오고 가다가 어느새 둘 다 알몸이 되어 있었던 것이었다.

그런 중에도 나는 그와 몸까지 섞는 실수는 범하지 말아야 한다고 자신에게 주문을 걸고 있었다. 한 남자와 헤어지기 위해 떠나온 여행길에 또 다른 남자와 진하게 얽혀 버린다는 것은 난센스 같이 여겨졌다. 하지만 옷까지 벗었으니 난감하기도 했다. 바로 그때 그가 미라 놀이를 하자는 약속을 들먹여 일단 안도의 한숨을 쉬게 되었다. 그도 한 아내의 남편이요, 한 아들의 아버지요, 한 애독자의 작가로서 막바로 나와 몸을 섞는 일을 머뭇거리고 있었는지도 몰랐다.

그가 천천히 조심스럽게 아마포 붕대를 내 몸에서 벗기기 시작했다. 먼저 머리의 붕대를 풀어 주면서 그제야 나에게 말을 걸어 왔다. 말투도 존대어로 바뀌었다.

느낌이 어떻습니까? 무슨 느낌을 물어보나 잠시 멈칫했다가 미라 놀이의 목적을 떠올리고 대답했다.

세상에 대해, 한 남자에 대해 죽은 것 같습니다.

나는 내 말이 정말이기를 바랐다. 그가 피라미드가 있는 쪽 창문을 바라보며 다시금 독백처럼 중얼거렸다.

어제 본 피라미드들은 붕대가 벗겨진 거대한 미라들 같았어요.

우리는 아슬아슬하게 살아간다

세월호는, 아무리 세월이 흘러도 도착하지 않는다.

진도 앞바다에 476명을 태운 세월호가 침몰하고 있다고 했다. 제주도 수학여행을 떠난 안산시 단원고 2학년 325명도 세월호에 승선하고 있다고 했다. 구조 헬기가 승객들을 구조하고 있다는 소식도 들렸다.

진혁은 자전거를 타고 규암면 문화마을 입구를 지나 백제문화단지 쪽으로 향했다. 누각도 없이 아치형 통로 두 개만 있는 건의문(建義門)을 지나자 왼편으로 한국전통문화대학교의 아담한 연갈색 건물들이 나타났다. 전통문화 보존과 복원을 위해 2000년 한국전통문화학교로 출발하여 2012년 한국전통문화대학교로 승격한 학교였다.

문화재관리학과, 문화유적학과, 전통조경학과, 전통건축학과, 보존과학과, 전통미술공예학과 들이 개설되어 있고 전통 옹기가마 실습실, 전통 목칠 공예 실습실, 석조 실습실, 대장간 등 각종 실습실들이 갖추어져 있었다.

진혁은 지난가을에 학교 교정으로 들어가 불에 탄 숭례문 복원을 위해 전통 방식대로 기와를 2만 6000장이나 구워 낸 와요(瓦窯)를 구경하기도 했다.

대한민국 헌법 제9조도 "국가는 전통문화의 계승·발전과 민족문화의 창달에 노력하여야 한다."라고 다짐하고 있다.

세월호의 세월과 전통. 세월이 오래 흘러야 전통이 되는 법이다. 인간의 일생을 70∼80년으로 잡는다 해도 그 세월 안에 전통이 하나 '세워'질 수 있을까. 자신의 일생을 영원처럼 살아 낸 인물이라면 가능하기도 할 것이다. 석가모니, 예수, 다스칼로스.

진혁은 머리를 한 번 좌우로 흔들고 나서 페달을 벗어난 발을 다시 페달에 올려놓으며 대학교 정문 앞을 지났다. 오른편 버스 정류장 간이 시설물에 어깨가 닿을 듯 말 듯했다. 정류장에는 세 명의 여대생들이 수다를 떨며 버스를 기다리고 있었다.

한 달 전 진혁도 그 버스 정류장에서 버스를 기다린 적이 있었다. 마침 여대생 두 명이 소보로빵을 서로 나눠 먹고 있다가 그중 한 명이 불쑥 진혁에게 빵 한 조각을 내밀었다. 서울에서는 상상할 수 없는 일이라 진혁은 당황한 나머지 자기도 모르게 빵 조각을 받아 들고 말았다. 고맙다는 말조차 하지 못했다. 하지만 그 빵 한 조각이 진혁에게는 가없이 따뜻했다.

왼편으로 녹색 철조망과 함께 쥐똥나무 울타리가 중간중간 개나리를 품고 빽빽하게 이어졌다. 쥐똥나무 가기가지에 하얀 꽃봉오리들이 맺히기 시작했다. 라일락 비슷한 향기가 코를 스쳤다. 진혁이 큰길 횡단보도에서 신호를 기다렸다가 건너자 롯데아울렛 주차장이 훤히 펼쳐졌다. 주말이면 승용차들이 홍수처럼 들어차는 주차장이 주중에는 한산한 편이었다. 그 너머에 한옥 형태로 지어진 큼직한 상점 건물들이 서 있었다.

주차장 오른편 건너에는 다양한 컬러 루버를 외벽에 붙인 롯데리조트 건물이 말발굽형을 이루고 있었다. 현관 앞에는 우람한 원목 기둥들로 세워진 원형 회랑이 널따란 둥근 지붕을 이고 독립된 건물인 양 버티고 있었다. 밤중에 조명을 받으면 마치 지극히 예술적으로 디자인된 UFO가 내려와 있는 듯했다. 세계 최초로 완전한 원으로 지어진 동양식 목구조 건물이라고 했다.

저 리조트에 식구들과 함께 내려와 휴가를 즐길 날이 있을까? 리조트는 무슨 뜻이지? 그러고 보니 아울렛도 무슨 뜻인지 모르겠군. 미확인 비행 물체들에 둘러싸여 살아가듯 미확인 언어들에 둘러싸여 살아가고 있다. 부도? 무슨 뜻인지는 알겠지만 한문으로 정확히 어떻게 쓰는지는 확인해 본 적이 없어. 확인하고 싶지도 않아. 부도는 도미노. 아, 도미노.

백제문화단지, 다시 말해 백제 유적 재현 단지 광장이 진혁의 자전거를 빨아들였다. 페달을 밟지 않아도 경사면을 따라 자전거가 저절로 달려 내려갔다. 진혁은 급히 오른편으로 핸들을 꺾어 나무들 사이로 뻗은 오솔길로 들어섰다. 싱그러운 빨간 꽃잎들로 뒤덮인 명자나무가 유난히 눈에 띄었다. 해당화와 대비되는 산당화. 명자나무에 꽃이 피면 명자가 바람난다나.

오솔길이 약간 오르막이어서 진혁은 페달에 힘을 좀 주어야 했다. 오솔길이 끝나는 데서 왼편으로 핸들을 틀자 박태기나무들이 와락 달려들었다. 어떻게 저런 형태로 꽃들이 필 수 있을까. 밥풀이 가지를 따라 덕지덕지 붙어 있다 하여 밥티나무라고도 한다. 명자나무의 빨간 꽃잎보다는 약간 옅은 붉은 꽃잎들이 촘촘히 길게 층을 이루고 있어 가지 하나를 꺾어 훅 훑으면 꽃 무더기가 한 손 가득 꽃물을 들일 것만 같다.

벚꽃처럼 잎보다 꽃이 먼저 피는 나무. 꽃들이 지고 나면 심장 모양의 넓죽한 잎들이 돋아나고 콩깍지 같은 꼬투리들이 열리는 나무. 꼬투리 모양이 칼집을 닮았다 하여 서양에서는 칼집나무라고 한단다. 가롯 유다가 예수를 배신하고 목매달아 죽은 나무라 하여 유다나무라고도 한다나. 그렇다면 저 붉은 꽃잎들은 유다가 토해 낸 선혈?

진혁은 왼손을 핸들에서 떼고 박태기나무 꽃잎들을 슬쩍 건드려 보며 페달을 계속 밟아 나갔다.

목매달아 죽는 사람들은 마지막 순간에 극도의 쾌감을 느끼면서 죽는다지? 교수형에 처해지는 남자 사형수는 앞으로는 정액을 토하고 뒤로는 대변을 배설하고. 삶 전체를 배설하는 쾌감. 목매달아 죽으려다 미수에 그친 사람들 중에는 코르사코프 증후군에 시달리는 사람도 있다지? 설마 림스키 코르사코프가 앓았던 병은 아니겠지. 작화증, 허언증. 자기가 지어낸 거짓말을 사실로 믿는 정신 질환자.

진혁은 어떤 영상을 떨쳐 내듯 자전거를 급히 멈추었다. 자전거에 기대서서 바로 앞에 펼쳐진 넓디넓은 민회딘지 주차상을 바라보았다. 저 멀리 서 있는 트럭 한 대를 제외하고는 텅 비어 있었다. 수백 대가 주차할 수 있는 공간이지만 주말에도 사람들은 롯데아울렛 주차장을 주로 사용했다. 아무도 찾아 주지 않는 무연고자공동묘지.

유다는 예수를 배신하는 쾌감과 함께 삶을 배설하는 쾌감까지 맛보며 죽는 특권을 누린 셈인가. 투신을 택한 자들은 신 포도주를 거부한 예수처럼 마지막 쾌감을 거부한 것일까.

진혁은 5년 전 회사 간부들과 봄나들이를 나와 부여 국립박물관으로 향하는 도중에 대절 버스 라디오로 노무현 사고 소식을 들었다. 처음에는 구체적인 설명도 없이 몸이 안 좋아 병원에 입원했다고만 했다. 그다음에는 등산하다가 실족하여 뇌출혈로 입원한 것 같다고 했다.

국립박물관 입구에서 내리자 비가 부슬부슬 내려 우의들을 갖춰 입고 전시실로 들어섰다. 제1전시실에서 민무늬토기와 골아가리토기들을 구경하고 있는데 전시실 안내 요원 아가씨가 진혁 일행에게 다가오더니 나직한 목소리로 속삭였다.

"노무현 대통령이 자살 기도를 했답니다."

"뭐? 자살?"

"투신 자살요."

일행이 웅성거렸다.

진혁은 숨을 몰아쉬며 제2전시실로 들어가 국보 제287호인 백제금동대향로 앞에 섰다. 향로 맨 위에는 봉황 한 마리가 긴 벼슬을 힘 있게 뒤로 젖힌 채 보주를 두 발로 밟고 우뚝 서 있었다. 바로 그 밑에는 다섯 마리 새들이 각각 산봉우리에 올라앉아 날개를 벌려 봉황을 우러르고 있었다. 봉황과 새들은 왕과 신하들을 상징하는 듯했다.

제2전시실 안내 요원 청년은 이어폰을 끼고 있다가 일행이 들어서자 얼른 떼어 내고 저쪽 구석에 섰다.

진혁이 그 청년에게 슬쩍 다가가 물었다.

"노무현 대통령 어떻게 됐대요?"

"사망이랍니다."

"사망, 사망? 죽었어?"

일행이 서로 얼굴을 쳐다보며 놀란 표정들을 지었다. 백제금동향로 꼭대기에 서 있는 봉황이, 새들이 앉은 산봉우리 아래로 곤두박질치는 광경이 진혁의 눈앞으로 휙 지나갔다.

진혁은 자전거를 고정시키고 등나무가 그늘을 드리우는 쉼터 의자에 앉아 스마트폰으로 뉴스 방송을 켜 보았다. 여전히 기울고 있는 세월호 선체와 구조에 힘쓰는 헬기, 경비정, 어선 들, 헬기로 끌려 올라가는 승객의 모습들이 화면에 비치는 가운데 뉴스 앵커가 세월호 학생 전원이 구조되었다는 소식을 전했다. 화면 하단 가득 "학생 338명 전원 구조"라는 글자가 고딕체로 박혀 있었다. 처음 325명이던 학생 수가 13명 더 늘어나 있었다. 교사들 수를 합해서 그런지도 몰랐다. 따옴표가 다소 미심쩍긴 했지만 진혁은 가만히 어깻숨을 쉬었다.

사고가 난 지 두 시간 이상이 지나 들려온 소식이니 믿을 만했다. 그것도 중앙재난본부와 경기도교육청이 발표한 내용이라지 않는가.

안산 단원고 강당에 모인 학부모들이 하생 견인 구소 소식을 듣고 손뼉을 치며 환호하는 모습도 방영되었다.

진혁은 다시 자전거에 올라 아까보다는 경쾌하게 페달을 밟아 나갔다. 백제문화단지를 빠져나와 백제문 쪽으로 향했다. 약간 오르막길이라 다리에 힘이 들어가고 핸들이 간혹 좌우로 흔들렸다. 백제문은 건의문과는 달리 2층 누각을 제대로 갖추고 있었다. 도로변 얕은 언덕에는 봄풀과 봄꽃들이 흐드러져 있었다. 중간중간 샛노란 산수유 꽃잎들이 무더기를 이루고 있었다.

큰 사고를 당할 뻔했다가 구조된 학생들은 지금쯤 안도의 한숨을 쉬며 탈출 무용담들을 나누고 있을지도 몰라. 열 살 무렵 방학을 맞아 고향에 내려가 사촌 형과 함께 강으로 멱을 감으러 갔지. 수영을 잘 못해 사촌 형의 등에 포개져 강 안쪽으로 들어갔어. 순식간에 사촌 형의 등에서 미끄러져 강물에 곤두박질치고 끝도 없는 깊이로 빨려 들어가는 느낌이었지. 아무리 손발을 휘저으며 버둥거려도 닿는 거라고는 무심한 물뿐이었지. 물에 빠져 죽는 것이 바로 이런 거구나 하는 생각이 스쳐 지나갔어. 공포를 느낄 겨를도 없었지. 다만 눈을 감고 있으면 금방 죽을 것 같아 두 눈은 뜨고 있으려고 했어. 눈을 떠 보았자 부연 시야만 펼쳐져 있었지. 그런데 한순간 온몸이 편안해지려고 하는 거야. 그 편안에 마음과 몸을 맡겨도 괜찮을 것 같은 기분이 드는 거야. 기분? 기분이라 표현하고 싶군. 그래, 좋은 기분이었어.

산 자들은 죽은 자들이 엄청난 고통 속에 죽어 간 걸로 오해하는 경우가 많지. 예수도 어쩌면 십자가에서 그렇게 심한 고통을 느끼지 않았을 수도 있어.

산 자들이 죽은 자를 안쓰럽게 여기고 그리워한다고 하지만 죽은 자들이 산 자들을 더욱 안쓰러워하고 그리워하는지도 몰라. 산 자들은 생업에 종사하느라 그리워할 겨를이 적을 수도 있지만 죽은 자는 그저 가없이 그리워하기만 하면 되거든.

명상 센터 사람들 외에는 대화 상대가 거의 없는 진혁은 언제부터인가 속으로 중얼거리는 버릇이 생겼다.

백제문을 지나자 백마강교 쪽으로 경사가 심한 내리막길이 이어졌다. 진혁은 뒷바퀴 브레이크를 손으로 쥐었다 폈다 하며 보도에 연한 자전거 길을 달려 내려갔다. 맞바람이 머리카락을 날리고 얼굴을 시원하게 문질러 주었다.

백마강교 오른편 난간 쪽으로 들어서자 자전거 길은 다시 평평해졌다. 저 앞에서 헬멧과 고글에 바이크웨어를 갖추고 작은 배낭까지 멘 여자가 자전거와 한 몸이 되어 날렵하게 날아가고 있었다. 순식간에 백마강교를 건너 부소산 쪽으로 꺾어 돌았다.

진혁은 오히려 아까보다 페달을 느리게 밟으며 다리 아래 펼쳐진 백마강을 바라보았다. 오른편 멀리 강가에 자리 잡은 고란사가 보이고 그 뒤쪽으로 낙화암이 깎아지른 듯 솟아 있었다. 고란사 선착장에서 유람선이 낙화암 쪽으로 선수를 돌리고 있었다. 차라리 저런 작은 배가 뒤집히면 선객들이 선실에 갇힐 위험도 없이 금방 구조될 수 있을 거야.

진혁이 처음 백마강교를 자전거로 건널 때는 난간들 사이로 내려다보이는 시퍼런 강물 빛이 바퀴살들을 붙잡는 것 같아 다리가 저려 오기도 했다. 자전거 앞바퀴가 난간에 부딪쳐 상물로 추락하는 광경이 얼핏얼핏 그려지기도 했다. 하지만 이제는 사뭇 편안한 마음으로 다리를 건너고 있었다.

나라 전체가 침몰하던 660년, 삼천궁녀가 투신했다는 절벽. '여러 비빈'이라는 기록이 조선 초 김흔의 시 「낙화암」에서 삼천이라는 수로 부풀어져 정설처럼 굳어지고 말았다나. 전설이 정설이 되고. 그 시에 옥쇄(玉碎)라는 단어가 나오지. 삼천궁녀의 옥쇄. 이미 삼천은 숫자가 아니지. 338명 전원 구조. 당연히 그래야지.

진혁도 1년 전 이맘때 정말 '옥쇄'하고 싶었다. 주로 중소기업에 자금을 지원해 주는 금융기관의 과장으로 근무하고 있었는데 자금을 지원해 준 기업들이 부도가 나는 바람에 자금을 회수할 길이 막막해지는 사례가 자주 발생했다. 기업의 담보 상태와 신용도를 제대로 파악하지 못한 대리들을 불러 혼쭐을 내기도 했다.

급기야 회사 전체에 구조 조정 바람이 불어닥쳤다. 그동안의 업무 성적과 근무 태도를 기준으로 구조 조정 대상자들을 골라 상담하는 일을 진혁이 맡았다. 일종의 자진 퇴직을 유도하는 셈이었다. 대상자들이 당혹해하는 모습을 볼 때 진혁은 자신이 먼저 사직서를 제출하고 싶기도 했다.

진혁이 타이르기도 하고 윽박지르기도 하여 열다섯 명가량을 간신히 퇴직시켰는데, 그중 한 명이 집 베란다에 목을 매 자살하는 사건이 일어났다.

퇴직당한 직원들은 그 자살 사건을 계기로 다시 뭉쳐 회사 앞에서 시위를 벌이기 일쑤였다. 자살한 직원의 아내는 진혁의 아파트 입구에서 목에 팻말을 걸고 1인 시위를 줄기차게 벌였다. 회사 회장과 함께 진혁은 살인마로 낙인이 찍혔다.

결국 진혁도 사표를 내고 말았다. 다시 말해, 일련의 사태에 책임을 지고 퇴직을 당한 셈이었다. 퇴직을 시킨 사람이 퇴직당하고.

진혁이 퇴직을 한 후에도 직원 아내의 1인 시위는 그칠 줄 몰랐다. 정 시위를 하려면 회사로 가서 하라고 해도 그녀는 막무가내였다. 진혁 한 사람만을 목표로 삼은 듯 심지어 진혁을 미행하기도 했다. 그녀의 눈동자는 초점을 잃은 지 오래였다. 그녀는 진혁을 따라오며 고래고래 고함치기도 했다.

"네놈이 지껄인 말 한마디에 우리 남편이 죽었어! 남편이 분명히 그렇게 말했어! 네놈이 남편에게 회사를 갉아먹는 해충이라고 했다며!"

진혁은 그 직원에게 그렇게 말한 기억이 없었다. 퇴직을 권고하자 그 직원이 진혁에게 욕설을 하며 대들다시피 하여 진혁도 순간적으로 기분이 상하여 맞대응을 하긴 했다. 진혁은 외출을 하게 될 때도 그녀가 뒤따라오는지 신경을 써야 했다. 옆에서 어떤 여자의 고성이 들리기만 해도 깜짝깜짝 놀라곤 했다.

직원의 아내가 밧줄을 가져와 자기 남편과 진혁을 함께 목매다는 꿈을 꾸기도 했다. 두 개의 목에 하나의 밧줄이 둘러져 있는 광경은 섬뜩하기 그지없었다. 진혁은 밤새도록 식은땀을 흘렸다. 이상하게 진혁도 목을 매고 싶은 충동이 스멀거렸다.

진혁은 아내에게 심경을 토로하고 말았다.

"이러다가는 내가 정말 큰일 나겠소. 1년간은 다른 직장도 구하지 않고 좀 쉬겠으니 양해해 주기 비)오. 퇴식금으로 좀 버티어 보구려. 1년 동안만 시골에 가서 회사 일들 다 잊고 요양을 하고 싶소. 아이들에게도 잘 말해 주오."

진혁에게는 대학생 아들과 고등학생 딸아이가 있었다. 아내는 진혁의 초췌한 모습을 보고는 진혁의 제안에 동의하지 않을 수 없었다.

"무엇보다 건강이 최우선이니 그리하도록 해요. 시골이면 어디로?"

진혁은 고향이 경북 청도이지만 부여로 내려가고 싶다고 했다. 『나의 문화유산 답사기』를 저술한 유홍준의 글을 어디선가 읽은 기억이 났다. 유홍준도 고향이 부여가 아닌데도 시골 생활에 가장 적합한 곳으로 부여를 꼽고 외산면 반교리에 자리를 잡았다. 그 동네는 돌담 마을로 유명한데 김종필 생가가 있는 곳이기도 하다. 마을을 감싸고 있는 아미산 산세가 그윽하기만 하다.

진혁은 백마강교를 건너 핸들을 오른쪽으로 틀어 도로 옆 밑 쪽으로 나 있는 자전거 길로 내려갔다. 아까 그 여성 전문 바이크라이더는 그냥 자동차들이 달리는 도로로 들어섰지만 진혁은 아직 그럴 만한 실력이나 담력이 없었다.

그 자전거 길은 백마강 수변 공원을 따라 이어져 있었다. 아래쪽 수변 공원에는 나무와 풀들, 야생초들이 가득했으나 사람 그림자는 보이지 않았다. 4대강 사업의 일환으로 백마강 주변에도 거대한 공원이 조성되었지만 주민을 위해 만들어 놓은 것 같지가 않았다. 이 시간에는 이명박 대통령이 진혁 한 사람만을 위해 수십 억 원을 들여 자전거 길과 수변 공원을 조성해 놓은 것만 같아 민망하기조차 했다. 너무도 감당하기 벅찬 선물이었다.

위쪽으로는 자동차들이 굉음을 내며 쏜살같이 달리고 아래로는 수변 공원의 나무와 풀들과 꽃들이 펼쳐져 있는 자전거 길은 고즈넉하여 포근한 느낌마저 들었다.

수변 공원 자전거 길이 끝나자 부소산 뒤편 산길 입구가 나왔다. '부소'는 원래 소나무를 일컫는 토속어라고 했다. 안내판을 보니 그 길로 올라가도 낙화암에 이를 수 있는 모양이었다. 산자락을 따라 개나리와 진달래가 약간 빛이 바랜 듯한 꽃잎들을 늘어뜨리고 있었다. 소나무들 사이에 섞여 있는 벚나무 벚꽃들은 한창 물이 올라 있었다. 소나무의 진초록 바다에 분홍에 가까운 담홍색 벚꽃 무더기가 유람선처럼 여기저기 떠 있었다.

진혁은 부소산을 오른편에 끼고 자전거 길을 올라가 굴다리를 지난 후 내리막길을 달려 부여초등학교 쪽으로 핸들을 꺾었다. 맞은편 부여여자중학교 학생들 몇 명이 교복을 입은 채 교문을 나와 분식집으로 들어가고 있었다. 여중생들이 떠드는 소리가 들려 진혁은 자전거 속도를 한껏 늦추었다.

"단원고 학생들 전원 구조가 아니래."

"잘못하면 학생 300명이 다 죽을지도 모른대."

진혁은 자전거를 얼른 멈추고 스마트폰으로 YTN 방송을 켜 보았다. 기울고 있던 세월호 선체가 이제는 거의 다 가라앉고 선수 밑바닥 부분만 조금 바다 위로 떠 있었다. 푸른 주둥이를 가진 거대한 고래가 호흡을 하기 위해 바다 위로 콧구멍을 조금 내민 형용을 하고 있었다. 아닌 게 아니라 선수 밑바닥에는 큰 구멍 같은 섯이 보이기도 했다. 그 구멍으로 세월호가 고래처럼 물줄기를 뿜으면 선객과 학생들이 크릴새우들처럼 튀어 올라올 것만 같았다.

"앞서 11시 5분께 모두 구조된 줄 알았던 단원고 학생들이 전원 구조되지 않았으며 현재 구조 중에 있다고 해경이 밝혔습니다. 현재 탑승객 477명 중 179명이 구조되었다고 합니다. 세월호 승무원 박지영 씨가 시신으로 발견되어 현재 사망 인원은 한 명입니다."

뉴스 앵커도 현장에 나가 있는 기자들과 연결해 보려고 애쓰며 허둥대고 있었다.

저기 가라앉은 배에 선객과 학생들 300명이 그대로 갇혀 있단 말인가. 아니면 다행히 탈출하여 구명조끼를 입은 채 바다에 떠 있는가. 방송 화면에는 바다 위로 드러난 세월호 선수 주위에 경비정과 어선들이 빨판상어처럼 붙어 있었으나 뾰족한 대책은 없는 듯했다. 헬기도 이제는 구조할 대상이 보이지 않는지 겉돌고 있기만 했다.

학생들을 구조 중이라고 했는데 그 어디에도 구조의 흔적은 보이지 않았다.

상황 종료, 바로 그것이었다. 이제는 한 명도 더 이상 구조될 것 같지 않은 예감이 진혁을 사로잡았다. 이후의 모든 구조 활동은 시신 수습에 소요될 뿐 생존자 구조 운운하는 것은 거짓 희망이요, 과시용 연극에 불과할지도 몰랐다.

진혁은 스마트폰을 끄고 부여초등학교를 지나 오른쪽으로 꺾어 자전거를 세웠다. 가로등 기둥에 자전거 잠금 장치를 연결하고 길을 건너 피아노 학원 건물 3층으로 올라갔다.

다스칼로스 명상 센터.

작은 간판이 붙어 있는 문을 밀고 안으로 들어갔다. 회원들이 진혁을 기다리고 있었던 듯 반기며 점심 식사를 하러 나가려 했다. 여자 셋, 남자 다섯 명이 근처 '백제의 집'으로 식사를 하러 가면서 역시 세월호 사건을 입에 올렸다.

"어떻게 전원 구조라는 새빨간 거짓말이 전국 방송 뉴스로 나갈 수 있어."

"그런 거짓말 때문에 구조 시간이 늦어진 거잖아."

"귀신이 곡할 일이지. 귀신 장난이 아니고서야 어떻게 그런 뉴스가."

회원들은 식사를 마친 후 자판기 커피를 한 잔씩 뽑아 들고 다시 명상 센터에 모였다.

진혁은 부여로 내려와 규암면 문화마을에 원룸을 얻어 기거하며 마음 수양을 위해 요가 수련원이나 명상 센터를 검색하여 찾아보았다. 다스칼로스 명상 센터. 이름부터 특이하여 호기심이 당겼다. 홈페이지를 열어 보니 다스칼로스가 무슨 뜻인지 풀이해 놓았다. 헬라어로 선생을 뜻하는 디다스칼로스에서 '디'를 뺀 신조어였다. 작은 선생이라는 뜻 정도 되는 듯싶었다. 그 모임에서는 '지중해의 성자 다스칼로스'의 가르침을 따라 명상 수련을 한다고 했다.

진혁은 그 명상 센터에서 추천한 『지중해의 성자 다스칼로스』를 먼저 읽어 보기로 했다. 부여 서점에서는 책을 찾을 수 없어 인터넷 서점 사이트를 통해 책을 주문했다. 세 권으로 되어 있는 그 책이 이튿날 곧바로 도착했다. 인터넷 쇼핑몰의 배달 속도는 부여라고 해서

예외가 아니었다. 1912년에 태어나 1995년에 세상을 떠난 키프로스의 기이한 인물을 미국의 메인 대학교 사회학 교수 마르키데스가 몇 년에 걸쳐 인터뷰를 하여 저술한 책이었다. 그 인물은 끝내 자신의 이름이 세상에 알려지는 것을 거부하여 '다스칼로스'라는 가명을 쓰기로 했다고 한다.

진혁은 종교를 가지고 있지는 않지만 모든 종교는 하나의 진리로 통한다는 생각을 늘 하고 있던 터라 갖가지 기적과 기이한 일들로 가득한 그 책이 거부감을 주지는 않았다. 오히려 마르키데스 교수처럼 점점 다스칼로스에게 빠져들었다고 하는 편이 솔직한 심정일 것이었다.

다스칼로스는 수많은 병자들을 기이한 능력으로 고쳐 주면서도 일절 대가를 받지 않았다. 세상의 명성을 구하지도 않았다.

"나는 이름 없는 한 평범한 인간으로 남아 있어야만 하네."

이것이 그의 신조였다.

병자들을 고쳐 주는 일은 그저 평범한 일에 속하고 그보다 더 진귀한 세계로 그는 이미 들어가 있었다. 그는 전생들을 알고 있었고 마음만 먹으면 유체 이탈을 하여 세상과 우주 어느 곳이나 갈 수 있었다. 그의 가르침 중에 우리의 생각들이 우리 자신과는 별개로 고유한 형체와 수명을 가진 염체(念體)를 이룬다는 사상이 인상 깊었다.

"진리의 탐구자는 훈련을 통해서 강한 생각으로 만들어진 강력하고도 자비로운 염체를 만들 수 있어야 한다."

"염체가 일단 외부로 방사되면 그것은 결국 그것을 만든 사람의 잠재의식 속으로 되돌아오는 것이 자연의 법칙이다. 그리고 그것들은 기억의 무더기 속으로부터 의식의 표면으로 떠올라 새로운 힘을 얻어서는 다시 잠재의식 속으로 잠복한다. 이 염체는 그 사람의 잠재의식 속에서 좀 더 영구적인 기반을 확보하게 될 때까지 이런 순환을 되풀이한다. 이것이 흡연, 도박, 음주와 같은 습관이나 강박관념이 형성되어 가는 과정인 것이다."

"사랑을 받을 만한 자격이 없다고 생각하는 사람을 여러분이 사랑한다면 포기하거나 실망하지 마십시오. 계속해서 그에게 사랑과 선의로 가득찬 염체를 보내십시오. 그는 이 생에서건 다음 생에서건 언젠가는 그 염체의 영향을 받을 것입니다."

다스칼로스 사후에는 후계자 코스타스가 뒤를 잇고 있다는데, 부여에 개설된 명상 센터는 자생적인 단체인 것 같았다.

진혁은 뭔가 갈급한 심정으로 명상 센터를 찾아가 등록했다. 명상복이나 회비도 따로 없었는데 굳이 회비라면 돌아가면서 내는 단체 식사비 정도라고 할까. 다스칼로스의 기본 사상을 고참 선배로부터 일대일로 배우고 명상의 초보 단계로 들어갔다. 신체 부위와 연관하여 빛깔과 색채를 떠올리는 명상이 가장 초보적인 것이었다. 빛깔과 색채마다 파장이 다르므로 그 파장이 우리 생각과 마음에 영향을 미친다는 것이었다.

머리 주변은 담황색 빛, 갑상선은 오렌지 빛, 가슴은 담홍색 빛, 복부는 담청색 빛, 두 팔과 두 다리는 순백색 빛으로 둘러싸인 자신을 마음으로 그려 보라고 했다.

"서로 다른 색깔의 둥근 빛이 겹치지 않도록 주의하십시오. 이 위에 더하여 완전히 하얀 광휘로 둘러싸인 당신의 전체 모습을 심상

화하십시오. 온통 하얗고 자욱한 이 광휘기 딩신을 해치려는 모든 것으로부터 당신을 보호해 주기를 염원하십시오. 온통 하얀 이 달걀 모양의 광휘로 당신의 현재 인격을 감싸십시오. 그것은 당신을 보호해 줄 것이고, 당신을 해치고자 하는 자들이 만들어 내는 해로운 생각이나 염체를 용해시킬 것입니다."

자아 분석 등등 몇 가지 단계를 거친 후 유체 이탈 수련 단계로 들어갔다. 이완법과 호흡법을 되풀이해도 진혁은 혼이 육체를 빠져 나갈 듯 말 듯하면서 별다른 진전이 없었다. 회원들 중에는 지도자에 해당하는 상규를 비롯하여 세 명 정도가 유체 이탈을 할 수 있는 수준에 이른 듯했다.

각자 수준에 맞게 명상 수련을 두 시간가량 한 후에 다시 회원들이 둘러앉았다.

세월호가 자꾸 어른거려 명상을 제대로 할 수 없었다는 것이 공통된 의견이었다. 키는 작으나 단단한 체격을 갖춘 상규가 진지한 표정으로 입을 열었다.

"1979년 7월 11일, 6년 전에 쏘아 올린 우주정거장 스카이랩이 고장을 일으켜 대기권으로 진입하게 되었다고 전 세계가 초긴장 상태에 들어간 적이 있었지요. 그때 다스칼로스가 유체 이탈을 하여 우주 공간으로 올라가 스카이랩 파편이 인구 밀집 지역에 떨어지지 않도록 남쪽 방향으로 틀기 위해 무진 애를 썼던 이야기 기억하시지요? 어두운 우주 공간으로 올라가 보니 스카이랩이 미친 듯이 요동치고 있었고 유체 이탈을 하여 올라온 다른 인종들도 있었지요. 인도인들, 티베트인들도 있었고, 미국에서 온 흑인 한 명도 있었지요. 유럽에서는 다스칼로스 한 사람만 올라갔다고 했지요? 결국 스카이랩 파편들은 오후 5시 37분 인도양과 사람이 살지 않는 호주 남서부 지역에 떨어져 다행히 인명 피해가 없었지요."

상규가 회원들이 다 알고 있는 그 이야기를 새삼 꺼내는 이유를 알 것도 같았다. 유체 이탈 수준에 이른 회원들의 표정이 긴장되어 갔다. 그중에 주희라는 중년 여성도 한 명 있었는데 약간 파리해진 얼굴로 상규에게 반문했다.

"지금 세월호가 가라앉아 있는 물속으로 들어가 보자는 말인가요?"

상규가 말없이 고개만 끄덕였다.

"그곳은 다스칼로스가 올라간 우주 공간보다 더 무섭지 않을까요?"

"은줄이 끊어지지 않는 한 다시 돌아올 수 있어요."

상규의 의중을 읽은 명수가 대신 대답해 주었다. 명수 역시 유체 이탈을 할 수 있는 회원으로 고등학교 영어 교사로 일하고 있었다. 은줄은 유체 이탈을 한 혼과 육체를 이어 주는 줄이라고 했다. 지구를 일곱 바퀴 감을 정도로 긴 줄로 아무리 멀리 나아갔어도 은줄을 타고 다시 육체로 돌아올 수 있다는 것이었다. 그런 경험을 해 보지 못한 진혁으로서는 신화 같은 이야기였다.

"지금 내가 먼저 가 보겠습니다."

상규가 회원들이 둘러앉아 있는 중간에 몸을 뉘고 심호흡을 하며 눈을 감았다. 잠시 후 몸이 가볍게 떨리더니 기절한 듯이 까라졌다. 명수가 염려스러운 얼굴로 상규의 맥박을 재고 있었다. 7분가량 지난 후 상규가 눈을 떴다. 두 눈에는 핏빛이 맺혀 있었다. 물속에서 통곡했는지도 몰랐다.

"아무도 없었어요."

"배에 선객과 학생들이 없다는 말인가요?"

진혁이 다급히 물었다.

"유체 이탈을 하여 도와주러 온 사람이 없었다는 말이에요. 나는 겁에 질려 선체 가까이 가 보지도 못했어요. 게다가 시야가 부옇게 흐려 선체가 잘 보이지도 않았어요. 바다 위에서 잠수사들이 밧줄을 가지고 들어오기도 했는데 그들도 해류에 휩쓸려 방향을 찾지 못하다가 밧줄을 든 채로 도로 올라가 버리더군요. 결국 밧줄하나는 선실 입구에 걸어 놓은 것 같았어요. 그들이 들고 온 하얀밧줄과 내 은줄이 서로 세게 부딪치며 스쳐 혹시 은줄이 끊어지면어쩌나 걱정이 되기도 했어요. 물질과 비물질의 스침이라는 것을알면서도 말입니다. 여러분도 함께 들어와 주시면 뭔가 도울 일이있을 것 같습니다. 다스칼로스처럼 배를 들어 올릴 수는 없다고 하더라도 에어포켓에 아직도 살아 있는 사람들이 있다면 잠수사들을 그쪽으로 인도하는 일 정도는 할 수 있을 겁니다."

결국 주희를 제외한 세 명의 남자들이 유체 이탈을 시도했다. 주희는 세 남자들의 맥박을 번갈아 재면서 이마의 땀을 훔쳤다. 진혁과 다른 회원들도 맥박 재는 일 정도는 도와주고 싶었으나 유체 이탈의 세계를 잘 모르므로 조심스러웠다.

주희가 갑자기 명수의 뺨을 때리다시피 손바닥으로 쳤다.

"맥박이 150까지 올라갔어요."

주희의 다급한 소리와 함께 명수가 깨어났다.

"선체로 접근해 보았나요?"

지철이라는 다른 회원이 명수에게 물었다.

"함께 접근하려는데 누가 은줄을 확 잡아당기는 바람에."

명수는 깨어난 것이 못내 아쉽다는 표정이었다. 다시 유체 이탈을 시도하려 했으나 회원들이 말리며 안정을 시켰다.

10분가량 지난 후 상규와 경민이라는 회원이 한숨을 내쉬며 깨어났다.

"살아 있는 사람이 있던가요?"

진혁이 상규의 표정을 살피며 물었다.

"잠수사들이 쳐 놓은 밧줄을 따라 간신히 선체로 들어가 보았으나……."

상규가 미간을 찌푸리며 고개를 저었다.

"살릴 수 있는 시간들을 다 소비하고 이제 와서 야단법석을 부려 보아야……."

물속의 풍경을 지우려는 듯 경민이 부르르 몸을 떨었다.

"우리가 유체 이탈을 한다고 하지만 다스칼로스의 수준에 이르려면 아직도 까마득하다는 사실을 이번에도 절감했습니다. 유체 이탈을 하긴 했지만 우리가 할 수 있는 일은 그 참혹한 광경을 속수무책으로 바라보는 것밖에 없었습니다. 유가족과 일반 국민들이 깊은 바닷물로 가려져 있는 그 참혹한 광경을 직접 목도한다면 모두 다까무러치거나 발작을 일으키지 않을 수 없을 겁니다. 잠수사들도 거센 해류와 부연 시야로 일부만 보게 되는 것이 그나마 다행입니다. 그렇지 않으면 잠수사들이 감압하며 올리오면서 이니 머리가 돌고 말 겁니다. 시신을 자신의 딸인 양 아들인 양 끌어안고 올라와야 할 잠수사들을 생각해 보십시오."

주희가 경민의 말을 듣다 말고 비명을 지르며 두 손으로 귀를 막았다. 그러다가 주희도 유체 이탈을 했는지 까무러치고 말았다.

"어디로 간 거지?"

상규가 혼잣말을 하며 주희의 맥박을 짚기 시작했다.

진혁은 지금껏 유체 이탈의 단계를 통과하기를 간절히 기대했으나 이제는 그 단계까지 나아가고 싶지 않은 마음이 들었다. 유체 이탈은 무엇보다 타인의 고통에 깊이 참여하는 방편이어야 했다. 못볼 것을 보아야 하는 고통. 진혁은 그 고통을 감당할 자신이 없었다.

진혁은 마음의 고통을 이기기 위해 부여까지 내려와서 혼자 생활하며 명상 센터에서 수련을 해 왔는데 자신의 고통보다 더 큰 고통들을 목도해야 하는 수련을 받아 온 셈이었다. 타인의 큰 고통으로 자신의 고통을 이겨야 하는 수련이었단 말인가.

진혁은 슬며시 일어나 건물 바깥으로 나왔다. 아직도 초봄의 햇살이 눈부셨다. 부여 군청을 지나 만엽 홍도화가 가지에 뭉개진 듯 흐드러지게 피어 있는 길을 따라 자전거를 타고 가면서 문득 마음이 시나브로 아문 것을 느꼈다. 심하게 찢어져 너덜너덜 피를 흘리고 있던 심장을 누가 기워 놓은 듯 가슴께에서 사뭇 장력이 느껴졌다.

침몰했던 인생이 다시금 부력을 회복할 것 같은 예감이 들기도 했다. 명상 센터에서의 수련이 없이도.

진혁은 더욱 힘을 내어 자전거 페달을 밟았다. 이번에는 백마강교로 가지 않고 백제교를 건너 문화마을로 향했다. 오래된 백제교에는 박용래의 시 「고향」이 새겨진 동판이 난간에 걸려 있었다.

> 눌더러 물어볼까
> 나는 슬프냐
> 장닭 꼬리 날리는
> 하얀 바람 봄길
> 여기사 부여(夫餘), 고향이란다
> 나는 정말 슬프냐

누구에게 "나는 슬프냐?"라고 묻고 싶은 사람은 이미 슬픔을 극복한 사람일까. 장닭 꼬리 날리는 하얀 고향 바람 봄길에서 시인도 슬픔이 아문 것일까.

하지만 이제 슬픔으로 가슴이 찢어지기 시작하는 사람들이 바닷가에 모여 있다. 지구의 모든 바닷물로 씻어 내고 씻어 내어도 영영 씻을 수 없는 슬픔. 그래도 그들을 끝내 붙들어 줄 하얀 바람, 봄길이 있었으면.

진혁이 2층 원룸으로 올라와 저녁을 지어 먹고 텔레비전을 켜니 여전히 세월호 선수 밑부분이 고래 주둥이처럼 바다 위에 떠 있었다. 새로 구조된 사람은 없고 구조 인원 숫자만 오르락내리락했다. 구조 인원이 352명으로, 368명으로 늘었다가 168명으로 줄어들었다. 11시 뉴스에 이르러 174명으로 정리되었다. 현재 사망 6명, 실종 274명.

"아, 진짜 죽는다고, 배가 뒤집어졌어."(09: 02)

"얘들아, 우리 배가 전복하기 직전이야. 잘 지내."(09: 05)

"얘들아, 진짜 내가 잘못한 거 있으면 다 용서해 줘. 사랑한다."(09: 05)

"얘들아, 움직이지 말고 가만히 있어. 조끼 입을 수 있음 입고 살아서 보자. 전부 사랑합니다. 이따 만나자."(09: 13)

"엄마, 내가 말 못할까 봐 보내 놓는다. 사랑한다."(09: 27)

"이제 해경이 왔대. 아직 움직이면 안 돼."(09: 29)

"기다리래. 기다리라는 방송 뒤에 다른 안내 방송은 안 나와요."(10: 17)

사고가 난 지 두 시간이 지나도록 학생들은 살아서 카톡을 보내고 있었는데 그 긴 시간 동안 당국자들은 무슨 전화들을 하고 있었던가.

"지금 승객들은 거의 다 나왔어요, 배에서?"

"예, 그런데 지금 119에서 학생 하나가 안 나왔다고 119 쪽으로 전화가 왔다고 했는데 지금 확인이 안 되고 있습니다."

"그러니까 대부분 다 나왔다는 말이에요? 선내에는 없다는 이야기예요?"

"그 전부터 계속 기울어지면서부터 사람이 나와 있었기 때문에 내부 수색은 정확히 안 했는데 거의 다 나온 것으로 확인이 되는데 문이 안 열린다는 전화는 한 번 받았다고……."

"그러니까 대부분 다 나왔다는 말이에요? 선내에는 없다는 이야기예요?"

이런 선문선답 같은 통화가 10시 47분경에 이루어졌다.

해경 경비함 123정에 처음으로 구조된 사람들이 세월호 기관장,

기관부원 등 일곱 명이었고 선장도 곧이어 구조되었다는 뉴스가 전해졌다.

사흘째 되는 날 오전 10시 50분에 선체 공기 주입이 시작되었다. 그 시각 50대 남성으로 추정되는 시신 한 구가 인양되어 사망자 수가 스물여섯 명으로 늘었다.

그리고 한 시간 후, 아슬아슬하게 조금 남아 있던 세월호 선수 밑부분이 바닷물에 후룩 잠겨 버렸다. 파란 희망 한 줄기가 꺼져버렸다. 그토록 많은 기회를 주었건만 모든 기회를 날려 버린 죄벌이 바다 가득 엄중하게 내려졌다. 빼꼼히 열어 둔 철문이 차디찬 물살에 꽁꽁 닫혀 버렸다. 팽목항은 맹목(盲目)항이었다.

진혁은 희한하게도 꿈속에서 유체 이탈을 하여 바닷속 세월호 선체로 다가갔다. 잠수사들도 없고 진혁 혼자였다. 상규는 혼자 바다로 들어가 무서웠다고 했는데 진혁은 별로 두렵지가 않았다. 어릴 적 사촌 형의 등에 탔다가 강물 속으로 빠져들었을 때의 평온함이 다시금 온몸을 휘감았다.

둥둥 떠다니는 시신들이 선실 안에 떼를 이루고 있을 줄 알았는데, 선실 가득 물봉선과 벌노랑이, 광대나물, 우단동자, 제비꽃, 목련, 송엽국, 갈퀴나물, 금계국, 개망초 꽃잎들이 만화경 풍경인 양 질서 정연하게 대칭을 이루며 떠다니고 있었다. 꽃 향기가 풍기는 것 같기도 했다. 물속에서 죽어 가면서 산 자들을 향해 보낸 그들의 염체는 '사랑'이었다.

자기 남편과 진혁의 목을 함께 밧줄로 둘러 묶던 그 여인도 우단동자꽃이 되어 푸근하게 떠다니고 있었다. 그러고 보니 진혁 자신도 물봉선이 되어 입을 금붕어처럼 뻐끔거리고 있었다.

사람이 꽃으로 변할 수도 있는가 하는 의문이 들었지만 그 꽃들은 다스칼로스의 심령체가 되어 서로 재잘대며 이야기들을 주고받기도 했다.

"우리는 어떤 형체로도 존재할 수 있습니다. 더 나아가 형체가 없이도 우리는 존재할 수 있습니다. 이곳과 저곳에 동시에 존재할 수 있습니다."

다스칼로스도 길쭉한 갈퀴나물꽃이 되어 속삭이고 있었다.

주희에게서 진혁에게 전화가 왔다.

"왜 요즘에는 명상 센터에 나오지 않나요? 어디 아픈가요?"

"저렇게 큰 비극을 당한 사람들도 있는데 우리가 어디 아플 자격이라도 있나요?"

"그런데 왜 안 나오세요? 명상할 자격이라도 있느냐고 말하려는 건 아니죠?"

바로 그 말을 하려 했다 하려다가 대답을 돌렸다.

"당분간 쉬고 싶군요."

주희가 잠시 말을 멈췄다.

"그런데 주희 씨는 지난번에 유체 이탈하여 어디를 가 본 거예요?"

"나는 차마 바닷속으로 들어가지는 못하고 실종자 가족들이 모여 있는 곳으로 가 보았지요. 자식이 시신으로 발견된 부모들의 오열을 들으며, 열일곱 살에 오토바이 사고로 죽은 아들 생각이 나 나도 함께 통곡했지요. 물론 그들은 내 통곡 소리를 듣지 못했겠지만. 나는 그들을 위해 아무것도 해 줄 수가 없어 찢어진 그들의 심장에 담홍색 빛깔의 테두리를 만들어 자꾸만 덮어 주었지요. 그리고 은줄을 길게 늘려 구조 작업을 어떻게 하고 있나 구조 본부와 해경, 해군 들도 둘러보았지요. 급하게 왔다 갔다만 하고 도통 지휘 계통이 서 있지 않더군요. 위에서 명령이 내려와도 살짝 흉내만 낼 뿐 꿈쩍도 하지 않더군요. 구조 흉내. 그런 중에도 목숨을 걸고 바다로 뛰어드는 분들도 있긴 했지요. 은줄을 더 길게 늘려 청와대까지 가 보았어요."

"청와대요?"

"청와대야말로 우리 같은 사람들이 유체 이탈이라도 해야 들어가 볼 수 있는 곳이잖아요. 바닷속보다 더 깊고 어두운."

진혁은 자못 긴장되는 것을 느끼며 물었다.

"거기서는 무엇을 보았나요?"

"……"

'마음이 가득하던' 시간들

홍명희의 『임꺽정』에 "돌이는 첫눈에 마음이 가득하였다."는 문구가 있다. 돌이가 선자리에서 상대방 처녀를 보고 느낀 심정을 표현한 구절이다. 요즘 맞춤법으로는 '마음에 들었다'고 해야겠지만 '마음이 가득하였다'는 말이 묘한 여운을 느끼게 한다. 아마도 사라진 아름다운 우리말, 그래서 살려야 할 우리말일 것이다.

아닌 게 아니라 '가득'을 검색해 보면 다른 국어사전들에는 언급되어 있지 않지만 표준국어대사전에는 네 번째 뜻으로 '감정이나 정서 생각 따위가 많거나 강한 모양'이라고 풀이해 놓았다. 실제로 '걱정 근심이 가득하다'는 말은 지금도 종종 사용되고 있다. '마음이 가득하다'는 현대 저작물에서는 읽어 본 적이 없지만, '마음에 들다'보다는 훨씬 풍부한 감정을 표현한 문구임에 틀림없다. 설레고 두근거리는 복합적인 마음이 그 문구에 다 담겨 있는 셈이다.

문학이나 소설이라는 말만 들어도 '마음이 가득하던' 시절이 있었다. 그러나 문학과 소설을 가르치는 일이 직업이 된 후부터는 '마음이 가득하지' 못하고 마음이 차츰 비어지는 것을 느끼지 않을 수 없었다. 물론 인터넷과 스마트폰 등 IT 기술의 발달로 인한 문명의 거대한 전환에 알게 모르게 영향을 받았을지도 모른다. 나이를 먹어 가는 탓도 있을 것이다.

그러나 학생들을 가르치다가 좋은 실습소설들을 만나거나 황정은의 『백의 그림자』 같은 소설들을 만나면 나의 심장이 다시 활발히 뛰는 것을 볼 때, 문학에의 열정이 아직도 나에게 꿈틀거리고 있음이 분명하다.

이제 문학과 소설을 가르치는 직업에서 은퇴할 시점에 이르러 오랜만에 소설집을 묶어 내게 되었다. 밤을 새워 가며 이 소설들을 쓰는 시간에는 그 어느 때보다 '마음이 가득하였다'고 감히 말할 수 있겠다.

세월호 사건과 유병언의 처연한 죽음, IS의 테러, IS에 대한 강대국들의 막강한 공습 들을 보면서, 그리고 친지와 지인들의 부고를 접하면서 정말 우리 인생은 아슬아슬하게 살아가는구나 하는 느낌을 더욱 받게 되었다.

인생이 아슬아슬하게 살아가는 거라면 소설도 아슬아슬하게 쓰고 있는 것이리라.

이번 소설집을 출간하는 과정에서 여러모로 격려해 준 민음사에 감사드리며, 독자들이 이 소설들을 통해 조금이나마 유익을 얻기를 기대해 본다.

관악산 자락에서
2016년 3월 조성기

감당(堪當)과 담당(擔當)의 삶

이경재(문학평론가·숭실대 국문과 교수)

1 예사로움의 미학

『우리는 아슬아슬하게 살아간다』에는 수십 년 동안 보아 온 작가 조성기의 문학적 개성이 고스란히 드러나 있다. 이때의 문학적 개성으로는 작가 자신이 작품 속에 실제와 근사(近似)하게 등장하는 것이나 흥미로 가득한 교양과 지식이 독자의 읽는 재미를 배가시키는 것 등을 우선 꼽을 수 있다.

이번 작품집에는 한 평론가가 "자성 소설"이라 칭한 특징, 즉 "작가인 자기 스스로를 인물화하여, 허구의 맥락을 단지 '삽화' 정도로 최소화시키는 가운데 경험 현실의 사실성을 최대한도로 유지하면서, 그 속에서 작가라고 하는 자신의 사회적 실존을 전경화시키거나 아니면 글쓰기 자체에 대한 자의식을 드러내는"[1] 면모가 매우 뚜렷해졌다. 작품집에 수록된 여덟 편 중에서 절반 이상의 작품에 실제 작가와 적지 않은 유사성을 지닌 인물이 주인공으로 등장한다.

특히 「금병매를 아는가」는 자기기 2003년에 「반금병매」를 《중앙일보》에 연재하면서 겪은 일들을 거의 그대로 서사화한 작품이라고 해도 과언이 아니다.

다음으로 이전 소설들에서 자주 발견되는 "지적 탐구의 태도와 해부의 방법"[2]을 이번 작품집에서도 확인할 수 있다. 거의 모든 작품에 일반인들은 쉽게 알 수 없는 동서고금의 수준 높은 교양들이 마치 누구나 아는 평범한 일인 듯 자연스럽게 녹아들어 있는 것이다. 일테면 「미라 놀이」에서 펼쳐지고 있는 고대 이집트와 관련된 여러 가지 역사적 사실들이나 풍습들에 대한 이야기는 지의 향연이라고 해도 과언은 아닐 것이다. 특히 이번 소설집에서 반복되어 등장하고 있는 중국의 전족 풍습에 대한 이야기는 거의 전문가적 수준에서 펼쳐지고 있다. 존칭의 어미를 사용함으로써 작가가 실제 독자에게 말을 건네는 듯한 느낌을 주는 「있을 수 없는 고백」에서는 소설가가 "제가 일일이 다 설명할 필요 없이 이러이러한 것을 잠시 인터넷에서 검색해 보십시오. 자, 이제 어느 정도 그 사항에 대해 아셨지요? 그럼 다시 이야기를 이어 갑니다."라는 식으로 소설을 써 나갈 수도 있겠다고 말하는 대목이 등장한다. 이 말은 조성기의 소설이 얼마나 많은 지식과 교양을 바탕으로 하여 쓰이는 것인지를 우회적으로 보여 주는 장면이라고 할 수 있다.

앞에서 말한 두 가지 특징보다도 더욱 주목할 것은, 동서양의 많은 미학 이론가들이 예술의 가장 심오한 단계로 꼽은 예사로움과

---

1 김경수, 「조성기의 자성 소설에 대하여」, 『통도사 가는 길』(민음사, 2005), 381쪽.
2 조남현, 『현장 비평가가 뽑은 올해의 좋은 소설』(현대문학, 1995), 509쪽.

자연스러움의 미학이 이번 작품집에서도 잔잔하게 흐르고 있다는 점이다. 쓸데없이 어깨에 힘을 주어서는 독자들을 피로하게 하는 기괴한 음색과 구성 등이 난무하는 이 시대에, 조성기는 억지로 쥐어짜는 듯한 목소리와는 구별되는 자연스러움으로 인간과 시대에 대한 깊이 있는 성찰의 진경을 펼쳐 놓고 있는 것이다.

이번 소설집에서 조성기 작가는 수십 년간의 적공으로만 가능한 문학적 개성 위에 새로운 주제 의식을 담아 내고 있다. 그것은 삶의 실상 그대로를 끌어안는 '감당'과 타인의 삶에 적극적으로 공감하는 '담당'의 자세를 조용하지만 뜨겁게 전하고 있는 것이다. 수십 년간 치열한 예술혼과 구도자적 자세로 삶과 세상의 본질을 탐구해 온 작가가 도달한 삶에 대한 성찰의 고도는 불모의 시대를 살아가는 이들에게 따뜻한 구원의 손길이 되기에 모자람이 없다. 이 따뜻한 손길은 1971년 등단한 이후 문학이라는 하나의 등불만을 의지해 어두운 길을 오롯이 걸어온 문학적 거장만이 보여 줄 수 있는 우리 시대의 축복이라고 할 수 있다.

2 팔루스의 상실에 대한 두려움

이번 작품집에는 1000년이 넘는 역사를 가진 중국의 전족 풍습이 여러 작품에서 반복적으로 등장한다. 「작은 인간」에 등장하는 젊은 여성 작가는 스무 살이나 연상인 유명 작가와 불륜 관계를 맺고 있다. 이 유명 작가는 '나'의 두 발에 집착하며, '나'는 자신의 발을 신발째 움켜쥔 유명 작가를 보며 "언뜻 전족을 만지는 중국 남자들을 떠올"린다. 이 작품의 내화는 '내'가 쓰고 있는 소설인데, 이

내화 역시 중국의 전족 풍속에 대한 것이다. 「금병매를 아는가」에서
삭가인 '내'가 소설에 연재하는 「반(反)금병매」는 "전족의 사회사"
라고 할 만큼 전족에 대한 풍부한 내용을 담고 있다.

「미라 놀이」에서 작가인 그와 이제 막 불륜을 끝내고 이집트로
여행을 온 '내'가 하고 있는 미라 놀이 역시 전족의 변형이라고 할
수 있다. 미라 놀이란 그가 '나'의 "이응 자 두 콧구멍"을 제외한 온
몸을 붕대로 감는 것이다. 그는 '나'의 몸을 붕대로 모두 감은 후에
는, '나'의 샅 부근에다 자신의 물건을 대고 문지르듯이 천천히 움직
인다. 이것은 마치 전족한 발에 자신의 성기를 마찰하여 쾌감을 얻
는 모습이 그대로 반복된 것으로 보인다. 실제로 전족은 "성관계 시
전희와 질 대용"[3]으로 기능하기도 하였다. 「미라 놀이」에서는 몸 전
체가 발에 해당하며, 온몸을 감고 있는 붕대는 전족한 여인의 발을
감싸고 있는 "하얀 무명 전족 천"의 변형인 것이다.

「작은 인간」에서는 서술자가 직접 나서서 중국의 전족 풍습이
"발 페티시즘"이라는 설명을 하고 있다. 프로이트에 따르면 페티시
즘은 거세 콤플렉스와 관련된 것으로서 남근 상실에 대한 두려움으
로 인해 발생한다. 만약 여성이 거세를 당해 버린 것이라면 자신의
페니스도 위험에 처할지 모른다는 공포감과 불안감이 들기 때문에,
여성에게 페니스가 없다는 사실을 쉽게 인정하지 않으려 한다는 것
이다. 페티시스트는 이 공포와 불안을 이겨 내기 위해 뭔가 다른 어
떤 것을 여성의 페니스 자리를 대신하는 대체물로 여겨서는, 그 대

---

3 이의정·양숙희, 『페티시즘』(경춘사, 1998), 157쪽.

체물에 여성의 페니스로 향하던 관심과 흥미를 집중하게 된다.[4] 따라서 거세 불안(castration anxiety)을 부인하기 위해 페티시스트가 어머니의 거세된 성기의 대체물로 과도한 집착을 보이는 특정 사물이나 특정 신체는 "남자아이가 한때 그 존재를 믿었던 여성의 페니스, 혹은 어머니의 페니스의 대체물"[5]에 해당한다. 라캉은 페티시즘에서 숭고한 대상으로 여겨지는 페티시를 penis라는 생물학적 기관 대신에 phallus라는 욕망의 위치로 바꿔서 설명한다. 팔루스는 생물학적 기관으로서의 페니스와는 달리, 남녀 모두가 갈망하지만 어느 누구도 도달할 수 없는 충만함과 완전함을 함축한 위치를 의미한다. 라캉의 이론에서 팔루스는 전체, 완성, 완전한 지식이나 권위를 약속하지만 어느 누구에 의해서도 소유될 수 없는 것이다. 그것은 언어 속에서는 성취 불가능한 것이기 때문이다.[6] 라캉의 이론에 따를 경우, 거세 공포는 비단 생물학적 차원에서 남성에게만 일어나는 것이 아니라 모든 인간이 자기 존재의 결핍과 부족에서 비롯되는 욕망에 해당하는 것으로 폭넓게 해석할 수 있게 된다. 실제로 거세는 생식기에 대한 공포에 국한된 것이 아닌 감정적인 취약성의 문제이기도 하다.[7] 이러한 페티시즘의 심리학적 발생 원인은 이번 조성기의 소설집을 이해하는 중요한 통로라고 할 수 있다. 앞질러 정리를 하

---

4 지그문트 프로이트, 김정일 옮김, 「절편음란증」, 『성욕에 관한 세 편의 에세이』(열린책들, 1996), 29~31쪽.

5 같은 책, 28쪽.

6 파멜라 투르슈웰, 강희원 옮김, 『프로이트 콤플렉스』(앨피, 2010), 241~242쪽.

7 이의정·양숙희, 앞의 책, 75쪽.

자면, 이번 작품집에서 페티시즘에 빠진 인물들은 팔루스의 상실에 대한 공포에 빠져 있다고 볼 수 있다.

이번 작품집에는 페티시즘의 근본 원인인 팔루스의 상실에 대한 두려움이 곳곳에 드러나 있다. 많은 인물들은 자신이 살아가는 사회에서 안정된 위치를 확보하지 못하고 있으며, 그로 인해 전능한 존재로서의 자기를 인정받는 데 심각한 어려움을 겪는 경우가 흔하다. 이러한 특징은 「작은 인간」과 「금병매를 아는가」에서 뚜렷하게 드러난다.

「작은 인간」에서 발에 집착하는 작가는 젊은 시절에 어디를 가나 사람들의 "존경과 호기심으로 가득" 찬 눈빛을 받았으며, 고위층 인사들은 너나 할 것 없이 그를 초청할 정도로 큰 인기를 누렸다. 그러나 그 인기는 점차 시들어 갔고, 지금은 생활비를 신경 써야 하는 지경이다. 그는 비단 생활상의 문제를 겪을 뿐만 아니라 삶의 이상이라는 측면에서도 위기에 봉착해 있다. 그는 젊은 시절 몇몇 동료들과 함께 프랑스 유토피아 사상(기독교에 사회주의 내지는 공산주의를 접목시키는 내용)을 연구하고 토론하다가 사형 집행을 당하기 직전에 간신히 살아나기도 하였다. 그러나 현재의 그는 유럽에 와서 프랑스 사상들이 제대로 실현되고 있는 모습을 발견하지 못해 크게 실망한 상태이다. '나'는 그의 "발이 너무 작아, 달아날 수가 없어."라는 잠꼬대를 들으며, "사상의 전족은 '욕망의 전족'"이라는 생각에 이른다. 이것은 욕망의 문제와 사상의 문제가 결코 분리될 수 없는 것임을 분명하게 보여 준다. 그는 지금 생활의 차원은 물론이고 사상적으로도 거세 공포에 시달린다고 말할 수 있으며, 이것은 일종의 발 페티시즘을 낳은 심리적 원인이 되고 있다.

「금병매를 아는가」의 주인공인 '나' 역시도 현실적으로 곤란한 상황에 처해 있다. 처음 유력 신문사에서 '나'에게 야한 작품으로 널리 알려진 "금병매를 연재"해 달라는 제안을 했을 때, '나'는 처음 자신의 "귀를 의심"할 정도로 충격을 받는다. 그러나 지금까지 출간한 책들은 "인세 한 푼 지급됨이 없이" 재계약만 계속되는 상황에서, '나'는 "에덴의 선악과"에 해당하는 금병매 연재를 하기로 결심한다. 이 결심에는 대학을 졸업하고도 취업이 되지 않자 외국으로 어학연수라도 다녀오겠다는 딸의 얼굴도 큰 영향을 주었다. 이 작품 속의 작가 역시 팔루스의 상실이라는 위협에 놓여 있다는 점에서는 「작은 인간」의 작가와 별반 다르지 않은 것이다.

이후 '나'는 금병매가 단순하게 외설적인 작품만은 결코 아니며 예술적으로 매우 가치가 있는 작품임을 애써 확인하게 된다. 일테면 프랑스 유학을 다녀온 문단 후배에게서 들은, 중국 4대 기서 중『금병매』만이 유일하게 "문학"이자 "세계 명작의 하나"로 취급받는다는 이야기를 철석같이 믿는 식이다. 금병매를 연재하는 일은 결코 "모독감"을 느껴서는 안 되는 일인 것이다. 이후 연재 과정에서 외설성 시비가 일었을 때, '나'는 시종일관 당당하게 한국 사회의 얄팍한 위선, 문학을 바라보는 시각의 협소함 등에 맞서 나간다. 그러나 연재를 담당했던 기자가 두어 달 전에 자살을 했다는 소식을 듣고서는 "내 글이 그의 자살을 방조했을지도 모른다."는 자괴감에 빠진다. 그 기자의 자살은 "내 글에 대한 그 어떤 냉대"보다도 "내 글을 차갑게 비웃고 있는 것만 같았"던 것이다. 이 상황에서 '나'는 "온몸이

'전족'으로 조여드는 느낌"을 받는다. 작품의 마지막 대목에서 그동안 힘들게 억눌러 온 거세 공포가 온몸이 전족으로 조여드는 느낌을 통해 끝내는 그 얼굴을 드러내고 있는 것이다. 이 거세 공포는 대중과 사회의 편견과 무지에 당당하게 맞서 나갔던 '나'이지만, 내면의 가장 깊은 곳에서까지는 자신을 완벽하게 설득시키지 못했음을 보여 주는 것이라고 할 수 있다.

이 소설에서 관심을 기울여야 할 것은 금병매 연재를 준비하는 과정에서 '내'가 "그만 전족 풍습에 흥미를 느끼게 되었다."는 사실이다. 그리하여 '나'는 존경받는 문단 선배의 장례식장에서 만난 후배 작가에게 이번 연재에서 "전족의 사회사를 그리고 싶어."라고까지 말하게 된다. 전족에 대한 이러한 특별한 관심과 애정 역시 거세 공포와 그로부터 비롯된 페티시즘의 맥락에서 읽어 낼 수 있다. 이와 관련해 '내'가 『금병매』의 주인공 서문경의 성적 탐닉은 "발기부전 콤플렉스에 대한 보상"이며, 자신이 그동안 써 온 소설들의 성적인 묘사도 "발기부전 콤플렉스와 맥락이 닿아 있었다."고 고백하는 대목은 음미해 볼 만하다. 나아가 '나'는 자신의 작품뿐만 아니라 자신이 실제로 20대부터 발기부전에 대한 "무의식적인 두려움"을 지니고 있었으며, "그 두려움을 여성에 대한 환상적인 그리움으로 보상하려는 경향"이 있었다고 고백한다. '서문경, 작품 속 인물들, 나'가 모두 '발기부전'과 관련되어 있는 것인데, 이 때의 발기부전은 거세 공포의 좀 더 구체화되고 세속화된 기호라고 이해할 수도 있을 것이다.

「내가 태어나던 날」은 거세 공포가 분단이라는 한국사의 특수성과 맞닿아 있는 것으로 그려지는 이채로운 작품이다. 작품의 대부분은 '내'가 태어난 "1950년 3월 26일"에 벌어진 갖가지 사건들의 나열로 이루어져 있다. 그날은 이승만 대통령의 76회 "탄신 경축식"이 있었고, 김달삼 등이 월북을 기도하다 사살되었고, 대한의학협회는 장엄한 어조의 성명서를 발표하였다. 이외에도 그 무렵의 역사적 사실과 송금수표 분실 공고 등의 온갖 사소한 일들이 나열되고 있다.

그러나 역시 가장 큰 초점은 사소한 삶의 파편들 사이에 놓인 '나'의 삶이다. '나'는 "태어나던 날", 이미 "전향을 강요당하는 미전향 장기수"가 된 사람이다. '내'가 태어나고 3개월이 지난 어느 날 큰아버지는 인민군 대좌가 되어 백마를 타고 고성 읍내에 나타났으며, '나'의 아버지 역시 남한보다 북한에 마음을 두고 살았던 것이다. 그리하여 '나'는 출생과 더불어 "전향한 것도 아니고 미전향한 것도 아닌 정순덕 같은 존재가 되"어 버린다. 이 작품에 등장하는 정순덕의 삶은 '마지막 빨치산'으로 유명한 역사적 실존 인물 정순덕의 삶과 일치한다. 이 작품에서 '나'는 "정순덕 같은 존재가 되었"다는 말에서 알 수 있듯이, 정순덕과 동일시된다. 정순덕은 미전향 장기수들이 북한으로 돌아갔을 때도, 전향 장기수라고 하여 미전향 장기수들과 함께 가지 못한다. 전향서 하나 때문에 그녀는 뿌리도 내릴 수 없는 이 땅에 남겨진 것이다. '내'가 자신의 뜻과는 무관하게 좌파 아버지와 큰아버지 때문에 고생했듯이, 정순덕도 자신의 뜻과는 무관하게 남편을 따라 고난의 인생행로를 걷게 된 것으로 볼 수 있다. 결혼한 지 여섯 달 만에 좌익인 남편을 따라 지리산으로 들어갔던 정순덕은 '마지막 빨치산'이 되었다가 오른쪽 다리를 잃고, 현재는 병으로 왼쪽 다리마저 마비된 상태이다. 이 작품에서 경순덕이 선향한 것도 아니고 미전향한 것도 아닌 '나'와 동일시되는 인물이라면, 정순덕의 부재하는 다리는 반공 이데올로기가 절대적인 영향력을 행사하던 한국 사회에서 '내'가 처한 거세의 상황을 감각적으로 구현한 것으로 이해할 수도 있다.

3 세상의 불완전성을 '감당'하기

이번 작품집에 등장하는 주요 인물들은 페티시즘(대부분 발에 대한)에 빠져 있고, 이것은 팔루스의 상실이라는 두려움에서 비롯된 것이라고 할 수 있다. 그러나 라캉이 이야기했듯이, 팔루스는 어느 누구도 도달할 수도 없고 소유할 수도 없는 것이다. 그것은 언어를 바탕으로 한 우리의 삶과 세상이 근원적으로 한계를 지니고 있는 것과 무관하지 않다. 따라서 페티시에 대한 집착에서 벗어나는 또 하나의 길은, '전체, 완성, 완전한 지식이나 권위' 등과는 거리가 있는 현재의 삶을 있는 그대로 인정하는 것일 수도 있다. 자신이 처한 인간적 결핍과 곤란에 직면하기를 거부하지 않고, 결핍과 무능으로 가득 찬 이 세상과 그 속에 놓여진 자신을 있는 그대로 인정하는 것은 팔루스의 상실을 있는 그대로 인정하는 것이기도 하다. 「선인장과 또, 또, 또ㅇ」에서 그것은 "감당"이라는 단어를 통해 분명하게 드러난다. 그것은 역설적이지만 진정한 의미로 근본적이며 그렇기에 종교적이기도 한 삶의 태도이기도 하다.

「선인장과 또, 또, 또ㅇ」에는 똥의 이미지가 가득하다. 이 '똥'은 이 세상의 근본적인 불완전성과 타락을 의미한다고 볼 수 있다. 40년

만의 폭우로 인해 작가인 '내'가 사는 집에는 구정물이 역류해 들어온다. 똥물이 역류하기 전에도 건물의 복도에는 임자를 알 수 없는 똥 덩어리가 "호젓한 산길의 서낭당처럼 푸짐하게 쌓여 있"고는 했다. 그 이전에는 누군가가 줄기차게 복도에 오줌을 싸 놓았으며, 방뇨 사건이 사라진 것과 더불어 똥이 나타난 것이다.

'나'는 융의 자서전을 번역하고 있는데,[8] 그 자서전 속에도 거대한 똥이 등장한다. 자서전의 주인공은 자신이 어린 시절에 꾼 꿈 때문에 오랜 기간 번민한다. 그 꿈의 내용은 "하느님은 세상 저 위 높은 곳에서 황금 옥좌에 앉아 있고, 옥좌 밑으로 거대한 똥 덩어리 하나가 반짝이는 성당 새 지붕에 떨어져 지붕을 산산조각 내고 성당의 벽돌을 부"수는 것이다. 자서전의 주인공은 그 꿈을 신성모독적이라고 생각하여 그것을 발설하지 않으려고 오랫동안 고민해 왔다. '나'는 이 거대한 똥꿈의 의미가 "복음의 배설물로 똥칠(금칠)을 하고 있는 교회들"을 나타낸 것이라고 해석한다.

이 작품에는 '건물의 똥'과 '꿈속의 똥' 외에도 다른 똥이 반복해 등장한다. 우수문학도서로 뽑힌 '나'의 소설책에는 "힘내라, 한국 문학"이라는 표어가 책 표지에 둥그런 스탬프처럼 찍혀 있다. '나'는 스탬프처럼 찍혀 있는 표지의 누르뎅뎅한 둥근 원도 '똥'이라고 생각한다. 그것을 '똥'이라고 생각하는 이유는, 우수문학도서 지원이 '내'가 "없어져야 할 것"이자 "죽어야 할 것"으로 생각하는 로또 사

---

8 조성기는 카를 구스타프 융의 자서전을 번역한 바 있다. 그리고 「선인장과 또, 또, 또」에 등장하는 꿈은 그가 번역한 『카를 융 기억 꿈 사상』(카를 구스타프 융, 김영사, 2007)의 80쪽에 등장한다.

업에서 마련된 돈으로 이루어지기 때문이다. 로또에서 1등으로 당첨된 사람의 아버지는 로또 자체를 "똥"이라고 선언한 바 있기도 하다. 융의 어린 시절 꿈과 로또 사업에 바탕한 우수문학도서 지원 사업에 대한 해석에서 알 수 있듯이, 이 작품에서 '똥'은 물욕에 깊이 함몰된 지금 이 세상의 타락을 상징한다. 그것은 "소설이란 타락한 세상을 타락한 방법으로 보여 주는 것"이라는 골드만의 소설론을 "똥 같은 세상을 똥 같은 방법으로 보여 주어야 한다."는 '나'의 소설 관에서도 어느 정도 확인할 수 있다.

어느 순간부터 '나'는 복도에서 발견되는 의문의 똥이 "똥 같은 세상에서 똥처럼 살고 있는 나의 삶에 대한 경고로 하늘에서 내리는 똥"이라는 생각을 한다. 그러고는 "하늘에서 나에게 내려진 똥을 감당하기로 마음"먹는다. 그러자 이상하게도 마음이 조금 편안해지는 것을 느낀다. 흥미로운 것은 '내'가 번역하고 있는 자서전의 주인공(카를 구스타프 융)도 바로 그 똥 세례 꿈을 발설한 후에 "영원한 저주" 대신 "깊은 안도감과 말할 수 없는 해방감"을 느꼈다는 사실이다. '나'나 자서전의 주인공 모두 "똥을 감당하기로 마음을 먹자 똥이 사라진 느낌"을 받게 된 것이다. 이때의 '감당'이란 결코 세상의 불완전성과 타락성에 몸을 담근다는 의미가 될 수는 없다. 그것은 불완전성과 타락성을 삶의 근본적 속성으로 받아들이며, 이 삶의 지평 안에서 자신의 온 존재를 걸고 그것에 맞서 나가겠다는 결연한 대결의 자세에 가깝다. 그렇기에 똥을 '감당'하는 일은 부처로까지 비유되는 선인장과 "방뇨자의 귀두와 그 배변자의 항문"을 닦아 주는 고통스럽지만 성스러운 이미지와 연결될 수 있는 것이다.

「성인봉」은 '감당'의 의미를 소소한 일상을 배경으로 하여 잔잔하게 풀어 내고 있는 작품이다. 이 작품에서 대학교수와 대학생들은 울릉도로 여행을 가서 뜻하지 않은 고행을 하게 된다. "뒷동산 산책하듯이 다녀오면 된다는 식"의 민박집 여주인 말을 듣고 시작된 등산길은, 이들에게 주어진 마지막 체력과 정신력까지도 요구하는 혹독한 여로로 변모한다. 예상보다 훨씬 길어진 등산길로 인하여 생수병과 체력은 곧 바닥이 나고, 대학교수인 '나'조차 땅바닥에 떨어진 막대 사탕을 입에 넣고 싶은 유혹을 느낄 정도이다. 이들은 산죽 속 줄기를 뽑아 먹으면서 울릉도에서 가장 높은 봉우리인 성인봉에 간신히 오르지만, 그것은 고행의 끝이 아니라 더 큰 고행의 시작일 뿐이었다. 이들이 하산길로 선택한 나리분지까지는 4.4킬로미터가 남아 있었던 것이다. 결국 그 산행의 일원인 양숙은 발목이 접질러지는 사고까지 당하게 된다. 태식과 오민, 나중에는 교수인 '나'까지 양숙을 번갈아 업으며 그들은 힘들게 하산을 하게 된다. 마침내 그들은 무사히 하산을 하게 되고, 작품은 "우리도 한나절 동안에 극한 고난을 통해 성인(聖人)이 되어 있었다. 성인봉 다섯 봉우리가, 두 봉우리는 겹쳐진 채 우람하게 비빔밥집으로 들어서고 있었다."로 끝난다. 결국 그 등산과 하산을 끝까지 '감당'한 이들은 '성인'으로서의 자격을 갖춘 인간으로 형상화되고 있는 것이다.

4 '담당'의 윤리와 사랑의 염체(念體)

'감당'은 허구의 페티시 같은 것을 통하여 손쉽게 자신의 전능성을 유지하려는 것이 아니라, 자기와 자기가 속한 세계의 불완전성과 타락성을 수락하려는 삶의 자세임을 확인힐 수 있나. 소성기의 이번 작품집에서는 그러한 '감당'에서 한 단계 나아간 '담당'의 윤리가 나타나고 있다. '감당'보다 '담당'이 한 단계 더 나아간 '윤리'라고 말할 수 있는 이유는, '담당'에는 자신이 적극적으로 무언가를 행한다는 의지적이며 자각적인 요소조차 사라진 그야말로 무의지적이고 무조건적인 삶의 태도가 드러나 있기 때문이다. 이러한 '담당'의 윤리 야말로 조성기의 이번 작품집이 이전 소설과는 구별되는 가장 예리한 지점이라고 말할 수 있다.

「있을 수 없는 고백」은 「그린 마일」이라는 영화에 등장하는 커피라는 인물을 소개하며 시작된다. 그는 "세상 죄와 고통을 다 짊어지고 십자가에 달렸다는 예수를 떠올리게 하"는 인물이다. "세상 사람들의 고통에 공감하는 능력"을 가진 커피는 타인의 병을 함께 앓으면서 그들의 병을 고쳐 주는 괴로운 일을 반복한다. '나'는 현실에서 "바로 커피와 같은 존재"인 50대 중반의 여성을 만나고, 이 작품은 바로 그 여성에 대한 이야기로 이루어져 있다. 시골 아주머니로 보이는 여인이 환자의 아픈 부위를 만지면 그곳이 씻은 듯이 낫는 것이다. 이 여인의 특이성은 그녀가 "현금이나 대가를 받는 것도 아니고 그저 고생스럽게 봉사"한다는 점이다.

이 작품에는 의학 지식으로는 설명할 수 없는 병 치료, 즉 신유(神癒)의 사례로 오럴 로버츠나 캐서린 쿨만이 소개된다. 그러나 "그냥 신묘한 능력이 있어서 사람들의 병을 치료하는 것이 아니라 사람들의 병을 자신이 함께 앓아 가면서 낫게 하는 일"을 한다는 점에서, 그녀의 신유 방식은 "오럴 로버츠식도 아니요 캐서린 쿨만식도

아"니다. 어떤 경우에는 자기 몸이 나빠서 앓고 있는 것인지, 다른 사람의 병을 앓고 있는 것인지 구분을 하지 못할 정도로 그녀는 타인의 고통을 온몸으로 함께 아파한다.

그녀는 병뿐만 아니라 상대방의 삶 자체를 함께 살아간다고 해도 과언이 아니다. 피아니스트가 오기 전에는 피아노 치는 시늉을 하고, 작가인 '나'를 만나기 전에는 글을 써야겠다는 생각으로 머리가 터질 지경이 되는 식이다. 암 환자와 같은 중환자를 치료할 때는 극한의 고통을 함께 치러야 하기 때문에 "차라리 내가 죽고 그 사람이 살았으면 싶을 때도 있어."라고 말할 정도이다. 그런 일종의 전이 현상 내지 전이 능력은 이 작품에서 "공감 능력"으로 설명된다. 그녀가 보여 주는 공감의 범위는 때로 한 개인을 넘어서 나라와 세계 전체로 확대되기도 한다. 이러한 그녀의 모습을 보며 '나'는 "예수의 모습"을 보고, "예수의 외침"이 들려오는 듯함을 느낀다. "나는 그녀를 만나고 나서 비로소 성서에서 말하는 '담당(擔當)'이라는 말이 무슨 뜻인가를 조금은 알게 되었"던 것이다.

이 '담당'의 윤리는 보다 적극적으로 세상을 향해 자신을 열어 놓는 행위이며, 그것은 종교적 신성의 본질이 담겨 있는 삶의 자세라고 말할 수 있다. 실제로 그녀는 자신의 치유 행위를 "기도"라고 표현하기도 하며, '나'는 "그녀 자체가 어쩌면 기도요 기도의 응답인지도 모르"는 일이라고 생각한다. '담당'이라는 말 속에는 어떠한 이해나 결과도 고려하지 않는 사유와 행위의 맹목성이 포함되어 있다. "그녀가 그 일이 부담스러워 더 이상 하지 않기로 결심한다면 그녀는 세상의 갖가지 병들을 앓다가 죽고 말 거예요. 그녀는 어쩌면 죽지 않기 위해 죽도록 고생하는지도 몰라요."라는 말 속에는, 그녀가 보여 주는 '담당의 삶'이 왜 진정한 윤리일 수밖에 없는지 잘 설명되어 있다. 그녀에게 남의 고통을 함께 앓고, 그것을 치유하는 일은 무조건적으로 따를 수밖에 없는 충동의 차원으로까지 승화되어 존재하는 것이다.

「우리는 아슬아슬하게 살아간다」는 대타화된 방식으로 '담당'의 윤리가 중요함을 역설하는 작품이라고 할 수 있다. 세월호 사건을 배경으로 하여 '담당'의 윤리가 결여된 자들이 이 세상에 가져올 수 있는 그 끔찍한 악의 모습을 선명하게 보여 주고 있는 것이다. 이 작품은 이번 소설집에 수록된 어떤 작품보다도 오늘날 한국의 현실에 밀착되어 있다. 그것은 주인공 진혁이 서울을 떠나 부여에 머물게 된 사정에서부터 분명하게 드러난다.

진혁은 본래 중소기업에 자금을 지원해 주는 금융기관의 과장으로 근무하였다. 그러나 자금을 지원해 준 기업들이 부도가 나는 바람에 자금을 회수할 길이 막막해졌고, 결국 회사 전체에 구조 조정 바람이 불어닥친다. 이 상황에서 진혁은 구조 조정 대상자들을 골라 상담을 하며, 그들을 자진 퇴직하도록 유도하는 일을 떠맡게 된다. 진혁은 열다섯 명가량을 간신히 퇴직시키지만, 그중 한 명이 집 베란다에서 목을 매 자살하는 사건이 발생한다. 진혁은 살인마로 낙인찍히고 결국 사표를 내지만, 이후에도 자살한 사원의 아내는 1인 시위를 벌이며 진혁을 압박한다. 결국 진혁은 1년간은 다른 직장도 구하지 않고 쉬겠다는 생각으로 부여에 내려오게 된 것이다. 진혁의 직장 생활 이야기는 신자유주의의 광풍 한가운데에 놓여 있는 한국 사회의 한 축도라고 할 수 있다.

이 작품의 스토리 시간은 세월호가 침몰한 하루로 한정되어 있다. 처음 진혁은 뉴스를 통해 중앙재난본부와 경기도교육청이 발표한 세월호 학생 전원의 구조 소식을 듣는다. 그러나 전원 구조 소식은 얼마 되지 않아 점차 암울한 이야기로 변모된다. 이후의 과정은 온 국민이 경악 속에 지켜본 그대로이다. 진혁은 세월호라는 지옥이 눈앞에 펼쳐진 상황에서, 마음 수양을 위해 다니던 다스칼로스 명상 센터를 찾아간다. 키프로스의 기이한 인물인 다스칼로스를 따르는 그 명상 센터의 사람들은 유체 이탈을 하여, 세월호가 가라앉아 있는 물속을 직접 가 본다. 그들은 "도와주러 온 사람이 없"는 그곳에서 "모두 다 까무러치거나 발작을 일으키지 않을 수 없"는 "참혹한 광경을 직접 목도"하고 돌아온다. 이때의 유체 이탈은 "무엇보다 타인의 고통에 깊이 참여하는 방편"으로서, 이번 소설집의 맥락에서라면 일종의 '담당'에 해당하는 행위라고 할 수 있다. 진혁은 마음의 고통을 이기기 위해 부여까지 내려와서 혼자 생활하며 명상 센터에서 수련을 해 왔는데, 그것은 자신의 고통보다 더 큰 고통들을 목도해야 하는 수련을 받아 온 셈이었다. 진혁은 부여에 머무는 1년 동안 "타인의 큰 고통으로 자신의 고통을 이겨야 하는 수련", 즉 '담당'의 윤리를 수련해 온 것이다.

그러나 세월호라는 지옥이 이 땅에 펼쳐진 것은 이 땅에 '담당'의 윤리를 실천하는 자들보다는 그것에 등 돌린 자들이 더욱 많았기에 가능한 일이었다고 할 수 있다. 어찌 보면 '담당'도 아닌 최소한의 '감당'도 거부한 그들은, 이 작품에서 세월호 사고가 난 지 두 시간이 지나도록 별다른 대처도 하지 않는다. "선문선답 같은 통화"나 주고받던 "당국자들"이나, "구조 흉내"나 냈던 해경 등이 대표적으로 '담당'을 거부한 자들이라고 할 수 있다.

그러나 진정으로 '담당'이나 '감당'과 거리가 먼 존재는 "바닷속보다 더 깊고 어두운" 다른 곳에 있었음이 드러난다. 진혁이 유체이탈을 하여 청와대에 다녀온 주희에게 "거기서는 무엇을 보았나요?"라고 묻자, 주희는 아무런 대답도 하지 못한다. 그 말줄임표는 한국 사회에서 사라진 '담당'과 '감당'의 윤리를 드러내는 동시에, 너무도 당연한 윤리를 저버린 자들에 대한 표현조차 불가능한 작가의 분노를 드러내는 것이기도 하다. 주희의 말줄임표를 풍성한 '사랑의 염체'[9]로 바꾸는 것이야말로 작가 조성기가 40년이 훌쩍 넘는 시간 동안 원고지 위에서 생을 걸고 추구해 온 문학적 영혼의 본령이라고 할 수 있다.

---

9 진혁이 부여에 내려와 다니는 다스칼로스 명상 센터는 다스칼로스의 가르침을 따르는 곳이다. 다스칼로스의 가르침 중에 하나는 "우리의 생각들이 우리 자신과는 별개로 고유한 형체와 수명을 가진 염체(念體)를 이룬다는 사상"이다. 염체가 일단 외부로 방사되면 그것은 결국 그것을 만든 사람의 잠재의식 속으로 되돌아오는 것이 자연의 법칙이라는 것이다. 누군가에게 사랑과 선의로 가득 찬 염체를 보내면, "그는 이 생에서건 다음 생에서건 언젠가는 그 염체의 영향을 받을 것"이라는 것이다. 진혁은 희한하게도 꿈속에서 유체 이탈을 하여 바닷속 세월호 선체로 다가간다. 그곳에서 진혁이 본 것은 사랑으로 가득한 염체들이다.

우리는 아슬아슬하게 살아간다

조성기 소설집

1판 1쇄 찍음 2016년 2월 26일
1판 1쇄 펴냄 2016년 3월 4일

지은이 조성기
발행인 박근섭·박상준
펴낸곳 (주)민음사

출판등록 1966. 5. 19. 제16-490호
주소 서울특별시 강남구 도산대로1길 62 강남출판문화센터 5층 (우편번호 06027)
대표전화 515-2000 | 팩시밀리 515-2007
홈페이지 www.minumsa.com

ISBN 978-89-374-3251-4 (03810)